Gert Billing
Der General vom Café Nord

Gert Billing

Der General vom Café Nord
Roman

verlag am park

ISBN 3-89793-076-5
© verlag am park, Berlin 2004
Der Verlag am Park ist ein Imprint der edition ost GbR,
Rosa-Luxemburg-Str. 39, 10178 Berlin
eMail: edition-ost@t-online.de

Alle Nachdrucke sowie Verwertung in Film, Funk und Fernsehen
und auf jeder Art von Bild-, Wort- und Tonträgern sind
honorar- und genehmigungspflichtig. Alle Rechte vorbehalten.
Satz: edition ost
Coverentwurf: Robert Schumann
Printed in Germany

1

Die beiden alten Herren saßen am Fenster des Cafés Unter den Linden und schauten sinnierend auf den wimmelnden Berliner Boulevard. »Ah, der Frühling«, sagte der General. »Sieh nur, die Frauen, die Beine ... « Er seufzte, hob das Glas, nippte einen Schluck Mineralwasser und wiederholte erweiternd: »Die Beine, ach, und all das andere ...«

»Beruhige dich«, empfahl neben ihm der Professor. »Es macht wenig Sinn, der Vergangenheit nachzutrauern.«

Der junge Ober trat heran, wedelte mit der Serviette über das blütenweiße Tischtuch. Weil eine neue Bestellung ausblieb, schritt er zurück und stellte sich an der Espressomaschine in einer Haltung auf, die als Mahnung stilisiert war.

Zaghaft hoben die Linden am Mittelstreifen der Allee ihr junges Grün in das Mittagslicht des neuen Milleniums. In optimistischem Gelb leuchtete das Opernhaus, und die graue Altershaut der Universität gegenüber dehnte sich in der ersten Erwärmung. Auf den Bürgersteigen plusterte noch Garderobe des Übergangs; nur ein paar Voreilige liefen schon froh fröstelnd in leichten Gewändern. Am Mississippi sei es *shit hot*, plauderte der General. »In Louisiana kannst du schon im Frühling den Hitzekoller kriegen, sonst auch.« General Siemund schloß die Augen und hielt das Gesicht in die milchige Strahlung, die zwischen den Samtvorhängen auf den Tisch fiel.

Professor Fritz von Kolk schwenkte den Cappuccino, trank dem Gesprächspartner zu. »Otto, ich wiederhole es gern: von

Herzen willkommen in Berlin. Wie schön, dich wiederzusehen nach einer Ewigkeit. Nun aber raus mit der Sprache: Was willst du von mir? Du sprachst von einer Gefälligkeit. Mach keine Umstände, rede nicht drumherum, sag mir offen, was ich für dich tun kann?«

General Otto Siemund drückte den Tabak in der Pfeife fest und entzündete ihn unter dosierter Ansaugung von Luft. Dem Ober, der am Tresen das Spielbein bewegte, warf er einen abweisenden Blick zu und wandte sich an den Professor.

»Zuerst muß ich dir die Vorgeschichte erzählen, sonst würden Zusammenhänge unklar bleiben. Also höre zu. Vor rund zehn Jahren habe ich Deutschland verlassen. Ich meine damit unsere Deutsche Demokratische Republik, ich muß dir nicht erklären, warum ich es ungekürzt ausspreche. Anfang Oktober 1990, von Berlin über Amsterdam nach New Orleans. Ich hatte mit meiner Schwester in Louisiana telefoniert, ob sie mir Arbeit beschaffen könne. Sie hatte zurückgerufen, ich solle kommen. Ein Angestellter namens George Delano Washington würde mich am Flughafen abholen. Du erkennst ihn leicht, sagte sie am Telefon, ein Schwarzer, dem jungen Sidney Poitier auffallend ähnlich, nur schicker gekleidet.

So war's dann auch. Wir fuhren aus der Hafenstadt hinaus, am Mississippi entlang und eine knappe Stunde ins Land. In einem Thunderbird, Oldtimer, groß wie drei Trabis. Cremefarben, Bullaugenfenster, Reserverad am Heck, vorn ein Paar Stierhörner und 'ne Sternenbanner-Standarte. Warum auch nicht, ich wurde ja vom Präsidenten chauffiert.

Erwähnte ich schon, daß ich halb tot war? Hinter mir lagen mehr als zehntausend Kilometer Flug, ich hatte kaum geschlafen, dazu der Jetlag. Ich wußte vorher nicht, was das ist. Ich war ganz unten. Unsere Republik verschwunden, keine

Heimat mehr, kein Haus, keine Arbeit – und Witwer war ich auch schon lange. Ich hatte kaum was gegessen, es war heiß. Das letzte Stück ins Anwesen gingen wir zu Fuß. Ich schleppte mich an einer Wiese entlang, Azaleenbüschel wie dickes Gras. Vorbei an Palmen, die haben nicht mal richtige Äste, an denen man sich ordentlich aufhängen kann. Fritz, kannst du dich in meine Lage versetzen?«

Der alte Arzt am Tisch bewegte mitfühlend den Kopf. Für einen Hinweis auf die Bedeutung des Blutzuckerspiegels speziell bei Fernreisen war es zu spät. Medizinisch aufmunternd nickte er dem Erzähler zu.

»Ich riß mich«, fuhr der General fort, »am Riemen. Ich war nie an der Front, wir sind ja nirgends einmarschiert. Trotzdem erwachte der deutsche Infanterist in mir: Backen zusammenkneifen, Augen zu und durch. Mein Optimismus lag am Boden, ich kratzte die Reste zusammen. Ich hatte die Wahl, ob ich die Magnolienbüsche am Weg als Bewuchs auf dem Friedhof begriff oder als duftende Hoffnung. Goddam, ich war nicht allein auf der Welt, ich hatte eine Schwester! Sie erwartete mich! Auch wenn früher zwischen uns einiges schiefgelaufen war – wir sind zusammen aufgewachsen. Wir streckten die Beine unter den gleichen Familientisch, in guten wie in schlechten Tagen. Gibt es stärkere Bindungen auf der Welt als Blutsbande?

Mit solchen Gedanken taumelte ich voran … auf einmal stand das Haus vor mir. Betäubend weiß, mit antiken Säulen, am Dachfirst wehte das ›Sternenbanner‹. Es ging kein Wind, die Fahne wurde künstlich beatmet. Eine Veranda wie schwebend rundum. Hast du ›Vom Winde verweht‹ im Kino gesehen? Ungefähr so, aber mit Satellitenschüssel im Garten. Ein Palast der alten Pflanzeraristokratie, ein Symbol der Sklaverei! Und doch in diesem Augenblick für mich das Haus der Hoffnung!

Aus rosa Hibiskuswolken tauchte Ursula auf, mit Handschuhen, Gartenschere. Grauschwarze Haare, noch immer eine ansehnliche Figur. Für ihr Alter gut beisammen, besser als ich. Wie Clark Gable sah ich wirklich nicht aus, eher wie vom Ostwind verweht. Ich hing in einem zerknautschten Anzug, Stoff Präsent Zwanzig, du erinnerst dich. Ostschnitt, Ostrente, Ostgeneral außer Dienst. Unrasiert, hungrig, mit einem Pappkoffer in der Hand. Mein schwarzer Begleiter wollte ihn am Flughafen übernehmen, ich hatte abgelehnt. Neben dem eleganten George muß ich wie sein Faktotum gewirkt haben.

Uschi klatscht in die Gummihandschuhe und ruft: ›Hey, Otti, dear brother, welcome in America! O my God, wie siehst du aus! Did the Berlin Wall fall on you? Poor Otto, ich hab's im Radio gehört: Die Bundesrepublik hat deinen unsterblichen Arbeiter- und Bauernstaat verschluckt, cheers und wohl bekomm's! Bruderherz, freust du dich? Bist du happy, daß du endlich wie ein normaler Mensch deine über alles geliebte Schwester besuchen kannst?‹ Wahrhaftig, das waren ihre ersten Worte! Jahrzehnte hatten wir uns nicht gesehen – und sie nimmt mich auf die Gartenschippe. Siemunds Uschi, die kleine Kröte aus Berlin, Schönhauser Allee, strahlte vor mir als Mrs. Ursula de la Tour auf Cotton Grove in Louisiana. Und ich stand vor ihr als Ingenieur ohne Job, Offizier a. D., Marxist ohne Macht, nur kurz vor der Ohnmacht. Wie reagiert man in so einer Lage? Ich verzichtete darauf, den älteren Bruder raushängen zu lassen, ganz zu schweigen vom Sieger der Geschichte. Ich umarmte sie, hielt mich an ihr fest, ich küßte sie auf die Wange. Ich blickte sie an und erklärte schlicht, daß ich mich freue – das war nicht völlig geheuchelt.

Sie führte mich ins Haus, in das Wohnzimmer. Von wegen Zimmer – eine Halle war das, groß wie damals die Offizierskantine in Wünsdorf. Auf der Ledergarnitur hätte unser ganzer Stab Platz gehabt. Das Sofa hatte als Ornament die ›Stars and Stripes‹, auch im Sessel lehntest du an der Fahne. Im Hintergrund ein breiter Marmorkamin, mit zwei Fähnchen auf dem Sims. Fahnenmäßig liegt Amerika vor dem Zustand, den unsere Republik hatte. Unten Feuerböcke aus Messing, wieder in Form von Stierhörnern. Erst mal gab's Orangensaft, ich meine Juice, den Washington servierte. Auch seine junge Frau schaute herein, die Köchin, schnucklig wie Pretty Woman, dazu noch schwarz. Butler George fragte, was ich essen möchte. Ich sagte: ›I become a schnitzel.‹ George erklärte später, daß der Satz über Louisiana hinaus die Runde machte und beigetragen habe, daß die Farbigen sich endgültig als die überlegene Rasse betrachteten.

Spare dir die maliziöse Miene, lieber Fritz. Es ist nicht meine Schuld, daß in unserer Nationalen Volksarmee nicht Englisch gesprochen wurde, in deiner volkseigenen Klinik wohl auch nicht.

Uschi zeigte mir das Gästezimmer im Obergeschoß. Zum Schlafen ein zweieinhalb Meter langes Exemplar aus Nußbaum. Darüber ein hölzerner Triumphbogen aus Akanthusblättern. Das Bett wurde angeblich für Abraham Lincoln angefertigt, als er während einer Inspektionsreise durch die Südstaaten in Cotton Grove übernachtete.

Abends saßen wir auf der Veranda. Uschi erzählte von ihrem verstorbenen Mann. Auf dem Heimweg von einem Nachbarn hatte er nachts eine Autopanne. Angetütert war er in ein Melonenfeld gestolpert und auf eine Diamantklapperschlange gefallen. ›Ein Prachtexemplar mit sechzehn Rasseln‹, sagte Uschi. ›Ich habe sie noch erwischt, die killt keinen mehr.‹ Ich genoß den Abend. Ich hatte geruht, hatte gespeist, ich war wieder auf Zack. Eine Feuerbowle brannte mit blauen Flämmchen. Ein irrer Duft nach Sauerkirschen, köstlich. Aus dem Radio dudelte der Missouri Waltz, ein alter Ohrwurm, den spielen sie am Mississippi bis zur Betäubung.

Fritz, ich hatte nach der Wende eine schwere Zeit. Es gibt Kamele, die ohne Beschäftigung nicht leben können. Ich war knapp sechzig und fühlte mich wie vierzig. Ein Sechzigjähriger auf Arbeitsuche – die Personalchefs der Firmen beäugten mich wie einen Proleten im Wachkoma. Irgendwann wollte ich Schluß machen. Schlaftabletten, runtergespült mit 'ner Flasche Schnaps. Ich mußte mich übergeben, vielleicht lag es am Weinbrand, der war noch von uns.

Auf Uschis Veranda in Louisiana fühlte ich mich wieder als Mensch. Unten im Garten glühten die Rosen, Konföderiertenrosen. Uschi sagte, das sei 'ne Hibiskusart, tagsüber weiß, zum Abend hin färbt sie sich dunkelrosa – rot wie das Blut der Soldaten, die im Sezessionskrieg gefallen sind. Tut mir leid, Jungs, so dachte ich, daß ihr ins Gras ... der Teufel hole den Krieg! Friede eurer Asche! Ich trinke auf euch – das kann ich nur, weil ich lebe! Dreimal Hurra, ich fühlte mich wie neugeboren!

... In den Büschen zirpten die Zikaden. Auf dem Rasen schlug ein Pfau sein übermütiges Rad und schickte einen stolzen Schrei herauf. Am liebsten hätte ich zurückgejuchzt: Auferstanden aus Ruinen und der Zukunft zugewandt! Wie schon Scarlett O'Hara im Film zu Rhett Butler sagte: ›Morgen ist immer ein neuer Tag!‹ Meiner war schon heute, mir war phantastisch zumute! Regierungen kommen und gehen – die deutsche Familie bleibt. Ich war in Amerika, bekanntlich ein Land mit Möglichkeiten. Ich saß im Haus meiner betuchten Schwester, sie würde mir weiterhelfen, wie sich das unter Geschwistern gehört.

Von der Veranda schaute ich in den Park. Es gibt dort auch richtige Bäume, Ahorn, Buchen, Kastanien, bei denen du dich, wenns dich überkommt, brandenburgisch fühlen kannst. Sogar Eichen stehn rum, immergrün, nicht so richtig auf Jahreszeiten eingestellt, aber immer noch besser als Palmen. Von den Zweigen hängt der Spanische Schwamm, parasitäre Flechten. Ich nahm sie als silberne Fahnen der Zuversicht, die für mich in der Abendbrise wehten. Klingt poetisch, ich weiß, paßt nicht zum Militär, aber so war mir nun mal ums Herze ...

Ich blinzelte in die sinkende Südstaatensonne, es genierte mich immer weniger, daß ich von farbigen Angestellten bedient wurde ... Hell klangen die Gläser in die Nacht ... Um den Kollegen Washington beim Servieren anzuspitzen, klatschte ich in die Hände. Uschi meinte, ich solle nett rufen, sonst sei der Weißwein warm, falls er ihn überhaupt bringe.

Wir verplauderten uns, zurück in die Jugendzeit, tief in die fünfziger, sechziger Jahre. Fritz, entsinnst du dich an das Café Nord? Schönhauser Allee, Ecke Wichertstraße. Nur nachts geöffnet, ein anrüchiger Schuppen, drum ging ich so gern hin. Ja, Fritz, ich weiß, du hast nur mal dran geschnuppert. Im Café wurde kein Kaffee getrunken, sondern Kali, Kaffeelikör mit Selters. Wer das überstand, hatte gute Aussichten. In Bataillonsstärke marschierten Krankenschwestern ein, Friseusen, Sekretärinnen, durchweg hilfreiche Berufe.

Auch meine Schwester bevorzugte das Lokal. Ansonsten waren wir eher uneins. Für Uschi war die blaue Bluse des Jugendverbands ein rotes Tuch. Sie trug Pettycoat, Ringelpullover, Blusen mit Peter-Pan-Kragen. Die Klamotten kaufte sie in Westberlin, dafür tauschte sie ihr sauer verdientes Geld um, fünf Ostpiepen für eine Westmark. Den Schwindelkurs hat sie dem Osten angekreidet. Ich fand das unlogisch, aber in Modefragen kämpfst du als Mann auf verlorenem Posten.

Ich piesackte sie, auch wegen der Leistungen in der Schule. Mathematik war eine Katastrophe, und bei Russisch meinte der Lehrer, daß die Schülerin Ursula Siemund unter dem Niveau zaristischer Analphabeten liege. In Englisch glänzte sie, was den Pädagogen erfreute und auch verwunderte. Ihm sagte Uschi, daß sie Karl Marx nacheifere, dem allergrößten Deutschen, der sein halbes Leben vorsichtshalber in England verbrachte. Hätte es unsere Republik schon gegeben, hätte er bestimmt in Pankow gewohnt. Meine Sister konnte, wenn sie wollte, hinreißend argumentieren; zweifelnden Lehrern trat sie mit erhobener Brust entgegen, da war sie an der Schule führend.

Wie gesagt, Uschi war wie ich Stammgast im Café Nord. Ich erfuhr, daß sie bei einigen Jungen unter dem Decknamen Muschi lief. Sie nuschelten es respektvoll, hinter vorgehaltener Hand, keiner wollte es mit ihr verderben. Ich habe sie zu Hause damit aufgezogen. Es gab eine furchtbare Szene, sie griff mich mit einem Nudelholz an. Ja, Fritz, du hast recht, das war boshaft von mir, vor allem leichtfertig. Aber wer dachte in den Fünfzigern schon an die Wende. Unterbrich mich nicht, sonst verlierst du den Faden.

Uschi war Lehrling in der ›Löffelerbse‹, Schönhauser Allee, Ecke Kopenhagener oder Gaudy-Straße, das weiß ich nicht mehr genau. Ein billiger Treff für Rentner, polnische Touristen und Arbeitsscheue. Meine Schwester wollte weiterkommen, sie wechselte zum Porzellangeschäft in der Stargarder Straße, an der Ecke neben der Gethsemane-Kirche.

Kannst du dich entsinnen, daß damals halb Westberlin bei uns einkaufen ging? Die Grenze war ja noch offen, die Damen von drüben gingen gern zu unseren bolschewistischen Friseusen, um sich billigst verschönen zu lassen. Für den Rückweg packten sie die Taschen voll Butter und Hartwurst; drüben hätten sie dafür das Fünffache bezahlen müssen.

In den Porzellanladen an der Kirche kamen auch englische, französische, amerikanische Soldaten und Offiziere. Sie kamen gruppenweise, fast jeden Tag. Geschäft ist Geschäft, im Laden ruhte der Kalte Krieg. Die Herren in Uniform nutzten den illegalen Umtauschkurs aus und kauften zum Spottpreis Porzellan und Qualitätskristall: Vasen, Pokale, Tafelgeschirr, Obstschalen, Nippes für die Verschickung nach Übersee.

Ich stand am Tresen, wollte Uschi etwas von Mama ausrichten. Drei Offiziere traten ein. Der junge Lieutenant hieß Charles de la Tour, aus Louisiana. Das erfuhr ich später. Ein typischer Ami mit Bürstenschnitt, nebenbei gesagt für den Stahlhelm wirklich die beste Frisur. Er gehörte zum Army Quartermaster Corps in der Frontstadt. Er sah verwegen aus, mit einem Pflaster am Kopf. Am Kurfürstendamm in Westberlin war er in eine Demo Ami go home! geraten; das Geschoß aus einer Anarchistenzwille hatte ihn an der Stirn erwischt. Uschi meinte, das sei die Hand von Walter Ulbricht, ich tippte auf Rudi Dutschke. Uschi sagte, das sei das gleiche. Schon wegen Kleinigkeiten gerieten wir aneinander.

Fritz, entschuldige die Gedankensprünge – wem das Herz voll ist, dem geht der Mund über. Noch mal zur ersten Begegnung im Laden an der Gethsemane-Kirche. Der Lieutenant kommt herein, sieht Uschi. Steht angewurzelt ... wie vor einem Wunder. Wird rot, blaß, wieder rot ... Big Bang, der Urknall! – Den kannte ich, mich erwischte er jede Woche im Café Nord. Meine Schwester war wirklich außerordentlich hübsch; wäre ich Dichter, würde ich sagen, die schönste Schönhauserin. Eingefaßt von Kristall, leuchtete sie wie eine Jungfrau im Märchen. Auch die Doris-Day-Frisur stand ihr gut. Der junge Südstaatler strahlte und grüßte: ›How ya doin', honey!‹

Honni? Moment mal! Um Gottes willen! So heftig lehnte Uschi unseren Honecker ab, damals Chef des Jugendverbands, daß sie sogar den Spitznamen verabscheute. Sie nannte ihn nur *den doofen Blaumann*, weil er im FDJ-Hemd rumlief. Ein schweres Mißverständnis lag nahe. Ein Ami, der mit Honni sympathisierte, hätte eher zu mir gepaßt. Aber wie schon erwähnt, meine Schwester war spitze in Englisch, sogar den Südstaatenslang interpretierte sie richtig: Honey, Schätzchen, Süße.

Eine Vorliebe für Amerika hatte sie ja schon immer. Daran war auch ›Onkel Toms Hütte‹ schuld, eine alte Buchausgabe, die sich in Händen einiger Generationen von Siemunds in eine Sammlung loser Blätter verwandelt hatte. Immer wieder schmökerte sie hingebungsvoll darin. Wenn sie zu faul war, mußte ich ihr vorlesen. Fritz, kennst du die Stelle, wo die junge Negersklavin Elisa über die Eisschollen des Flusses flieht, ohne Schuhe, mit blutenden Füßen, den kleinen Harry im Arm? Da hat Uschi mit vierzehn ihre erste Regel gekriegt, ich war tagelang fix und fertig. Aber ich trug ihr gerne vor. Es machte mir wirklich Spaß, den schurkischen Sklavenhändler Haley in seiner ganzen Widerwärtigkeit herauszuarbeiten. Ich wußte, Uschi nahm es persönlich, sie heulte, schlug mit ihrer Kampfpuppe nach mir, die hatte nur noch ein Bein. Sie schrie, daß ich böse sei, daß sie mich hasse. Na klar, deshalb habe ich ja vorgelesen. Vielleicht wurde durch die verstaubte alte Schwarte ein Zwist ausgelöst, der ungeahnte Folgen hatte.

Fritz, ich komme jetzt zu einem Punkt, an dem ich bis heute herumrätsle, ob ich einen Fehler gemacht habe. Der Lieutenant Charles de la Tour wollte uns zu Hause besuchen. Seine Dienstzeit war zu Ende, er war kein Offizier mehr, nur ein gewöhnlicher Zivilist. Aber immer noch Amerikaner. So einen Besuch hatten wir noch nie in der Wohnung gehabt. Ich muß hier erwähnen, daß an der Wand unserer guten Stube Vaters große gerahmte Fotografie hing: Joseph Adolph Siemund in der Uniform der Hitlerwehrmacht. Panzergrenadier, Hauptmann mit Ritterkreuz, Verwundetenabzeichen, Nahkampfspange in Gold.

Schon lange wollte ich das Foto im Geist der neuen Zeit retuschieren: unter Vatis Kopf eine friedliche Jacke, eine weiße, er ist ja Maurer gewesen. Mutter verbot, daß ich am Bild manipulierte. Zum ersten Mal in ihrem Leben benutzte sie, die einfache Putzfrau, einen akademischen Begriff: Geschichtsfälschung. Der drohende Besuch von Uschis amerikanischem Freund veränderte die Perspektive. Mutter meinte, das Fotobild könnte den Gast kränken, weil wir Deutsche gegen die Amerikaner gekämpft hatten. Mein Vater war aber in Stalingrad gefallen, im Kampf gegen die Russen, die inzwischen mächtig mit den Amis verfeindet waren. So wäre mein Wehrmachtspapa dem Lieutenant vielleicht sympathisch gewesen, wer weiß.

Mutter rührte, wenn politische Verwirrung drohte, gern einen Kuchenteig an. Kriegten Uschi und ich uns in die Haare, stopfte sie uns mit Backwerk den Mund. Ihr ging es immer um die Kinder, in dem Fall um ihr Töchterlein. Ansonsten hatte sie keinen festen Standpunkt. Ich hatte einen. Mir mißfiel, daß amerikanische Offiziere zu einem betrügerischen Wechselkurs unsere Ostmark eintauschten, unsere Waren kauften und sich in unseren Restaurants für umgerechnet ein paar Westgroschen vollfraßen und -soffen. Wenn wir ins Restaurant ›Moskau‹ wollten, mußten wir an der Tür warten, bis ein paar Westgäste mit oder ohne Uniform ihre Ärsche von unseren volkseigenen Stühlen hoben. Mir gefiel nicht, daß der Lulatsch aus Louisiana meine Schwester bumste. Da wußte ich noch nicht, daß er sie heiraten würde, aber das hätte mir auch nicht gefallen.

Also setzte ich mich aufs Sofa und wartete. Angetan mit meinem neuen Blauhemd. Es hatte elf Mark gekostet und harrte einer würdigen Gelegenheit zur Einweihung. An die Stelle von Vaters Foto über dem Sofa hatte ich eins von Paul Robeson gehängt. Negersänger, Abkömmling von Sklaven, gegen den die Onkel-Tom-Uschi nichts einwenden konnte. Ein amerikanischer Kommunist, Leninpreisträger. Ich wußte, was wehtut.

Es klingelte, Louisiana-Charlie stand vor der Tür, mit Blumen und einem Zentner Bananen. Es fehlte nur, daß er meiner Mutter Strumpfhosen geschenkt hätte. Mom Siemund relativ glücklich: Uschi, der Schönhauser Wanderpokal, hatte endlich einen festen Freund. Zwar hatte sich Mutter einen jungen Handwerker gewünscht, mit einem Grundstück im Grünen für die ganze Familie. Nun war es nur ein Ami, aber der war ihr lieber als ein Russe oder ein Pole oder gar einer von den Halbstarken aus dem Café Nord, die einem anständigen Mädchen nur an die Wäsche wollten. Mutter wußte, daß in Amerika noch kein Sozialismus herrschte – genausowenig wie bei uns, meinte sie.

Sie war aufgeregt und wollte ihre Traurigkeit überspielen, daß Uschi fortziehen könnte, übers Meer, weit weg in eine unvorstellbare Ferne. Schwankend zwischen zwei Welten, trank sie zuviel Kaffee und mußte ständig raus.

Dann ich. In die Lobhudelei über Mamas Kuchen streute ich ein, daß Lindy's Cheese Cake, Amerikas berühmter Käsekuchen, eigentlich ein deutscher Kuchen sei, weil er auf das Rezept einer Schwäbin zurückgehe. Zwanglos sprang ich nach Karlsruhe, es sei ja allgemein bekannt, daß der geometrische Grundriß der dortigen Residenz vor 200 Jahren für die Stadtplanung von Washington herangezogen wurde. Übrigens liege die amerikanische Bundeshauptstadt just an der Stelle, wo dereinst deutsche Einwanderer mit der Gründung eines Dorfes ein bißchen Zivilisation auf die sumpfigen Wiesen des Potomac trugen.

Und wer hat den Indianern 1626 Manhattan abgekauft? Aufgemerkt, Leute, Peter Minewitt war's, einer von uns aus Wesel! Und weil wir gerade über New York reden: Wer hat 1860 die Vermessungsarbeiten für den Central Park geleitet? Na, wer wohl? Wieder ein Deutscher, der Wedemeyer Josef, nebenbei ein Kampfgefährte von Marx und Engels.

Der Lieutenant biß mit großen Augen in den Käsekuchen. Meine Schwester sah mich erbittert an. Vor der amerikanischen Invasion hatte sie mir befohlen, die Schnauze zu halten. Oder dem Besuch aus dem Weg zu gehen. Sie bot mir fürs Abhauen fünfzehn Mark an. West! Ich gestehe, daß ich kurz schwankte. Geld an sich ist klassenindifferent, auch die kommunistischen Genossen im benachbarten Adenauerstaat benutzten es, um ihr täglich Brot zu kaufen. Nein, man darf Hegels Dialektik nicht überstrapazieren, ich rief mich sozialistisch zur Ordnung. Ich trieb Uschi hoch auf fünfundzwanzig Westmark – und ließ sie sitzen. Vor dem Klassengegner zurückweichen, in der eigenen Wohnung – nee, Puppe, nicht mit mir!

Ich hatte mich auf eine anspruchsvolle Konversation vorbereitet, die Stunden in der Bibliothek sollten nicht umsonst gewesen sein. Uschi wich auf Musik aus, sie zog Elvis Presley heran. Sie wußte sogar seinen Geburtstag, 1935, am 8. Januar, und den Ort: East Tupelo, Mississippi. Das streute sie ein, weil ihr Ami auch aus der Gegend stammte.

Sie fing an zu trällern, die üblichen Nummern, ›Don't cry, daddy‹, ›Heartbreak hotel‹ und den weichgespülten Bettvorleger ›Love me tender‹. Meine Mutter bekam feuchte Augen und mußte schon wieder raus. Der Lieutenant starrte Uschi verzückt an, das tat er eigentlich ständig.

Ich aber nicht. Lässig bemerkte ich, daß Elvis gerade seinen Militärdienst ableiste, und zwar in dem hessischen Städtchen Friedberg beim Fuhrpark der 3. Panzerdivision. Der King als Lastwagenkutscher in Uniform – sehr bedauerlich, eine wahre Schande! Warum lasse es die große amerikanische Kulturnation zu, daß ein wunderbarer Künstler wie Elvis seine kostbare Zeit als Schütze Arsch im Ausland verplempern müsse? Ganz bestimmt würde er den Abzug der US-Army aus Westdeutschland begrüßen. Auch die Sowjets würden abziehen, und Elvis könnte endlich heimfahren und wieder aus voller Hüfte singen.

Der Lieutenant überlegte ... und nickte. Nun blitzte Uschi ihn an! Aber ich war nicht sicher, ob er mich richtig verstanden hatte, ich machte auf der Strecke weiter. Ich sagte: Und weil wir gerade so nett über Musik plaudern, muß das Städtchen Seesen im Harz erwähnt werden. Dort lebte eine Familie Steinweg, die die ersten Klaviere baute. 1850 wanderten die Steinwegs nach Nordamerika aus und anglisierten ihren Namen. Das Unternehmen Steinway & Sons wurde weltberühmt – wie übrigens auch die Jeansfirma des gebürtigen Bayern Levi Strauss.

Mir ist es fast peinlich, Mister von der Tour, fuhr ich fort, daß es ein deutscher Einwanderer war, der die Figur des Uncle Sam entworfen hat, und auch die Symbole der beiden Parteien, den

Elefanten für die Republikaner und für die Demokraten den Esel. Der großartige Zeichner hieß Thomas Nast, Sohn eines Militärmusikers aus Landau in der Pfalz, die liegt auch in Deutschland. Falls Sie daran zweifeln, fahren Sie in die Rocky Mountains, dort heißt ein Berg ihm zu Ehren Mount Nast.

Auswanderung, Einwanderung, rief ich, wahrlich ein heißes Thema! Auch große Geister erlagen damals dem Gedanken, daß ein Deutschland nicht genug sei, daß der Welt ein zweites erblühen solle! Wer kennt nicht die Werbung für Hinwanderung, die unser über alles geschätzter Nationalpoet Hoffmann von Fallersleben 1846 schrieb, Verse, die jeder Gebildete, wenn er nachgeschaut hat, freihändig vortragen kann: ›Hin nach Texas! Wo der Stern im blauen Felde eine neue Welt verkündet, jedes Herz für Recht und Freiheit und für Wahrheit froh entzündet!‹

Fritz, ich übertreibe nicht, wenn ich sage, daß der Lieutenant baff war. Vor dem flammenden Antlitz von Uschi fuhr ich mit überraschender Wendung fort: Na, und wer hat wohl die erste Turnhalle in Amerika eröffnet? Wissen Sie es wirklich nicht? Das waren Karl Beck und Karl Follen, Schüler des deutschen Turnvaters Jahn, die 1824 nach Northampton in Massachusetts kamen. Es soll auch nicht verschwiegen werden, daß Adolph Coors aus Wuppertal 1873 das Bier nach Nordamerika gebracht hat. Golden Lager hieß es, und die führende Coors-Brauerei gibt's heute noch. Beim Wein ist es ähnlich: Deutsche Franziskanermönche haben um 1780 da drüben die ersten Rebstöcke gesetzt, in Südkalifornien. Die Brüder Beringer aus Mainz haben später die Winzerei in großem Stil ausgebaut. Ach ja, noch ein Wort zum Ketchup: Heinz, der Name sagt uns alles.

Mit Schwung machte ich weiter, von einem eigenständigen Amerika war danach nicht viel übrig. Ich hatte klargestellt, daß die Yankees ohne uns Deutsche hosenlos, ohne Klavier und Alkohol unsportlich bei lächerlicher Bevölkerungsdichte in der Welt stehen würden.

Vielleicht habe ich es dann ein bißchen übertrieben, aber ich hatte noch Munition in petto. Wann kam der preußische General Augustin von Steuben ins Hauptquartier von George Washington, um ihn beim Befreiungskampf gegen die Engländer zu unterstützen? Charles de la Tour wußte es nicht. Ich wußte es vor dem Blick ins Nachschlagwerk auch nicht (1784). Hätte Steuben den müden Amibauernhaufen nicht auf Vordermann gedrillt, wäre Nordamerika noch heute eine britische Kolonie. Für den Weltfrieden wäre das vielleicht besser. Das sagte ich zwar nicht, brachte es nur durch eine hintergründige Tonlage zum Ausdruck.

Mutter kam aus der Küche herein und meinte, das sei lange her und nicht so wichtig, greift lieber zu, Kinder, es ist genug Kuchen da. Obwohl sie mich warnend ansah, gab ich noch mal Gas und fragte den Gast: Ist Ihnen geläufig, Herr Leutnant, daß die Leibwache von Präsident Washington aus Deutschen bestand? Sie galten als besonders zuverlässig. Man hätte daran festhalten sollen, dann wären einige amerikanische Präsidenten nicht umgelegt worden. Und weil wir gerade beim Militär sind, Preisfrage: Wer landete im Frühjahr 1918 in Sibirien? Ich verrate es Ihnen: englische und amerikanische Truppen, zum Kampf gegen die junge Sowjetmacht!

Mit vollem Mund sah mich Charles ungläubig an.

Ja, Sir, sagte ich ernst, es stimmt wirklich, Sie sollten das mal nachlesen. In andere Länder einmarschieren – Mann, das gehört sich nicht! Die Rote Armee hat nie amerikanischen Boden betreten. Auch die Nationale Volksarmee der Deutschen

Demokratischen Republik hat nicht vor, wie man vermuten könnte, das Land unserer Vorväter rechtmäßig in Besitz zu nehmen. Falls wir mal einreisen, kommen wir als Touristen, Botschafter im Blauhemd, später, nach Herstellung eines sozialistischen Gesamtdeutschlands. Als Gastgeschenk bringen wir Kristallpokale mit. Was meinen Sie, könnten wir dann auf die friedliche Koexistenz anstoßen?

Meine Schwester erhob sich, zischte: Hätten wir nicht Besuch, würde ich sagen, du bist ein Stinker!

Und ich, ganz gentleman brother: Was deine Frisur betrifft, Schwester Ursula – auch Doris Day ist deutscher Abstammung, sie hieß mal Doris Kappelhoff. Ihr letzter Film war ›Der Mann, der zuviel wußte‹. Ich grinste; den Film gab es wirklich, aber ich meinte mich natürlich selber.

Fritz, ich war in Fahrt, ich hätte gerne weitergemacht. Leider lebte Leonardo DiCaprio damals noch nicht, der hat auch eine deutsche Mutter, die hätte ich den beiden noch auf den Kuchenteller gepackt.

Auch Lieutenant de la Tour stand nun auf, er zeigte auf das Bild von Paul Robeson und meinte in seinem angeschafften Südstaatlerdeutsch, daß er Robeson in New York als Shakespeares Othello bewundert habe. Und ich entgegnete, daß die amerikanische Regierung dem Genossen Othello den Reisepaß entzogen habe, damit er nicht im Ausland auftreten könne. Der Herr Officer möge sich für die Rückgabe und für das Ende der Diskriminierung von fortschrittlichen Menschen einsetzen. Reisefreiheit, Herr Leutnant, so rief ich, ist ein sehr wichtiges Menschenrecht!

Ich fand mich großartig, ganz im Sinne von Turnvater Jahn, dessen Motto in der Turnhalle unserer Schule an der Wand stand: Ein guter Abgang ziert die Übung.

Ein paar Monate später, im August '61, wurde die Staatsgrenze in Berlin dichtgemacht. Mit dem Argument von der Reisefreiheit konntest du keinen Blumentopf mehr gewinnen. Uschi war schon vorher nach Westberlin übergesiedelt. Mit ihrem Charles flog sie über den Großen Teich und wurde Mrs. Ursula de la Tour.«

Stirnrunzelnd blickte der General auf seinen Monologpartner, dessen Augenlider schläfrig hingen. Er klopfte mit der Pfeife auf den Marmor der Tischplatte und befahl:

»Aufwachen, Fritz, der Gipfel kommt erst! Hör zu: Mit Uschi im Café Nord, das war in den Fünfzigern bis Anfang der Sechziger. 1990 bin ich zu ihr rüber nach Amerika, vor zehn Jahren. Wir haben jetzt das Jahr 2000, Frühling, vor ein paar Wochen, am 1. März, war Tag der Nationalen Volksarmee. Da habe ich in Louisiana immer kräftig einen zur Brust genommen. Ich bin so alt wie du, das heißt, wir sind beide siebzig. Fritz, du mußt aufpassen, sonst verwechselst du die Zeitebenen. Wo war ich stehengeblieben? Abends auf der Veranda in Cotton Grove, 1990 im Oktober, Wiedervereinigung mit meiner Schwester. Wir feierten den familiären Neubeginn. Uschi sagte: ›Ach, Otti, der Kristallpokal, aus dem du trinkst, den hatte ich in der Stargarder Straße an Charles verkauft. Er war ein guter husband, ich liebte ihn, die rattle snake soll in der Hölle schmoren!‹

… Ich lasse für den toten Schwager eine Gedenkminute verstreichen, frage dann, welche Anstellung sie mir vermitteln könne. Deswegen bin ich hier. Vor allem um dich wiederzusehen, Uschi, klar. Aber ich will dir keinesfalls auf der Tasche liegen.

Wwelllll, sagt Uschi und zieht das Wort lang, als müsse sie nachdenken. Du warst bei der Volksarmee Generalissimus

22

oder Majorgeneral – ich kenn mich da nicht aus, jedenfalls was Hohes. Ottoschatz, ich möchte das berücksichtigen. Ich habe für dich eine Stelle mit passendem Titel: Majordomus. Hausmeister, stellvertretender. George wäre dein Vorgesetzter. Dir obliegt die Pflege der Autos, auch kleine Reparaturen im Haus, was eben so anfällt. Du kümmerst dich auch um die Hunde. Ein Dalmatiner, ein langhaariger Bordercolliemix und noch einer mit zweifelhafter Rasse, sie schlafen schon. George sagt dir die Namen, bitte versuche sie auswendig zu lernen.

Die Hunde langweilen sich manchmal, ich will nicht, daß sie hier draußen versauern. Du fährst nach New Orleans, führst sie aus. Sie schauen gern zu, wie die Schaufelraddampfer auf dem Mississippi vorbeiziehen. Mit Vorliebe verbellen sie die Touristen in der Canal Street, vor allem Sachsen und die mit Berliner Dialekt. Halte also besser die Klappe.

Spaziere mit ihnen zur Bourbon Street, da ist was los, auch musikalisch: Blues, Ragtime, Live Jazz. Wenn ›When the Saints go marchin' in‹ erklingt – da jault der Collie mit. Hast du deine Generalsuniform im Koffer? Zieh sie an, neben den Portiers im French Quarter fällst du nicht auf. An manchen Bars kannst du einen Spruch lesen: ›Laissez les temps rouler‹. Das ist Französisch und bedeutet, du sollst das Leben genießen. Genau das wünsche ich dir. – Ja, Fritz, ich habe nichts erfunden ... so redete meine Schwester zu mir, ihrem engsten Verwandten ...«

Mit steigender Anteilnahme hatte Professor von Kolk zugehört. »Kaum zu fassen!« rief er empört. »Impertinenz, wahrhaftig bodenlos! Wie kann die Frau den eigenen Bruder dermaßen ... ! Du hast dir das nicht gefallen lassen?«

Otto Siemund ruckte mit dem Stuhl. »Ich blieb cool ... Werte Ursula, sage ich zu ihr, ich war Generalmajor bis 1985. Danach habe ich wieder als Ingenieur und Ökonom gearbeitet.

Ich bin in mehreren Berufen bewandert, auch am Computer. Ich lerne schnell, ich könnte etwas leisten. Aber nicht als Vizehausmeister. Bei dir piept's wohl, du kannst deine angeheiratete Kolonialdatsche gefälligst selber putzen! Dazu bist du zu faul. Dein Zimmer zu Hause war immer schlampig. Überall in der Wohnung lagen deine Klamotten rum, ständig mußte Mama dir nachräumen! Ein Büstenhalter von dir lag in meinem Bett, deswegen ging mir mal ein Mädchen nachts durch die Lappen. Vor dem Mülleimer hast du dich regelmäßig gedrückt, ich mußte ihn runterbringen.

Das fehlte noch, daß du mich heute wieder ausnutzt und rumkommandierst! Das kannst du mit deinen Haussklaven machen, dumme Kuh du, aber nicht mit einem Hochschulabsolventen und Armeeoffizier. Ha! Ich dachte, ich komme zu meiner Schwester. Das war ein Irrtum. Du bist noch genauso wie früher. Wenn die Klapperschlange dich gebissen hätte, wäre die Schlange gestorben. Ich bedaure, daß ich überhaupt hergekommen bin. Ich gehe! Leben Sie wohl, Mylady von der miesen Tour!«

»Bravo!« Der Professor rief es begeistert. »Gut gebrüllt, Löwe, das gefällt mir!« Der alte Mediziner, sonst Gefühlswallungen eher abhold, schlug mit der Faust in die Hand und bat den herbeistürzenden Ober, zwei kleine Whisky aufzufahren.

»Ich ging in mein Zimmer, nahm meinen Koffer von Lincolns Bett und marschierte aus dem Haus ... Es dämmerte, bald würde die Dunkelheit hereinbrechen. Die Landstraßen sind nicht beleuchtet. Ich war müde, bis zur Stadt würde ich es zu Fuß kaum schaffen. Es würde mir auch nichts nützen. Ich war praktisch mittellos. Den Flug hatte meine Schwester bezahlt, One-Way-Ticket, ohne Rücktour ... Ich wankte die Straße lang, ein Schwarm Kriebelmücken schien mich zu verfolgen.

Es war schlimmer, die Luft bestand aus Insekten, die Biester von ganz Louisiana hatten sich versammelt, um ostdeutsches Blut zu saugen. Ich blieb stehen. Ein Auto näherte sich, ich blieb stehen, winkte. Der Wagen bremste – und fuhr schnell weiter. Kein Wunder, so wie ich aussah, hätte ich auch nicht angehalten. Sollte ich am Straßenrand schlafen? Ein Marshall würde mich aufgreifen. Wenn er erfährt, daß ich ein roter Ex-General bin für die Rückwärtigen Dienste, dann steckt er mich in die Zelle zu einem muskelbepackten Schwulen. Nein, danke, jede Wende hat Grenzen.«

Den weiteren Verlauf jener amerikanischen Nacht schien der Professor zu ahnen. Vorenttäuscht lehnte er sich zurück, trank den Whisky aus, als wolle er sich wappnen. Mit gesenktem Kopf sprach der General weiter: »Ich tappte zum Haus zurück. Man hatte die Tür offen gelassen. Stieg hinauf zum Zimmer, setzte mich aufs Bett. Habe ich den hölzernen Triumphbogen aus Akanthusblättern erwähnt? Ich las den eingeschnitzten Spruch: ›Vengeance is mine saith the LORD‹.

Fritz, in meiner Lage war mir Zuspruch von jeder Seite willkommen, sogar von der Kirche. Ich holte das Wörterbuch hervor und übersetzte: *Die Rache ist mein, spricht der Herr.* – Da fing ich an zu heulen. Als sechzigjähriger Mann schluchzte ich wie ein Kind im finsteren Wald. Fritz, ich erzähle das nur dir, weil du Arzt bist.«

Der angesprochene Orthopäde verharrte neutral. Was hätte es gebracht, dem Patienten zu eröffnen, daß ein menschliches Fußgelenk vernünftiger funktioniert als ein Gehirn ... besser, der Arzt behält die Erkenntnis für sich. – Siemund redete weiter, wobei er den Unterkiefer vorschob:

»Am nächsten Morgen nahm ich die Zwangsarbeit auf. Drei Autos waschen. Uschi prüfte, ob ich auch die Stierhörner poliert hatte. Ich biß die Zähne zusammen, sang leise, im Stil von Sinatra: ›If you can make it there, you'll make it anywhere!‹.

Dachrinnen säubern, Glühbirnen wechseln oder Dichtungen von Armaturen. Fenster streichen. Da fiel mir kein Orden von der Leiste, das hatte ich zu Hause auch gemacht. Aber dort hatte meine Frau die Arbeit begutachtet, nicht das schadenfrohe Miststück von Schwester. Kost, Logis und Kleidung waren frei. Ich bekam auch Taschengeld, es reichte für Tabak und Kleinigkeiten. Als ich die Bäder neu fliese, legte sie was drauf.

Mit meinem schokoladenfarbenen Vorgesetzten kam ich klar. Die Ausgebeuteten finden zusammen, das läuft am Mississippi so wie hier an der Spree, hoffentlich. Wenn ich die Autos versorgte, half er mir. Wir machten nur das Nötigste. War die Zicke out of sight, schwatzten wir und rauchten eine. So erweiterte ich meine Sprachkenntnisse: First man, than machine!

Auch die Hunde wurden eingetaktet. Ihr Nachteil ist, daß sie nicht petzen können. Statt sie in New Orleans auszuführen, fuhr ich an den Stadtrand, wo Georges Eltern eine kleine Hühnerfarm betrieben. Dort traf ich mich mit meinem schwarzen Kumpel. Wir sperrten die Köter in ein leeres Gehege hinter dem Häuschen. Die Hühner daneben gerieten außer sich, die Hunde drehten durch. George wollte die neurotischen Tölen in den River schmeißen. So gesehen kamen sie beim Geflügel noch gut weg.

Wir setzten uns vorn raus auf die Veranda. Die Ma von George kochte für uns. Ah, creole cooking!« Der General schnalzte mit der Zunge. »Ihr armen Teutonen, kennt ihr Crawfish-Etouffés oder Shrimp-Gumbo mit Okra-Schoten? Und danach ein Café Brulot, dafür würde ich meine Großmutter verkaufen, wenn sie noch lebte. Nach dem Essen spielte ich mit George

Schach. Er meinte, es mache Laune, einen Nigger fertigzumachen. But much more funny sei es, einen white cracker wie mich zu metzeln. Ich verlor meistens, auch wenn ich Weiß hatte.

Uschi nahm mich mit zu Ausflügen. Per Raddampfer den Mississippi rauf und runter, auch in den Tennessee und Cumberland River rein. Das war die Tour, die sie jedes Jahr mit ihrem Mann zum Hochzeitstag gemacht hatte. Sie sagte, daß er Gästen an der gleichen Flußbiegung immer dieselbe Geschichte erzählte. Um 1850 ließ man in New Orleans den ersten bemannten Ballon steigen. Er wurde abgetrieben, landete in einem Baumwollfeld. Die Negersklaven fürchteten sich und rannten weg. Der Pilot kletterte aus dem Korb, ein Kerl in himmelblauem Mantel, mit Lederhaube und Schutzbrille. Ein alter, gehbehinderter Schwarzer stand da und sagte: ›Hello, Massa Jesus, how are you? Und wie geht's dem Massa Daddy?‹

Fritz, es freut mich zu sehen, daß auch du als atheistischer Internationalist darüber nicht schmunzeln kannst. Wir wurden anders erzogen. Uschi wußte, daß ich mich ärgere. Das setzte sie fort. Ihr war jedes Mittel recht, sogar Postkarten benutzte sie als Waffe. In den getrennten Jahrzehnten hatten wir uns nur zu Weihnachten Karten geschickt. Von ihr kam immer nur die Ansicht ihrer Sklavenhalterburg mit den großkotzigen Säulen, eine farbige Spezialanfertigung in Übergröße.

Ich war Geheimnisträger und mußte Westkontakte streng vermeiden. Wir wickelten den Postverkehr über die Adresse einer Patentante ab. Ich schickte Karten von Bauwerken, die auch Säulen hatten: hier in Berlin die Staatsoper und das Schauspielhaus, das Pergamonmuseum, die Nationalgalerie und besonders gern das Brandenburger Tor mit Quadriga und Siegesgöttin. Ich hoffte, daß Uschi die Anspielung begriff. Das Völkerschlachtdenkmal in Leipzig und der Zwinger in Dresden fanden Verwendung, und wie du dir denken kannst, beschaffte ich auch bauliche Trümpfe aus Karl-Marx-Stadt. Ich wollte dem republikflüchtigen Spatzenhirn vermitteln, daß wir in unserer Republik kulturell einen höheren Level hatten als sie im tiefen Imperialismus zwischen Baumwolle und Melonen.

Uschi blieb stur, schickte weiter ihr verdammtes Haus, mit Fahne, die Karten mit Goldkante. Vor dem Eingang standen Autos, die wurden immer größer. Daraufhin fuhr auch ich schweres Geschütz auf: das Mahnmal in Buchenwald, den Palast der Republik, beflaggt. Auch das Haus des Zentralkomitees unserer Partei am Werderschen Markt und den sowjetischen Ehrenhain in Treptow, mit Betonung der Panzer.

So führten wir neben dem großen Kalten Krieg unseren privaten kleinen. Dadurch blieben wir in Verbindung.

Und jetzt, Fritz, halte dich fest! Die Hexe hatte meine Postkarten gesammelt! Sie bringt die Mappe abends auf die Veranda, fragt mich hinterhältig, wozu das Gebäude am Werderschen Markt damals gedient habe? Fritz, würde es dich beflügeln, wenn dir jemand beim Abendbrot als Nachtisch die alte Parteiführung serviert? Und ganz nebenbei – ich bin nur einmal im Zentralkomitee gewesen, dort hat mich ein Büromensch wegen der Qualität unseres Kantinenessens gerüffelt. Ich hatte widersprochen und kriegte mächtig eins auf den Deckel. Ich könnte mich heute glatt zum Dissidenten ausrufen.

Uschi wollte mich kleinkriegen, ich sollte zu Kreuze kriechen. Ich behielt den Kopf oben und rief es laut von der Veranda ins Land: Ich bin und bleibe Sozialist! Rotfront, nun erst recht! Darauf sie: Da bist du der einzige in Louisiana. Du kannst mit dir selber Versammlungen abhalten, es erleichtert auch die Beitragskassierung.

Und ich: Haha, ihr Hinterwäldler in Amerika habt ja nicht mal 'nen lausigen rosaroten Ersatz in Form einer Sozialdemokratischen Partei!

Und sie: Better dead than red!

Und ich: Lieber rot als doof.

Und sie: Im Osten waren alle Spitzel, du bestimmt auch.

Und ich, brüderlich zerknirscht: Ja, Uschi, jeden Petticoat, den du in Westberlin gekauft hast, habe ich der Sicherheit gemeldet. Du mußt mal deine Opferakte anfordern, dort ist alles gelistet.

Sie sah mich scharf an. Ich tätschelte ihre Hand und fuhr fort: Werte Mrs. de la Tour, wir sind in Amerika. Hast du mal von der McCarthy-Periode gehört? Das Land voller Spitzel und Zuträger, viele Leute wurden ruiniert, manche begingen Selbstmord. Was hat dein Mann damals gemacht? Wie kannst du sicher sein, daß du nicht in eine amerikanische IM-Sippe geheiratet hast? Kluge Männer sagen ihren Frauen nicht alles. Und du selber, Schwesterchen? Womöglich warst du eine Muschi von der CIA? Hast mich hergelockt, damit ich die letzten Geheimnisse des Warschauer Pakts ausplaudere?

Da war Polen offen! Der Krach auf der Veranda übertönte das Ochsenfroschkonzert am Flußufer. Glaube mir, Fritz, langweilig war es nie. Ein einziges Mal habe ich Uschi in Verlegenheit gebracht. Ich fragte, ob sie ihren Charles auch dann geheiratet hätte, wenn er Franzose gewesen wäre? – Dumme Frage. Selbstverständlich! – Aha, gut. Und dann, Urselchen, in der Hochzeitsnacht, nach tausend Küssen, nach dem schönsten Augenblick, da flüstert er: Chérie, isch bin 'eimlich ein Kommünist. – Was dann, Schwester? Hättest du dich von deinem Herzliebsten getrennt? Oder wärst du, um ihn zu behalten, zum Marxismus konvertiert?

Allmählich verloren die Gefechte nach Tisch ihren Reiz. Uschi vergaß die Mappe mit den Postkarten. Ich wusch die Oldtimer und ging mit den Hunden zu den Hühnern. Oft war meine Schwester geschäftlich unterwegs. Oder sie empfing Geschäftspartner, nächtelang saß sie mit den Prokuristen am Computer. Ihr Mann hatte mit der geerbten elterlichen Kunststoffabrik angefangen, hatte kleine Firmen dazugekauft. Nach seinem Tod steuerte meine Schwester den Verbund. Ich kriegte mit, daß sie übers Ohr gehauen wurde, daß sie die Übersicht verlor. Es wurde eng. Ich sammelte Informationen, gab Ratschläge. Sie meinte, ich hätte schon ein System zugrunde gerichtet, das wolle sie ihrem Unternehmen ersparen.

Was entgegnet man darauf? Fritz, ich war ein hochklassiger Fachmann, im zivilen wie im militärischen Job. Ginge es um meine Arbeit als Ingenieur und als General für die Rückwärtigen Dienste, gäbe es das sozialistische Lager heute noch, wir könnten dem Weltpolizisten seine Grenzen zeigen.

Uschi zwiebelte mich – ich schwieg ... hielt die Augen offen ... wartete ab. So hat es der Westen damals mit uns gemacht. Nun machte ich es mit dem Westen. Manchmal ist Warten das Wichtigste im Leben. Ja, Fritz, ich habe eine Uhr, sogar eine Rolex, ich weiß, wie spät es ist. Ich verkürze die Story, obwohl dir farbige Details entgehen.

Jedes System gerät unter Druck, wir erleben das ja gerade wieder. Alles nur eine Frage der Zeit. Vom Vizehausmeister stieg ich im Unternehmen auf zum Chief Executive Officer. Offizier bleibt Offizier. Bei jeder Stufe sagte Uschi: Nur auf Probe! Ich schuftete around the clock. Ich wollte den Niedergang aufhalten. Ich überredete sie, das Konglomerat aufzuschnüren. Wir gliederten Teile aus, die Firma für creolische Gefrierkost wurde verkauft, auch die Fabrik für Papierwaren.

Wir spezialisierten uns auf das Making von Gehäusen für mobile phones. Hier sagt ihr dazu ›Handy‹, aber ein handy-man ist bei uns drüben ein Handlanger, ein Gehilfe. Tja, an der Spree ist Englisch Glückssache.

Ich baute das Kerngeschäft aus, mit connections rüber nach Kalifornien, ins Silicon Valley. Für den Computer kreierte ich eine Luxusmouse im Stars and Stripes Design. Ein echter Hit, mit extragroßem Trackball, speziell für ältere Leute, die ins Internet einsteigen. Da zittern die Hände und werden ruhiger, wenn sie beim virtuellen Vergnügen die Fahne anfassen. To make an idea happen, verstehst du? Forget the rest, we are the best. Im Silicon Valley leben viele Deutsche, auch ein paar Ostler. Die sind am smartesten, survival of the fittest. Kein Wunder, wir haben die härtesten Erfahrungen. Wie heißt es mal gleich in der Bibel ... Die Letzten werden die Ersten sein ... – Fritz, unter uns gesagt, manchmal denke ich, wir sind so etwas wie Gottes stille Reserve.

Nein, Fritz, es ist nur eine Redensart. Ich bin nicht religiös geworden, nicht direkt. Aber ich mußte die Sister sonntags begleiten, zur New Hope Kirche, das ist dort üblich. New Orleans ist very catholic, aber sie machen es halblang, die Kirchen brechen nicht unter Stuck zusammen, kein Vergleich mit Bayern. Uschi führte in den Responsorien die Stimmen an. Ja, ich habe mitgesungen, nur leise: ›Get on board, little children ...‹ oder ›In Christ there is no East no West ...‹

Ja, Fritz, ich räume ein, der Text ist fragwürdig. Immerhin bin ich getauft und konfirmiert. Daß ich dann aus der Kirche raus und in die FDJ rein bin, weiß in Amerika kein Mensch. Ja, ich gebe zu, ich war mit dem Finger im Weihwasserbecken, ich habe mich auch bekreuzigt. Nur pro forma, was sollte ich denn machen. Ein bißchen heucheln gehört dazu. Wir haben früher gesungen: ›Die Partei, die Partei, die hat immer recht, drum Genossen, es bleibe dabei …«‹

Das Lied gelte für alle Parteien, auch heute, warf der Professor ein. »Deswegen werden sie gegründet. Wir waren so unvorsichtig, es laut zu singen.«

Der General nickte. »Ich habe beim Singen ans Café Nord gedacht, du hast wahrscheinlich von der nächsten Arthroskopie geträumt. Noch ein Wort zu Amerika, ich möchte ehrlich sein und nichts verschweigen:

Ein paar hundert Leute mußte ich feuern. Ja, du hast richtig gehört: entlassen. Ein Officer darf das. Fritz, mach dich nicht naß, in Louisiana gibt's nun mal keine volkseigenen Betriebe. Wer überflüssige Kräfte behält, wird selber überflüssig. Ich habe anständige Abfindungen gezahlt, das war neu dort.

Der Dollar rollte, der Laden lief wieder. Uschi titulierte mich Big Brother Cashflow, ich mußte nicht im Wörterbuch nachgucken. Wir kamen voran. Mrs. de la Tour konnte wieder an Geselligkeiten teilnehmen … work hard, party hard, sagte sie und schleppte mich mit.

Als guter Tänzer wurde ich schnell beliebt, die Zeit im Café Nord zahlte sich aus. Ich sorgte für bessere Musik, ›Sweet Georgia Brown‹, ›Limehouse Blues‹, so in der Richtung. Den Swing von Django Reinhardt habe ich schon als Student und Offizier geschätzt. Gibt es ein eleganteres Stück als ›When day is done‹ in der Originalaufnahme von 1937? Pardon, Herr Professor, auch ich schätze Mozart, aber danach kam auch noch was.

Partys sind auch gut fürs Geschäft, the right relationship is everything. Ich schwenkte die Ladys der Großbourgeoisie herum, ein heimlicher roter Hahn im Korb. Ja, Fritz, auch wenn du wieder die Augen verdrehst – ich hielt mich an den Bibelspruch, Matthäus: ›Liebet Eure Feinde‹. Manchmal geht das nicht anders, Politik der kleinen Schritte, getanzte Koexistenz.

Meine Schwester hatte Visitenkarten drucken lassen, wo ich als General im Ruhestand draufstand. Sie wollte mit mir angeben. Auf der Karte war auch ein Eisernes Kreuz, nur klein in der Ecke. Irgendwie hielten mich die Gäste für einen pensionierten Militär von Kohls Bundeswehr. Wir ließen sie in dem Glauben.

Bitte rege dich nicht auf, Fritz, die meisten Leute waren betagt, manches lief bei denen nicht mehr rund. Die wichtigsten Zeugen sind bestimmt schon tot. Ein Bursche Mitte siebzig mit einem Acht-Gallonen-Hut und Texas-Stiefeln beglückwünschte mich dafür, daß die Bundeswehr endlich East Germany besetzt habe. Sollte ich sagen, daß er lügt? Eine neunzigjährige Millionärin stammte aus Taiwan. Sie lobte mich für die deutsche Unterstützung im Kosovo-Krieg. Für die Bombardierung der chinesischen Botschaft in Belgrad gab sie mir einen Kuß, sie wollte mir die Schußwaffensammlung ihres Mannes schenken.

Ja, Fritz, es war unwürdig ... Selbstverständlich hab ich mich geschämt, was denkst du denn. Jetzt mach keinen Ostwind, hör auf zu räsonieren, sonst kommen wir nie zu Ende. Meine Schwester erkrankte. Eine Nierensache. Ich saß in der Klinik an ihrem Bett. Wir redeten über Mama und Papa und unseren älteren Bruder. Sie waren alle schon abgetreten. Wir schwatzten über unseren Kindergarten, über die Schule. Wir hatten dieselben Kindergärtnerinnen, dieselben Lehrer. Ihr Kleid zur Jugendweihe wurde besprochen. Ich tat so, als ob ich mich entsinnen könne ...

Und sie hat auch im Krankenhaus gesungen, ihre Kirchenlieder, unsere alten Schlager und die neuen. War sie zu schwach, mußte ich vorsingen. Ich war ganz gut als Stevie Wonder: ›I just called to say I love you …‹

Du lügst, spottete sie.

Meistens redeten wir über das Café Nord in der Schönhauser Allee. Die Jungs und Mädchen dort, das wilde Treiben unserer Jugendzeit. Wir trällerten gemeinsam: ›Come on let's twist again, like we did last summer, let's twist again, like we did last year …‹ Das war ihr Lieblingsschlager. Aber sie mochte den Twist nicht, sie tanzte dazu eine Art Rock'n Roll, am liebsten mit ihrer Freundin Sarah. Uschi besaß die alte Schallplatte, ich legte sie im Krankenzimmer auf. Uschi summte mit. Plötzlich hört sie auf, mitten im Text. Ich frage, was los sei, sing weiter, faules Stück … Aber sie sang nicht mehr … nie mehr –«

Der General stockte, er griff nach dem Glas, kippte den Whisky herunter.

»Bis zuletzt hat sie mich geärgert. Mein liebes Brüderchen, so quasselte sie, glaube bloß nicht, daß du mich beerben wirst. Mein Geld geht an die Kirche, du kriegst nur ein return ticket, Holzklasse. Dann kicherte sie und sagte: Oder soll ich dir das Vermögen überlassen? Das könnte einen roten Spinner wie dich am meisten in trouble bringen … – Fritz, ich sage dir, sie war boshaft bis zum Ende. Vielleicht stirbt man leichter, wenn man einen triezen kann. Ursula war eine Canaille, my one and only … «

Mit ein paar Zügen aus der Tabakpfeife hüllte sich Otto Siemund in eine Wolke kreisender Erinnerungen. Der Professor drückte sein Mitgefühl aus. Siemund murmelte, er möchte nicht in Louisiana begraben sein.

»New Orleans liegt tief, durch die nahen Sümpfe steht das Grundwasser hoch. Das hat Folgen für die Friedhöfe, die Toten werden über der Erde in Grabmonumenten beigesetzt. Sonst kann es vorkommen, daß der Regen sie ausschwemmt. Uschi hat sich mit ihrem Schaukelstuhl bestatten lassen. Bei aller Liebe, ich möchte meiner Schwester nicht als reitender Wasserleiche auf der Straße begegnen.«

Erneut verschwand der Erzähler in blauen Schwaden. Abwedelnd fragte der Professor, ob der Ausflug in die Familiengeschichte beendet sei. Ob er endlich erfahren dürfe, welche Gefälligkeit der andere von ihm erwarte?

Die Hand des Generals tauchte auf, schob den Rauch beiseite. »Sorry, Fritz, ich war kurz drüben. Ja, ich habe eine Bitte. Ich glaube, du hast mal im Brief oder am Telefon erwähnt, daß dein Sohn als Detektiv tätig ist. Aus deinem Munde klang es nicht sehr begeistert.«

»Du hast richtig gehört. Er hatte ein teures Büro am Kurfürstendamm. Es lief recht gut. Er wollte die Detektei erweitern, dafür brauchte er Kapital. Von mir kann er keins bekommen. Er ging mit seinen Rücklagen an die Börse. Aktien – ich glaube aus dem Internet und von Kraftfahrzeugen. Er ist klassisch auf die Nase gefallen. Aktien! Warum nicht gleich Roulette. Ich wollte ihn mit einem Scherz trösten: ›Eine Aktie kann tausend Prozent steigen, aber nur hundert Prozent fallen.‹ Hasso hat tagelang nicht mit mir gesprochen.«

Belustigt meinte der General, daß er keinen Ratgeber für die Börse benötige. »Da bin ich selber Fachmann. Was macht der Junge jetzt? Arbeitet er noch als Ermittler?«

Der Professor nickte. »Der Pleitier hockt wieder bei uns im Osten.«

»Wie schätzt du ihn als Detektiv ein?«

Der Professor zuckte die Achseln und betonte, er mißbillige das Ausspionieren anderer Leute.

Siemund überging die Kritik und erklärte, er brauche Informationen in einer persönlichen Sache. »Ist 'ne sensible Angelegenheit, die muß mit Verstand und Fingerspitzengefühl behandelt werden.«

Dafür sei Hasso der Richtige, meinte der Professor sarkastisch. Hasso sei Amateurboxer gewesen. Er prügle sich auch heute noch in einem Verein herum, das Börsenerlebnis gebe Auskunft über den Zustand seiner Gehirnzellen.

Aber Siemund ließ nicht locker, zielstrebig setzte er nach: »Fritz, du solltest nicht auf deinem Sohn herumhacken. Sei froh, daß du einen hast. Hör mal genau zu. Ich bin zu alt, um selber als private eye loszuziehen. Ich würde mich ungern an eine x-beliebige Auskunftei wenden, das möchte ich vermeiden. Ich habe keine Lust, daß mein Name durch Indiskretion in die Öffentlichkeit gerät. Ein ehemaliger General der Nationalen Volksarmee läßt in delikater Sache recherchieren – no, Sir, ich möchte nicht in der Zeitung stehen. Dein Sohn gehört zur Firma, ich wollte sagen zur Familie, im weitesten Sinne. Ihm würde ich vertrauen, so wie ich dir vertraue. Auch du würdest mein Geheimnis nicht verraten.«

»Ich kenne es ja noch gar nicht«, mäkelte der Professor. »Vielleicht erklärst du mir erst einmal, welche delikate Angelegenheit bei dir vorliegt. Aber nicht hier im Café. Am Mississippi ist mir ein Bein eingeschlafen, ich möchte ein paar Schritte laufen.« Der General legte die Pfeife weg und klatschte in die Hände, schallend laut, so daß der dösende junge Ober an der Espressomaschine aufzuckte. Siemund wiederholte das Klatschkommando und rieb Daumen an Zeigefinger in der Geste des Bezahlens.

In Schockstarre stand der Ober, er traute seinen Ohren nicht. Seit Stunden schwatzten die beiden senilen Säcke miteinander, hielten sich an Wasser und einem Cappuccino fest. Auch zwei mickrige Whisky machten den Kohl nicht fett. Der Kerl mit der Tabakpfeife war besonders widerlich. Der Ober roch am Ärmel seines tadellosen Oberteils, noch morgen würde ihm der Qualm anhängen. Und jetzt wagte es der alte Pfeifenwichs, ihn durch Händeklatschen zu rufen wie einen Köter!

Langsam, eisig würdevoll schritt er zu besagtem Tisch. Er kritzelte die Rechnung, ließ sie auf den Tisch segeln. Er war entschlossen, ein Trinkgeld, gleich in welcher Höhe, wortlos zu ignorieren. Aber dazu kam es nicht. Unter Einsatz kleiner Münze beglich der General die Zeche groschengenau und sagte:

»Paß mal auf, Sonnyboy. Du bist zweimal ungerufen an den Tisch gekommen, hast mit der Serviette rumgewischt, weil du wolltest, daß wir noch was bestellen. Nun glotzt du uns an mit diesem Ab-in-die-Urne-Blick. Dir fehlt die richtige Grundausbildung. Geh mal nach Amerika, da kannst du lernen, was Dienstleistung sein kann. So, und jetzt hau ab, sonst gibt's was auf die Nuß, daß du deinen Propeller verschluckst. Mein Freund ist Arzt, er würde bestätigen, daß du gegen mich tätlich geworden bist.«

Dabei wuchtete sich Otto Siemund vom Stuhl hoch, ein Mannsberg, hoch über dem Angestellten. Er nahm die Mäntel vom Garderobenhaken, reichte einen dem Professor, der rot anlief. Und noch einmal, zum Kellner, der nach Worten rang: »Kein Wort, Junge, shut up, halt's Maul! Sonst kaufe ich den Saloon hier und sorge dafür, daß zuerst dein kleiner weißer Arsch auf die Straße fliegt!«

Er ging zur Tür und folgte dem Professor, der schon die Flucht ergriffen hatte.

Am Mittelstreifen der Linden stand ein dünner Mann in grüner Windjacke mit Baskenmütze. An jeder Ecke knipsten oder filmten Touristen die historischen Prachtbauten der deutschen Hauptstadt. Durch den Sucher seiner Videokamera blickte der Mann auf den Eingang des Cafés. Als der General herauskam, drückte er die Aufnahmetaste ... Er überquerte die Fahrbahn und folgte den beiden alten Herren nach.

Professor von Kolk bebte vor Abscheu. »Kellner verprügeln, ein Café kaufen, Leute rauswerfen – hast du noch alle Tassen im Schrank? Du bist übergeschnappt, Amerika hat dir den Verstand geraubt!«

Schelmisch verlegen zog Otto Siemund den Kopf ein. »Mein lieber Fritz, das Café könnte ich wirklich kaufen, sozusagen mit links. Uschi hat mir den Besitz hinterlassen. Was sollte sie damit, das letzte Hemd hat keine Taschen.«

Er blieb stehen, hielt den Begleiter fest und dröhnte: »Mensch, Fritz, ich besitze einen Haufen Kohle! Bimbes, wie das bei euch jetzt heißt! Ich, ein kleiner Arbeiterjunge – und fünfundfünfzig Millionen! Nicht etwa Mark oder Euros – nein, Dollars, greenbacks, bucks, richtiges Geld!« Er tanzte um den entgeisterten Professor herum, schlug ihm auf die Schulter. »Du meinst, ich phantasiere? Manchmal glaub ich selber, daß ich träume. Jetzt paß mal auf!«

Aus der Tasche fingerte er einen Zweihundertmarkschein. Mit dem Feuerzeug entzündete er ihn, setzte mit dem Fidibus den Pfeifentabak in Glut. »Glaubst du mir jetzt? Oder soll ich mit Tausendern kokeln?«

Voll Verachtung stieß ihn der alte Arzt beiseite und ging weiter. Mit langem Schritt blieb ihm der General zur Seite. »Fritz, erinnerst du dich an den Hunger nach dem Krieg? Ich habe den Teller mit der Zunge leergeputzt. Vom Tellerlecker zum Millionär – Märchen werden manchmal wahr!«

Er schmetterte ein Lachen heraus, in dem eine fortdauernde Überraschtheit mitschwang. Die lodernde Banknote wegschnippend, erklärte er versöhnlich:

»Mag sein, daß mich Amerika ein bißchen versaut hat. Aber mit ein paar Milliönchen kommt man leichter darüber hinweg. Hilf mir, daß ich wieder die guten Berliner Sitten annehme. Und jetzt vorwärts! Fritz, du mußt mir zeigen, was sich in den zehn Jahren in der Stadt so alles verändert hat!«

Vergnügt hakte er den grollenden Begleiter unter, zog ihn schwatzend hinein in den menschenwimmelnden Frühlingstag.

Ein Stück hinter ihnen spazierte der dünne Mann mit der Videokamera.

2

Es war ein Teller mit duftenden Bröckchen von gegrilltem Wildlachs, schwarzen Breitbandnudeln und einer gelbcremigen Soße. Kolk aß langsam, mit einem Genuß, merkwürdig gesteigert durch den Trübsinn, der ihn befiel, wenn er an seine Brieftasche dachte. Trotzig häufte er das verbilligte Menü auf die Gabel. Er hatte Hunger, er mußte sich stärken für die Verabredung mit den Türken in einer Stunde.

Ein Schwarm Japanerinnen zwitscherte an seinem Platz vorbei, gefolgt von einer österreichischen Trachtengruppe. Das italienische Restaurant am Savignyplatz summte im Mittagsgeschäft. Für die Stoßtrupps der Touristen schoben die Kellner im Handumdrehen Gestühl zu staatlichen Festungen zusammen. Nationale Tischwimpel leuchteten, die Europäische Union war in weiter Ferne.

»Herr von Kolk!« rief jemand von der Seite. »Ich freue mich, Sie zu treffen! Wie geht es Ihnen? Meine Gattin muß ich nicht vorstellen, Sie kennen sie ja.«

Kolk stand auf und erwiderte die Begrüßung. Ein Klient – der Fall lag ein paar Wochen zurück. Ein bebrillter Mann mit spärlichem Haarflaum. ›Fusselbirne‹ hatte ihn Kolks Mitarbeiterin Emma getauft. Kolk hatte den außerehelichen Umgang der Ehefrau observiert.

Nun stand sie neben ihrem Mann und betrachtete den Verräter. Kolk setzte eine versöhnliche Miene auf, jede Vergangenheit läßt sich aufarbeiten. Die Frau sah kalt durch ihn hindurch. Der Mann sagte, er wolle sich noch einmal für die Hilfe bedanken. Herr von Kolk habe, in gewissem Sinne, beigetragen, die Ehe zu reparieren, schmerzhaft zwar, deshalb wirksam und hoffnungsvoll für die Zukunft. Er zog seine Frau an sich, küßte ihre Wange. »Das Leben ist Berg und Tal, wir alle machen mal Fehler. Was vorbei ist, ist vorbei. Annabell und ich sind wieder glücklich miteinander.«

Gern legte Kolk ein passendes warmes Wort dazu. Der hochblonde Frost taute nicht auf. Aus dem Sucher der Kamera kannte Kolk das andere Gesicht, aufblühend, in Vorfreude gerötet. Wippende Hüfte, die neben dem Begleiter im Eingang des Hotels verschwand. Sie wollte beides, Sicherheit und Abenteuer. Solides Auskommen bei dem Langweiler Fusselbirne – und zur Erholung Wildlife in diskreten Absteigen mit einem südländischen Lockenkopf. Sie würde fremdgehen bis zum Jüngsten Tag, danach gleich wieder, vielleicht mit dem Richter.

Mitfühlend schüttelte Kolk dem Kunden die Hand und schenkte der Gattin eine Verbeugung. Er setzte sich wieder. Der Mann wandte sich zum Ausgang. Ihm folgend schwang die Frau ihr Louis-Vuitton-Täschchen am Riemen über die Schulter und fegte den Teller vom Tisch. Kolk fing ihn, Nudeln und Soße rutschten auf seinen Schoß. Die Frau sah über die Schulter zurück und outete sich als Anhängerin der Todesstrafe.

Eine Stunde später stieg Kolk am Humannplatz aus seinem Porsche. Die Türken erwarteten ihn schon. Zu dritt angerückt, harrten sie im silbrigen Hochglanz eines bulligen Chrysler Voyager. Der Familienchef mit grauem Schnurrbart begrüßte ihn lebhaft, er preßte Kolks Hand, als wolle er ihn einbürgern. Sie gingen zum Porsche. Kolk öffnete Türen, Kofferraum, Motorhaube. Die beiden Jungtürken begannen fachkundig mit einer Inspektion.

Aus dem Haus kam Kolks Partnerin Emma. Sie überreichte die vorbereiteten Papiere für den Verkauf und gesellte sich zu den beiden jungen Männern. Zu dritt stiegen sie ein und brausten zu einer Probefahrt davon.

Bedrückt schaute Kolk hinterher. Er war nicht krankhaft auf Besitz versessen, am Herzen lagen ihm nur zwei Gegenstände: sein Revolver und das Auto, das soeben um die Kurve entschwand. Sie kannten einander. Er gab dem Porsche das Kraftfutter und wurde dafür zum gewünschten Ort getragen. Ihr Verhältnis reichte über das Zweckmäßige hinaus. Das Auto war gelegentlich ungebärdig, fuhr schneller, als es durfte. Dann griff Kolk ein. Döste es beim Kaltstart, redete er ihm gut zu: He, du Schlafmütze, komm endlich in die Gänge. Der Motor brabbelte noch ein bißchen, brummte los, stark, gutmütig, zuverlässig. Bei Observationen kam es in langen Wartestunden zu Gesprächen. Kolk analysierte den Fall, stellte Mutmaßungen über den Ausgang der Sache an. Der Porsche wog Varianten ab, tat seine Meinung kund. Sie waren befreundet. Kolk fühlte, daß die Maschine an ihm hing wie er an ihr.

Nun verriet er den Gefährten, indem er ihn verkaufte. Er stand finanziell unter Druck, ihm blieb keine Wahl. Trotzdem bedrückte es ihn, er kam sich vor wie ein Schuft.

Der türkische Familienvater hatte den Fahrzeugbrief und die anderen Papiere überflogen. Er legte den Kaufvertrag auf den Kühler seines Amischlittens und unterschrieb ihn.

»Vielleicht gefällt er Ihrem Sohn gar nicht«, sagte Kolk verzweifelt.

Der Geschäftsmann klopfte ihm auf die Schulter. »Ich schaue mir den Besitzer an, das ist entscheidend. Danach weiß ich, ob der Wagen tipptopp ist. Der Preis geht in Ordnung, der Handel ist perfekt.«

Vergnügt zog er aus der Tasche einen Packen Tausendmarkscheine, zählte ein Bündel ab, klatschte es dem Detektiv in die Hand. Sein Schnurrbart zuckte lustig.

»Das Auto ist für meinen Sohn Birol bestimmt. Soll ich Ihnen die Bedingung verraten? Birols Deutsch ist Müll, sein Türkisch genauso. Eine Schande, wenn jemand die Muttersprache nicht beherrscht! Man weiß ja nicht, was kommt, er muß einwandfrei Türkisch sprechen und schreiben können. Ich stelle den Porsche vor unser Lokal. Wenn Birol Döner schnippelt, kann er ihn sehen, darf aber noch nicht fahren. Er muß Diktate schreiben, ich lasse ihn türkisch mündlich und schriftlich prüfen. Er muß büffeln, so wie ich damals das blöde Deutsch büffeln mußte. 'tschuldigung, ist nicht nationalistisch gemeint. Ich kenne meinen Jüngsten, oho, der Bengel wird schwitzen und jammern. Aber vor seiner Nase wartet das Traumauto. Damit kriegt er jedes Mädchen, 'ne Moslemin natürlich erst nach der Heirat. Der Anblick macht den Jungen fertig. Gut ausgedacht, stimmt's? Aber Birol wird es schaffen, wir Türken sind Siegertypen. Ach ja, wenn Sie mal gut essen wollen, kommen Sie bei uns vorbei – für einen Geschäftspartner wie Sie immer zum halben Preis. Nebenbei, Herr von Kölk, Sie haben einen Mordsfleck auf der Hose.«

Kolk nickte gequält. Sein Auto, das ihm nicht mehr gehörte, rollte heran und hielt am Bordstein. In blindem Vorwurf blickten ihn die Scheinwerfer an. Kolk wandte sich ab. Emma und die beiden jungen Männer stiegen aus. Jener, den Kolk für Birol hielt, klopfte auf die Motorhaube und rief begeistert: »Hej, Vadda, eej, Scheißendreck, guckstu kannstu sehn, sekksehn Vendil, Alder, echt krass wie unter Arsch abgeht!«

Sein Vater herrschte ihn türkisch an und schob ihn in die silberne Familienkutsche. »Tebrik ederim!« rief Emma dem Graukopf zu. Er winkte aus dem Fenster. Der zweite Jüngling übernahm den Porsche. Hintereinander fuhren sie los. In der Kurve winselte der Stuttgarter mit den Reifen wie das Opfer einer Entführung auf offener Straße.

Emma hakte Kolk unter und sagte teilnahmsvoll: »Das war Türkisch und heißt ›Herzlichen Glückwunsch‹. Ach, Chef, Ihr kleiner Liebling, nun ist er weg. Sie können ihm ja gelegentlich eine Karte schreiben.«

Den Mund solle sie halten! fuhr Kolk sie an. Er war ernstlich erbost. Emma war eine tüchtige Autofahrerin, sogar kleine Reparaturen erledigte sie eigenhändig. Aber es überstieg den weiblichen Horizont, daß ein Mann zu einer Maschine ein persönliches Verhältnis pflegen konnte. Niemals würde ihr einfallen, mit einem Wagen zu sprechen; falls sie es versuchte, würde er ihr nicht antworten.

Er gab ihr die Papiere und das Geld, behielt nur einen Tausender. »Bezahlen Sie die offenen Rechnungen. Dann ziehen Sie los und sehen sich nach einem Gebrauchten um. Die Marke ist mir egal, nur keinen Italiener. Limit zweitausend Mark, mehr haben wir nicht übrig. Schauen Sie genau hin, lassen Sie sich keinen Schrott andrehen!«

Emma beugte sich zu ihrem Fahrrad, das neben der Haustür lehnte, und löste die sichernde Kette. »Für zwei Mille besorge ich was ganz was Solides«, sagte sie und schaukelte über den Humannplatz davon.

Kolk ging ins Haus, stieg die Treppe hinauf zur Wohnung, die auch als Büro diente. Er setzte sich an den Schreibtisch und ergriff den frisch angelegten Ordner mit der Aufschrift ›Otto Siemund‹. Er hatte den Mann bereits kennengelernt, schon am Mittwoch hatte Kolks Vater angerufen und ihm den Besuch der Volksarmee angekündigt.

Ach je, die Zeit bei der Fahne. Damals, in Uniform, hatte er sich anfangs wenig Gedanken gemacht. Alle Staaten besaßen Armeen, sogar die neutralen waren vortrefflich gerüstet. Der junge Kolk fühlte sich angezogen von rauher Kameraderie, von der sportlichen Herausforderung. Lockeren Schrittes durchlief er den Dienst, glänzte als Mitglied einer Boxstaffel. Die einzigen Feinde, die Schütze Kolk umlegte, waren Jungs aus anderen Einheiten. Beim anschließenden Saufabend ging er mit auf die Bretter.

Bei Märschen schrie der Zugführer: Atomblitz von vorn! – Das hieß, runter aufs rechte Knie, linken Arm schützend vor die Augen halten. Unter dem Ellbogen die feixenden Münder der Kameraden. Hiroshimamasche nannten sie die Übung. Auch Kolk griente, er war sicher, daß auch die westlichen Soldaten bei ihren Manövern belustigt reagierten. Im nahen Wald standen sowjetische Raketen, weil jenseits der Grenze die amerikanischen lauerten. Derart geheim waren die Stellungen, daß nach und nach jeder Bescheid wußte. Falls eines schönen Tages die atomaren Pilze hochwuchsen, waren sie alle tot, hüben wie drüben. Die Stäbe und die wertvollen Politiker beiderseits in den Bunkern würden länger leben, am Ende müßten auch sie verrecken. Das war ein Trost, leider war niemand mehr da, der schadenfroh sein konnte. Die Welt war im Eimer. Das Ritual bestand darin, so zu tun, als nähme man die nahende Katastrophe nicht wahr. Auch ohne den atomaren Blitz waren sie schon erblindet.

Der Vater bot in dem Dilemma keine Hilfe. Als Staatsbürger bejahte der Genosse Professor Fritz von Kolk die Volksarmee, als Mediziner plagten ihn Skrupel. Den Zwiespalt füllte er mit dem Begriff Dialektik. Trieb ihn der Sohn in die Enge, knurrte er ihn an, er solle den eigenen Kopf benutzen. So wuchs in Kolk junior schubweise eine Abneigung gegen Uniformen, egal von welcher Truppe.

Das war auch heute noch der Fall. In der S-Bahn hatte er neben ein paar jungen Soldaten gesessen, die sich flottweg unterhielten. Im Mittelpunkt stand einer, der im Kosovo Dienst geschoben hatte. Er berichtete, daß er und seine Kameraden in Prizren zwei Serben erschossen hatten. »Die ballerten mit der Kalaschnikow in die Luft, kurvten mit 'nem Lada auf unseren Panzer zu. Haben nicht auf Warnruf reagiert. Na, wir volles Rohr, Maschinengewehr und G-36. Wenn schon, denn schon. Na ja, die beiden waren besoffen, Pech gehabt. Unser Leutnant hat von Scharping das Ehrenkreuz in Gold gekriegt. Leute, ich sage euch, der Kampf, das ist das Äußerste!«

Ein alter Herr sah von seiner Zeitung auf und hörte den Soldaten zu. Es schien, daß er ein Wort in die Debatte werfen wollte. Er zögerte zu lange, die Soldaten stiegen an der Friedrichstraße aus. Der Herr schaute zu Kolk und fing an zu schwatzen. Er sei in der Fremdenlegion gewesen, in Nordafrika. »Mir haben sie ins Geschlecht geschossen. Ich wollte vorhin die Hosen runterlassen und den Jungs zeigen, wie eine Verstümmelung an der Stelle aussieht. Aber wir sind zivilisiert, wir gehen der Wahrheit aus dem Weg. Mann, ich sage Ihnen, der Irrsinn nimmt kein Ende. Nun auch Frauen als Soldaten, bewaffnet, bei der kämpfenden Truppe. Das gab's nicht mal bei Hitler. Hier in der Zeitung steht, wir sind vom Europäischen Gerichtshof zur Verfassungsänderung gezwungen worden. Verflucht, wo leben wir denn, wieso können ein paar Hirntote im Ausland über uns bestimmen?«

Nein, Kolk war kein Armeefan. Ob alte Volksarmee oder neue Bundeswehr – es war bescheuert, Leuten zu gehorchen, die selber Befehle von Typen befolgten, die wiederum Weisungen von einer höheren Ebene erhielten. An der Spitze standen keine Leuchten; Genies gingen nicht zur Armee. Dumm war die Spitze nicht, der Kriegsminister trug vorsichtshalber Zivil. Noch nie hatte ein Politiker an einem Panzer gerüttelt, der ins Gefecht rollte, und gerufen: Ich will da rein! Solche Leute nahmen keine Waffe in die Hand; von jeher sorgten Bonzen dafür, daß ihre kostbaren Eier außer Schußweite blieben. Nein, Kolk empfand keine Neigung, sich mit einem Klienten aus der früheren militärischen Führung zu befassen. Aber die Detektei brauchte Einkünfte, er war gezwungen, den Ex-General zu empfangen und anzuhören.

Als der angekündigte Besucher gestern vormittag Punkt zehn Uhr in das Büro einmarschierte, ächzten die Dielen unter dem Schritt des schweren Mannes. Den titangrauen, schnittigen Zweireiher trug er wie eine Uniform, es fehlte nur der Helm. Beinahe hätte Kolk salutierend strammgestanden, er war sicher, der Klient Otto Siemund hätte das begrüßt.

Wuchtig ließ er sich in den Sessel vor dem Schreibtisch fallen, fragte jovial, wo Kolk seinen Ehrendienst in der NVA abgeleistet habe. Knapp, am Minimum höflich, erstattete Kolk Bericht. Als er den Standort Eggesin in Mecklenburg erwähnte, dröhnte der General: »Heiliger Strohsack, Eggesin, die Stadt der drei Meere: Sandmeer, Kiefernmeer, gar nichts mehr.« Er prustete schallend, fing sich vor dem ernsten Gemeinen gleich wieder.

Kolk mußte die Aufzählung fortsetzen; der Besucher quittierte die Namen von Truppenteilen, Kommandeuren, Standorten und Waffengattungen mit entschlossenem Nicken, als wären dort die Warschauer Manöver noch im Gang.

Danach kam er zur Sache. Den Ermittlungsauftrag umriß er wie eine Planung zur Gefechtsübung. Kein Punkt wurde vergessen. Kolk sollte Zusatzfragen stellen – er hatte keine. Eine Erörterung des Honorars wischte der General beiseite: Kosten spielten keine Geige, Rechnungen seien überflüssig. Kollegen aus dem Osten hauten einander nicht übers Ohr, schon gar nicht, wenn sie früher das gleiche Ehrenkleid getragen hätten.

Sofern er das Kleid nicht wieder anziehen mußte, konnte Kolk damit leben. Klienten, die großzügige Honorare in Aussicht stellten, verirrten sich gewöhnlich nicht in diese Gegend. Generalmajor Otto Siemund war der erste seiner Art in der Detektei am Humannplatz, und Kolk mußte widerstrebend einräumen, daß man, dialektisch betrachtet, das Militär ablehnen und trotzdem daran verdienen kann.

Er gab sich einen Ruck und schlug den Ordner auf. Kinderaugen lachten ihn an, ein Knäblein, blondgelockt, ein süßer Engel, ein Putto der Renaissance, heiligem Altarbild entsprungen, nur das Halstuch der Thälmannpioniere fiel aus dem Rahmen.

Schon als ihm der Besucher das Foto über den Tisch schnippte und Erläuterungen gab, hatte der Bengel Kolk mißfallen. Die Abneigung auf den ersten Blick vertiefte sich bei zweiter Einsicht. Aus der Erklärung des Generals und der Lektüre einiger Papiere ergab sich eine leicht überschaubare Aktenlage. Otto Siemund hatte eine Schwester in Louisiana, die tot war, und einen älteren Bruder namens Gottlieb. Der krisenfeste Vorname hatte ihn nicht davor bewahrt, ebenfalls schon vor langer Zeit in die Grube zu fahren. Es geschah, als er und seine Frau im Wartburg in einen sowjetrussischen Panzer brausten, der zum Schutz des Friedens versehentlich die Autobahn bei Halle überquerte.

Gottlieb war Christ und Gräzist, ein Job, den der General, wie er betonte, auch heute noch für entbehrlich hielt. Mit dem älteren Bruder, der die Familie früh verließ und von Berlin nach Leipzig umzog, hatte Otto Siemund kaum Umgang gepflogen; zu weit lagen altgriechische und frühsozialistische Neigungen auseinander. Während Otto mit der Schwester Ursula in Amerika wenigstens antagonistische Postkarten wechselte, erstarb die Beziehung zur Familie des älteren Bruders gänzlich.

Nur einmal – so vertraute der General dem Detektiv an – war jener Gottlieb mit Frau und Kind nach Berlin gekommen. Bei Rondo-Kaffee und Pflaumenkuchen verkündete er dem kinderlosen Militärehepaar: »Siggilein ist ein Geschenk des Himmels, nur wenigen Eltern wird solches Glück zuteil. Seht ihn euch an, den lieblichen Engel, die süße Unschuld – ist dieses kleine Wesen nicht ein Wunder der Schöpfung im HERRN? Die Leute behaupten, er sei das reizendste Kind in ganz Leipzig-Leutzsch – was meint ihr dazu?«

Falls er noch auf Erden wandelte, war der Leutzscher Kinderstar inzwischen ein Mann in den Dreißigern. Den siebzigjährigen General bedrängte der Gedanke, wem er den Besitz hinterlassen sollte, den er von der Schwester übernommen hatte. Freimütig zählte er dem Detektiv die Institutionen auf, die ihm durch den Kopf gegangen waren: die Kirche in Louisiana, die Suppenküche für Obdachlose in New Orleans, das Anti-Drogen-Center, die Liga gegen Rassismus oder der Bund zur Überwindung des Analphabetentums in den Vereinigten Staaten.

Manchmal und zunehmend häufiger fiel ihm der kleine Neffe ein, Siegfriedchen, der in ferner Vergangenheit ein einziges Mal auf Otto Siemunds Knie geritten war. The golden boy, Prince Charming, schon als Kind über die Maßen verständig, er wollte des Onkels Dienstpistole auseinandernehmen. Was war aus dem Kind, dem Erwachsenen sodann geworden? Lebte er noch? War Siegfried der vorletzte und vielleicht bald der letzte Sproß vom Stamme der Siemunds?

Mit der Entscheidung, so meinte der General, habe er sich lange geplagt. Der erwachsene Neffe war ihm unbekannt. Die Vereinigten Staaten hingegen waren ihm vertraut. Und noch einmal fragte er sich: Sollte nach seinem Ableben das Vermögen amerikanischen Institutionen übereignet werden, Organisationen, die löbliche Zwecke verfolgten, leider auf dem Operationsgebiet des alten Klassenfeindes? Wird das System verbessert, wenn man es beschenkt, ist Kapitalismus heilbar?

Im schaukelnden Stuhl auf der Veranda in Louisiana trat aus sinkender Sonne immer öfter der schimmernde Knabe vor das innere Auge des Generals, das blutsverwandte Kind, ostgeboren, ostgebildet, wenn auch mit ein paar christlichen Eierschalen. Otto Siemund, Emigrant der Wende und seit Jahren fern der Heimat, ließ das ›Neue Deutschland‹ und die ›Berliner Zeitung‹ und sogar die ›junge Welt‹ an den Mississippi einfliegen. Die Blätter kamen eine Woche verspätet an; im Internet hätte er sich aktuell belesen können. Aber er wollte das Papier befühlen, er roch sogar daran.

Vieles hatte sich drüben in der alten Heimat verändert, zum Besseren wie ins Fatale. Er las von der anschwellenden Zahl der Leute, die mangels volkseigener Werke nicht mehr werktätig waren. Durchaus möglich, daß auch der Neffe zu den Büßern der deutschen Einheit gehörte. Vielleicht war er verarmt, obdachlos gar. Sein gräzistischer Vater hatte ihm gewiß keine Reichtümer hinterlassen. Welches Schicksal hatte den

Neffen ereilt nach dem Einzug der Brüder und Schwestern aus dem Westen, von denen sich viele als Raubritter entpuppten? Schlief Siegfried hungrig unter Brücken, während sein Onkel auf feudaler Veranda Champagner schlürfte?

In sippenhafter Wallung schlug der General auf den Schreibtisch und erhob sich. Vor dem Detektiv ragte ein Kommandostand, aus dem es röhrte:

»Alles klar, Herr Kommissar? Finden Sie meinen Neffen! Stöbern Sie ihn auf, koste es, was es wolle! Sie haben freie Hand, recherchieren Sie in Leipzig und notfalls am Nordpol. Schaffen Sie mir den boy ran, egal aus welcher Ecke. Ich bin nicht mehr der Jüngste, ich habe nicht mehr viel Zeit. Also bitte mit Karacho, Kollege! Sturmangriff, volle Pulle, Sprung auf, marsch, marsch! Drücken Sie auf die Tube, machen Sie Dampf!«

Er quetschte Kolks Hand und schritt über aufstöhnende Dielung hinaus.

Hinterlassen hatte er die Mappe, die nun auf Kolks Schreibtisch lag. Griesgrämig blickte er auf das Foto, in das fröhliche Frätzchen eines Kindes, dessen ausgewachsene Version ein Riesenvermögen erben sollte. Wider jede höhere Gerechtigkeit war das, auch wenn die Steuer ein Stück vom Schatz abzwackte. Der Erbe würde in Luxus schwimmen, nie mehr mußte er schuften. Altersarmut, ein Fremdwort. Allein von den Zinsen konnte Playboy Siegfried in Saus und Braus leben. Das war sittenwidrig! Fünfzig oder hundert Mille wären zu verkraften. Kolk war bereit, bis zu einer ererbten Million zu gehen. Das genügte für ein Haus, neues Auto, neue Freundin, eine Weltreise. Ein Volk von Einser-Millionären – einverstanden, warum nicht. Die meisten Ottos Normalverbraucher würden weiterhin einer Beschäftigung nachgehen. Deutsche wollen ackern. Sie erholen sich nur bei der Aussicht, daß sie wieder ranklotzen können. Keiner weiß warum, vielleicht werden sie in Schwerarbeit gezeugt und kriegen das mit auf den Weg. Außerdem haben sie stets Angst vor der Zukunft. Deshalb sparen sie – und sind verblüfft, wenn sie in der Krise badengehen. Aber jetzt noch nicht. Zur Zeit sind die fünfundfünfzig Millionen ein harter Wert, jedes Maß sprengend. Der Beschenkte schnappt über, die anderen ballen, wie Kolk momentan, die Faust in der Tasche. Am Telefon hatte Kolks Vater ihm den Umfang von Otto Siemunds Vermögen verraten und zornig kommentiert: »Eine Kriegserklärung an das soziale Gewissen!«

Dazu hatte Kolk geschwiegen. Zustimmung wäre Wasser auf Vaters Parteimühle gewesen. Rote durfte man nie ermutigen; bietest du den rechten kleinen Finger, nehmen sie die linke Hand. Bei seltenen Anlässen, wo sich der Sohn unvorsichtig zu kritischem Geschimpfe hinreißen ließ, hatte der Vater ihm nahegelegt, seiner bunten Truppe beizutreten. Von wegen bunt! Wer's glaubt, wird selig. Wich der Sohn aus, bekniete er ihn, er solle wenigstens als Parteiloser die gute Sache unterstützen. Dabei ließ er durchblicken, daß die kleine Variante einem Kolk kaum angemessen zu Gesicht stünde.

Zugegeben, in solchen Debatten war es schwierig, den Alten durch Argumente auf Abstand zu halten. Der Fall Siemund war kein Einzelfall. In jedem Industrieland gab es Dutzende, Hunderte junge Lümmel oder Weiber, denen haarsträubende Konten zufielen, dazu Großgrundbesitz, komplette Wälder, Seen, Berge mit einem Schloß obendrauf. Sie hatten dafür keinen Handschlag getan. Die einzige Arbeit würde darin bestehen, den Erbschein zu unterschreiben. Siegfried Siemund würde Millionen Dollar kassieren. Hasso von Kolk würde von seinem Vater eine Bibliothek erben, gefüllt mit deutschen und ausländischen Klassikern, Mamas Physikbüchern, orthopädischer Fachliteratur und der Marx-Engels-Gesamtausgabe. Er wußte schon jetzt, daß ihr Verkauf nicht reichen würde für eine Zusatzrente ...

Er ging in die Küche, mischte einen Gin Tonic und stürzte das halbe Glas herunter. Wieder am Schreibtisch betrachtete er nochmals das Bild des kleinen Siegfried. Kolk liebte Kinder. Aber nicht alle.

Er klappte den Ordner zu und befahl sich, Angenehmes zu denken. Zum Beispiel an Kika, mit der er letzten Monat eine Nacht gesellig verbracht hatte. Einmalig ihre Art, in der Aufwärmphase gurrend mit sanften Bissen das Ohr zu traktieren. Besinnlich zupfte Kolk am Läppchen. Ihre geringelten Haare kitzelten sein Gesicht. Gleich schob sich über Kikas verschwimmende Züge das Gesicht des goldlockigen Erbengels Siegfried. Sofort stieg Kolks Unmut wieder auf. Zugegeben, die Abneigung gegen ein wildfremdes Kind war kindisch. Aber er konnte den Ärger nicht unterdrücken und sah mißgestimmt voraus, daß der lukrative Nachforschungsauftrag bis zum Abschluß damit belastet sein würde.

Er schob den Sessel zurück, trat ans Fenster. Die tristen Fassaden der Häuser glotzten auf die renovierte Parkanlage. Zwischen Bäumen hantierte eine verlotterte Gestalt am aufgekrempelten Ärmel. Auf der Bank neben dem geschlossenen Pissoir hockte eine vermummte Frau neben einer rauchenden Mannsruine. Der Verlotterte setzte sich zu ihnen. Eine Flasche machte die Runde.

Für die Detektei war ein günstigeres Umfeld denkbar. Nachdem er am Kurfürstendamm den finanziellen Absturz erlitten hatte, wäre Kolk lieber in das renovierte Quartier rings um den östlichen Kollwitzplatz gezogen. In die aufgemöbelten Althäuser hatte sich neureiche Schickimickeria eingetopft, Anwälte und Beamte, Geschäftsleute und Abgeordnete und solche, die es werden wollten. Die richtige Durchmischung potentieller Klienten für eine Agentur. Aber die Wohnungen und Büros waren für einen kleinen Ermittler zu teuer. Kolk landete ein Stück weiter am verschmuddelten Rand des Prenzlauer Bergs zwischen Humannplatz, Dunckerstraße und Helmholtzplatz.

Ergattert hatte er hier Behausung und Büro mit niedriger Miete. Die Aufträge lagen auf gleichem Niveau. Der erste Besucher war ein Korse, der, von Raucherhusten geschüttelt, um Hilfe gebeten hatte. Ihm waren aus der Wohnung 1400 Stangen Zigaretten entwendet worden, Golden American, Lucky Strike, Gauloise und Peer Filter Long Size. Als Kolk fragte, woher sie stammten, zwinkerte er und tippte die Fingerspitzen gegeneinander. Das Beutegut war ihm wieder gestohlen worden, von einem Kroaten, mascalzone!, ein Lump, dem das Messer locker saß. Die Polizei einzuschalten schien nicht ratsam. Der Detektiv sollte das Stangengut gegen Provision zurückholen: Por favore, Signore Kolko, eine Pistola ist stärker als ein Messer!

Kolk empfahl ihm, mit dem Rauchen aufzuhören.

Später hatte Emma eine Dame ins Büro geführt. Schmuck und Frisur ließen auf gehobenes Bürgertum schließen. Dem zweifelhaften Ruf trotzend, hatte sie am Vortag abends einen Spaziergang in das unterentwickelte Gebiet gewagt, begleitet von dem Mischling Heide. Den Pennern am Helmholtzplatz spendete sie Zuspruch und Kleingeld. Dabei, so berichtete sie, hätten ein paar freilaufende Hunde die unerfahrene Heide angemacht, und das dumme Stück, »entschuldigen Sie den Ausdruck«, sei mit den vertierten Kötern auf und davon.

Der Ermittler sollte Heide wieder beschaffen – falls sie noch lebt, sagte die Dame mit einer Miene, aus der die Befürchtung sprach, daß die verwilderten Bewohner des Prenzlauer Halbslums in den umliegenden China-Lokalen mit Wan-Tan und Lau-Jok gern auch mal Wau-Wau am Stäbchen hatten.

Die Klientin war nervös und bat, die Toilette aufsuchen zu dürfen. Kolk holte den Schlüssel für das Holzkabuff eine halbe Treppe tiefer und erklärte, daß in den nächsten Tagen ein neues Bad, mit allem Drum und Dran auch für Klienten, in die Bürowohnung gebaut werde. Überhaupt sei damit zu rechnen, daß nunmehr der frische Strom einer umfassenden Sanierung durch den Kiez rauschen werde.

Sie müsse jetzt, meinte Frau Heide und suchte das Weite.

Kolk trat vom Fenster zurück und ging hinüber ins Vorzimmer. Ein Anruf beim Einwohnermeldeamt in Leipzig lief ins Leere. Er setzte sich auf Emmas Platz am Computer, schob die CD Rom in den Schlitz, gab den gesuchten Namen ein.

Legionen Nummern von festen und mobilen Telefonen waren gespeichert, darunter scharenweise Siemunds, auch in Kombination mit dem Vornamen Siegfried. Nur nicht in Leipzig-Leutzsch unter der früheren Anschrift von Klein-Siegfrieds Eltern. Die Adresse, vom General übergeben, war der einzige Anhaltspunkt für die Suche nach dem Goldjungen. Ihn nach rund dreißig Jahren auf Anhieb zu finden war zuviel verlangt. Vielleicht war er Schlagerstar, Konzernchef oder Geheimdienstmann geworden, in solchem Fall würde der Anschluß im öffentlichen Verzeichnis fehlen.

Wo war Siegfried Siemund heute? Das Kerlchen, nach dem Unfall der Eltern verwaist, mußte in die Obhut der Behörden gekommen sein. Der Onkel Otto Siemund konnte darüber keine Auskunft geben, er absolvierte zu jener Zeit eine Ausbildung in der Sowjetunion. Auch wenn die Vorgänge lange zurückliegen – jeder Mensch hinterläßt Spuren, die aufzudecken sind.

Kolk ging ins Wohnzimmer, holte die Tasche hervor und kippte die Utensilien für das Boxtraining heraus. Während er Unterwäsche und Hemden einpackte, rief er die Bahnauskunft an und ließ sich die Abfahrtzeit des nächsten Zuges nach Leipzig durchgeben. Er wollte nicht warten, bis Emma mit Berlins preiswertestem Gebrauchtwagen zurückkam. Er griff einen Block und schrieb eine Notiz, daß sie freie Hand habe, gleich mit den Reparaturen anzufangen.

Er warf das Rasierzeug in die Tasche und pfiff vor sich hin. Der General meinte, daß Ossis in Geldsachen fair umgehen und einander nicht übers Ohr hauen würden. Da hatte er sich geschnitten. Kolk würde mit der Bahn fahren – berechnen würde er einen dicken Mietwagen. In Leipzig würde er ein billiges Zimmer nehmen, fiktiv erschiene ein gutes Hotel. Er würde gesund von Cornflakes, Äpfeln und Gin leben, aber zu Buche schlagen würden Mahlzeiten in gehobenen Restaurants. Wer fleißig nachforscht, muß gut essen. Angesichts der kommenden Ausgaben erschien ein Tagesspesensatz von zweitausend Mark durchaus angemessen.

Daß Siemund ein Ostkollege war, kümmerte Kolk überhaupt nicht. Bis zu den goldenen Achselstücken würde er den Millionengeneral abzocken. Das galt auch für den Erfolgsbonus. Wie hatte Siemund getönt: »Wenn Sie meinen Neffen finden, bestimmen Sie die Prämie, ich akzeptieren jeden fünfstelligen Betrag!«

Das läßt sich ein Börsenverlierer nicht zweimal sagen. Zehntausend war fünfstellig, neunundneunzigtausend auch. Schon ahnte Kolk, in welcher Gewinnzone er landen würde.

Aber das soziale Bauchweh ließ sich nicht völlig vertreiben. Sein Honorar, wie hoch auch immer, war ein Trinkgeld, verglichen mit dem Vermögen, das dem Erben zufallen würde. Seit Kolks Absturz am Aktienmarkt reagierte er am Nervus Rerum empfindlich. Dem einen kam das Geld abhanden, dem anderen flog es zu. Gab es Zusammenhänge? Wo war sein hingeschwundenes Kapital geblieben? Geld verdunstet nicht. Er hatte es eingezahlt – irgendwo mußte es noch vorhanden sein! War es möglich, daß seine Kohle und die anderer Verlierer als Gewinn ins Depot Siemund gewandert war, auf abgründigen Bahnen, über die nicht einmal Bankleute eindeutig Auskunft geben konnten oder wollten?

Gehupft wie gesprungen. Falls er die Person Siegfried Siemund aufspürte, erbte jener Bursche die Millionen. Darüber würde Kolk sich giften, und sein Vater würde ihn damit noch zusätzlich aufreizen. Fand Kolk den Neffen nicht, würde er sich schwarz ärgern, weil ihm die Prämie entginge.

Er streute Futter ins Aquarium, leise fluchend, um die in Reihe wedelnden Kois nicht zu schrecken. Er nahm die Reisetasche, verließ das Büro und klopfte eine Treppe tiefer an die Tür von Emmas Wohnung. Sie war noch nicht vom Autokauf zurückgekehrt. Kolk schob den Zettel mit der Notiz in den Spalt und machte sich auf den Weg.

Die Erkundung hob positiv an. Schon der erste Vorstoß ließ hoffen, daß der Erfolg auf kurzer Strecke zu gewinnen sei.

In Leipzig-Leutzsch tat Kolk im früheren Wohnhaus der Siemunds eine uralteingesessene Rentnerin auf. Es schien, daß sie ihr Leben mit aufgestützten Ellbogen auf einem Kissen am Fenster verbracht hatte.

»Die Siemunds? Glar habsch die gegannt!« Der Dod von Siechfriedchens Eldern durch einen Russenbanzer sei im Dasein der Hausgemeinschaft ein Höhebunkt gewesen, das vergißt geiner. Das tragische Ereignis fiel zeitlich zusammen mit der Verleihung der Goldenen Hausnummer, mit der die Mietergemeinschaft für die Vorgartenpflege ausgezeichnet wurde. Die Feier sei ein großes Gelage gewesen – »damols gonnt'ch noch mitbicheln« –, übermütig und wehmütig zugleich. Erstaunlich genug, entsann sich die Neunundachtzigjährige sogar noch der Adresse des Kinderheims Magarengo in Leipzig-Eutritzsch, dem der kleine Siggi nach dem traurigen Hingang der Eltern anvertraut worden war.

Von Leutzsch nach Eutritzsch. Das Erziehungshaus arbeitete noch, wenn auch nicht mehr unter dem Namen des sowjetischen Pädagogen Makarenko. Nachdem sich Kolk als Beauftragter des Onkels Otto Siemund ausgewiesen hatte, durfte er in die Unterlagen Einsicht nehmen. Klein-Siegfrieds Werdegang im Heim war ohne besondere Vorkommnisse verlaufen. Nach dem Abschluß der Schule hatte er die Lehre in einer Fleischerei in Leipzig-Wiederitzsch angetreten.

Von Eutritzsch nach Wiederitzsch. Mit der Straßenbahn fuhr Kolk hinaus zu der Adresse im zerkrümelten Stadtrand.

Am Tanzplan Nr. 42 stand er vor einem Video Shop. Im Laden handhabte eine weißhaarige Mutter Teresa die Bohnermaschine. Sie kannte den Meister Erwin Wurtzsch – »drolliger Name, nicht wahr?« –, der früher die Konsum-Fleischerei geführt hatte. »Siegfried Siemund, der Lehrling? Aber ja! Am besten, Sie fragen den Meister«, sagte sie und beschrieb den kurzen Weg zur Wohnstätte des Rentners.

Kolk durchquerte einen verwilderten Vorgarten mit Tomatenstauden und kam zu einem Holzhaus, das durch beidseits gebaute Karnickelställe gehalten wurde. Auf der Terrasse saß ein alter Mann in rotgestreiftem Hemd. Graue Koteletten rahmten ein gegerbtes Gesicht. Herantretend entbot Kolk die Tageszeit, nannte seinen Namen und machte ein launiges Kompliment über Haus und Garten.

Der Alte antwortete nicht. Er war dabei, sich eine Spritze am Bauch zu setzen. Auf dem Tisch lagen Ampullen, Teststreifen und ein Meßgerät.

Um die Atmosphäre aufzulockern, griff Kolk zu ein paar netten Worten über Diabetes Typ zwo. »Ein Bekannter von mir, er sieht nicht mehr gut, hat zittrige Hände, ihm sind Fehldosierungen unterlaufen. Jetzt nimmt er einen Insulinpen mit Dosis Memory, ich glaube von Aventis. Das haut hin. Patronenwechsel fällt auch weg, man schnappt sich einfach den nächsten Pen aus der Box.« Und der Fortschritt schreite voran, fuhr Kolk munter fort, man hoffe auf das angekündigte Atemspray, mit dem das Insulin über die Lunge ins Blut gelangen könne. Noch besser wäre freilich eine Pille, mit der ...

Der Alte unterbrach ihn. »Was wollen Sie?«

»Siegfried Siemund«, sagte Kolk. »Ihr Lehrling, Geselle, Arbeitskollege. Ist lange her. Wissen Sie, wo ich ihn finden könnte? Es gibt eine frohe Botschaft für ihn.«

»Der Siggi? Ach so. Warten Sie einen Moment.«

Der Diabetiker legte die Spritze weg und ging ins Haus. Er kam zurück, streckte den Arm aus und feuerte mit einem Revolver auf den Besucher. Die Karnickel schreckten aus dem Mittagsschlaf, trommelten wild in den Holzbuchten. Verfolgt von einer Gaswolke und dem Krachen weiterer Schüsse, floh Kolk aus dem Garten.

Er ging zurück zum Video-Geschäft. Mutter Teresa saß auf der Bank vor dem Laden und rauchte eine Zigarette. Sie schien die Rückkehr erwartet zu haben.

»Ich hab's gehört. Er ist sogar schon verhaftet worden. Vor kurzem hat er auf den Briefträger geschossen, die Erhöhung der Rente war eine Senkung.«

Kolk setzte sich neben die Frau und bat, ihn über die Hintergründe aufzuklären. Aber sie blieb bei der Rente, stieß vor in eine größere Verbindung. »Hier war mal Osten, jetzt ist Westen. Was halten Sie von dem neuen Staat?«

Mit Blick zum Himmel holte Kolk weit aus zu einer Geste, die offenließ, ob er eine Sternstunde oder einen Schlaganfall deutscher Geschichte vor Augen hatte.

Die weißhaarige Bohnerfrau hob die Hand und zeigte auf das Plakat mit Bruce Willis im Ladenfenster. »Ich gucke gern Filme, habe mir sogar einen Recorder gekauft. Von meiner Rente. Bei manchen ist sie üppig, na ja. Sie sehen, ich muß meine Zigaretten selber drehen. Die Videos habe ich natürlich umsonst. Ich gucke gern Kriminalfilme, da sterben mehr junge Leute als alte. Mir gefallen auch Szenen, in denen Detektive für Informationen bezahlen müssen.«

Den Zehner, den Kolk auf die Bank legte, übersah sie, den Zwanziger ebenso. Den Fünfziger betrachtete sie kurz. Den Hundertmarkschein nahm sie, ließ ihn im Kittel verschwinden. Sie rollte eine neue Zigarette, bot auch dem Gast Tabak und Papier an. Kolk lehnte dankend ab, und sie begann ihren Bericht.

Siegfried Siemund hatte nach der deutschen Vereinigung noch bei dem Fleischer Wurtzsch gearbeitet. Neben öffentlicher Versorgung ging der Meister seit langem einer verschwiegenen Tätigkeit nach, die ihn in den Zoologischen Garten der Messestadt führte. Gelegentlich stellte sich dort unerwünschter Nachwuchs ein, den die Eltern bei leichtfertigem Sex produziert hatten, ohne an die Wohnungsfrage zu denken. Dann wurde Wurtzsch gerufen. Er häutete und zerlegte die eingeschläferten Tiere. Dabei hatte ihn sein Geselle Siegfried Siemund heimlich fotografiert.

Die nach der Diktatur des Proletariats endlich erlangte Pressefreiheit nutzend, verkaufte er die Bilder an eine neue Leipziger Boulevardzeitung, die auf Nacktfleisch spezialisiert war. In der Regel ging es um Frauen. Aber im Sommerloch war jeder Happen willkommen. Siggi hatte einen empfindlichen Farbfilm benutzt. Die Schnappschüsse zeigten den Meister mit blutbespritztem Oberkörper beim Zerstückeln von Tigerbabys, Löwenjungen, Bärenkindern. Das Fleisch wurde verfüttert. Ins Bild kam eine verabscheuungswürdige Löwin, die, laut Bildunterschrift, ihren Sohn fraß. Eine Hyäne verspeiste die Enkeltochter. Ein Krokodil verputzte einen halben Affen, der die Augen offen hatte. Daneben Wurtzsch mit tropfendem Beil.

Auch des Meisters Häuslichkeit bekam die entsetzt anwachsende Bildleserschaft zu Gesicht. Wurtzsch am Gartengrill mit Bärensteaks, auf die er Leipzigs meistgekauftes Bier sprühte. Höhepunkt war ein halbseitiges Farbfoto des Bettvorlegers, den sich der Schlächtermeister aus den Hüllen entseelter Löwenkids genäht hatte. Darauf ein Paar Zebrafellschlappen.

Am Nachmittag der Veröffentlichung kam es zu einer spontanen Bärenandacht in der Leipziger Nikolaikirche. Danach marschierten die aufgebrachten Tierfreunde nach Wiederitzsch zum Tanzplan. Sie drangen in den Fleischerladen, prügelten auf den Meister ein und sperrten ihn in die Kühlkammer. Die Polizei befreite den halbsteifen Versorger. Wurtzsch kaufte von der abrückenden Sowjetarmee einen Revolver und ging auf die Suche nach Siegfried.

»Aber der hatte das intelligent geplant«, sagte Mutter Teresa anerkennend. »Siggi mußte zur Volksarmee. Die lag in den letzten Zügen, dort war er erst mal sicher. Ja, ein lieber Junge mit guten Manieren. Er wohnte bei mir zur Untermiete, hat immer pünktlich bezahlt.«

Hoffnungsvoll fragte Kolk, ob es nach der militärischen Dienstzeit des guten Jungen noch Kontakte gegeben habe.

Die alte Frau zog einen Satz Postkarten aus dem Kittel und begann aufzuzählen: »Aus Dresden, '91, da hat er auf dem Bau gearbeitet. War zu schwer, schreibt er. Fleischerei wollte er nicht mehr, zu blutig. Dann München, in Gaststätten, auch zum Oktoberfest. Mächtig schwere Biertabletts, Probleme mit den Füßen, schreibt er. Und hier, aus Wolfsburg, Volkswagen. Maloche, ich glaube, das ist auch was Schweres. Tja, die letzte Karte kam vor zwei Jahren, aus einem Ort an der holländischen Grenze ...« Liebenswürdig erklärte sich Kolk bereit, die Karte mit der letzten Anschrift des Absenders käuflich zu erwerben. Ein Hunderter sei wohl angemessen.

Mutter Teresa wiegte das weiße Haupt und sagte: »Was soll ich mit dem Rest? Ich kann sie nur im Paket abgeben.«

Kolk sah auf das Plakat von Bruce; nun begriff er, was die scharfen Kerben um Willis' Mund ausdrückten. Er gab der alten Frau 300 Mark und las den Absender auf der letzten Ansichtskarte. Dazu Siegfrieds gekritzelte Botschaft: »Ich hoffe, daß ich endlich die Wurst am richtigen Zipfel erwischt habe!«

Nach langer Bahnfahrt in nordwestlicher Richtung kam Kolk abends in Bremen an. Er übernachtete in einer kleinen Pension am Bahnhof und klapperte mit lokalen Zügen weiter bis zu dem Kaff nahe der holländischen Grenze. Die einzige nennenswerte Straße des Örtchens hieß wie überall Bahnhofstraße. An ihrem Ende stand ein zweistöckiger Betonwürfel mit dem Firmenschild ›Keesten-Versand‹.

Kolk läutete, die Tür schwang auf. In dem kleinen Saal hantierten zwei Dutzend Frauen an langen Tischen. Sie packten papierumhüllte Gegenstände in Kartons. Ein junger Kerl im Kittel trat heran, fragte nach den Wünschen. Er führte den Besucher an das Ende des Saals, wo der Chef hinter einer Glaswand am Schreibtisch saß.

Herr Keesten war ein rundlicher Mann mit lebhaften Gesten. Er hatte einen Kunden erwartet und schniefte enttäuscht, als der Besucher einen privaten Zweck angab. Als Kolk den Namen von Siegfried Siemund nannte, schwand die Reserviertheit. Herr Keesten bot Kaffee an und bat zu erzählen, wie es Siegfried gehe.

Das wüßte er selber gerne, erklärte Kolk und legte die letzte Postkarte an Mutter Teresa auf den Tisch. Er, Kolk, sei ein Bekannter der feinen Leipziger Dame. Sie habe ihn gebeten, auf der Durchreise nach Holland bei ihrem früheren Untermieter vorbeizuschauen und ihm Grüße auszurichten.

Bedauernd drehte Herr Keesten die Karte in der Hand. »Siegfried ist schon lange fort. Anfangs hat er mir geschrieben, dann nicht mehr. Ich war zuerst eingeschnappt, dann hab ich mir gesagt, einem Ausnahmemenschen darf man nichts übelnehmen.«

»Aha. Welche Ausnahme?«

Herr Keesten lehnte sich zurück. Seine Stimme wurde feierlich.

»So was wie ... wie eine Offenbarung. Man glaubt, man hat jemand vor sich, der so ist wie unsereins – und plötzlich steht da ein anderer, größerer. Das verstehen Sie nicht? Ich erkläre es gleich. Offen gesagt, das Produkt, das mein Versand versendet, ist etwas, was man in der Küche nicht unbedingt braucht. Siegfried hatte die Idee dafür. Er meinte, die Hälfte aller Konsumgüter sei überflüssig. Folglich komme es darauf an, den Konsumenten beizubringen, daß sie etwas, das sie nicht brauchen, dringend benötigen.«

Kolk warf ein, daß sei keine Offenbarung.

»Abwarten«, sagte der rundliche Mann überlegen, er war sich seiner Sache sicher. »Siegfried fing an zu schreiben, mit dem Füller hier, den hat er mir zum Schluß geschenkt. Er saß hier, an diesem Tisch, aber kopfmäßig war er woanders. Das Telefon störte ihn, er vernachlässigte den Kundendienst. Er sagte, er schreibe einen Roman. Ich sagte, ›bitte nicht hier. Du hast einen Vogel, Siggi, Bücher gibt's mehr als genug, kümmere dich lieber ums Geschäft‹. – Dann kam sein Buch heraus, er kriegte tatsächlich Geld dafür! Er wurde fotografiert, die Zeitungen berichteten über ihn. Das förderte auch meinen Umsatz. Ich war stolz, in welchem Büro entsteht schon ein Kunstwerk. Sie müssen das Buch lesen, da schlackern Sie mit den Ohren. Sagen Sie das auch der alten Dame in Leipzig. Wenn sie ihm schreibt, freut er sich bestimmt. Hier, ich gebe Ihnen Siegfrieds Adresse. Ich weiß aber nicht, ob er noch dort wohnt.«

Er schrieb eine Notiz und reichte sie dem Besucher. Kolk las die Anschrift, las die Postleitzahl noch einmal: zehn, vier, drei, sieben. 10 437. Die Zahl kannte er, es war seine eigene, in Berlin, Prenzlauer Berg. Sie waren beinahe Nachbarn. Sofern die Adresse noch galt, wohnte Siegfried Siemund nur einen Spaziergang entfernt von Kolks Domizil.

»Rot ist schön«, sagte Herr Keesten und schüttelte dem Besucher zum Abschied die Hand. »So heißt der Roman. Schon der Titel ist stark: kurz, schlicht, irgendwie geheimnisvoll. Soll ich ihn aufschreiben?«

Das wäre zuviel des Guten. Kolk beschloß, als Eselsbrücke an seinen Vater zu denken. Er bedankte sich, ging zur Station und fuhr zurück nach Bremen. Das Werk war in der Buchhandlung am Bahnhof in einem Exemplar vorrätig.

Er war müde und verzichtete auf den Abendzug nach Berlin. Ein Taxi brachte ihn zu dem Hotel, das der Fahrer als das vornehmste pries. Er nahm eine Suite, stieg in eine runde Wanne und ließ sich von den Düsen massieren. Telefonisch orderte er eine sündhaft teure kalte Platte und eine Flasche Spitzenwein. Essend und trinkend lagerte er auf dem Pfühl und schlug das Buch auf. Er las. Las und las. Ihn überkam ein Gefühl. Er bestellte eine zweite Flasche, das Gefühl wuchs an.

Beim dritten Kapitel fielen die Augen zu. Schon halb im Schattenreich, dachte er, daß er mit einer Stange Dynamit im Bett lag. Morgen würde er sie an den Klienten Otto Siemund in Berlin übergeben. Wenn sie in die Luft flog, schien es dringend geboten, sich nicht in der Nähe des Militärs aufzuhalten.

3

In schwungvoller Kurvenfahrt bog der vollbesetzte städtische Linienbus in die Prenzlauer Promenade ein. An Halteschlaufen geklammert, stießen die beiden alten Herren mit den Köpfen zusammen. Professor Fritz von Kolk litt stumm. Die Knie wankten, ohne die sardinenhafte Schichtung der Fahrgäste wäre er zu Boden gesunken.

Hingegen war sein Begleiter Otto Siemund hochgestimmt. Seit Tagen beflügelte ihn die Freude des Wiedersehens mit der Heimatstadt; auch heute benahm er sich fröhlich wie ein Kind. Auf vorbeigleitende Gebäude mit dem Zeigefinger zeigend, rief er unbekümmert:

»Fritz, schau mal! Dort war früher eine Tankstelle! Jetzt sind es drei! Aber das kleine Kino ist weg! Wie hieß das mal gleich – hab's vergessen. Hey, das Shopping Center ist neu! Wow, smarter Kasten, fast amerikanisch, gefällt mir. Und die neuen Wohnhäuser, Klasse, Mann! Da waren Lücken, noch von den Bomben im Krieg. Endlich sind die geschlossen. Und die Fassaden der Altbauten renoviert, well done, wirklich geschmackvoll! Und die schönen neuen Dächer. Das hätte Honecker nie hingekriegt, obwohl er gelernter Dachdecker war. Fritz, mal ganz unter uns, ich sage es nicht gerne, aber die Wahrheit muß heraus: Am Kapitalismus ist nicht alles schlecht.«

Der Professor an der Schlaufe ächzte. Einige Fahrgäste horchten auf und versuchten näherzurücken.

»Zum Beispiel Hongkong: zwei Systeme, eine blühende Wirtschaft«, fuhr der General fort und blickte werbend in die Runde. »Die brauchbaren Teile beider Systeme verbinden, fifty-fifty, wie bei den Chinesen! Menschenskinder, das steht schon in der Bibel: Prüfet alles, das Gute behaltet!«

Um den Übergang in eine Kundgebung abzuwenden, knuffte der Professor den Redner in die Seite und lenkte die Aufmerksamkeit auf zwei Schüler, die vor ihnen saßen. Belustigt schauten sie hoch zu den quasselnden, stehend gebeutelten Mumien.

Drachenhaft lächelte General Siemund auf die Zehnjährigen herab und fragte: »Na, sitzt ihr bequem, boys?«

Der schwarzhaarige Junge schubste seinen sommersprossigen Freund an, flüsterte ihm etwas zu. Jener zog ein Handy hervor, drückte die Taste, zischelte. Dabei spähte er hinauf zu dem Alten mit dem Format eines Kleiderschranks und der wackligen Bohnenstange daneben, und es schien, daß er sich fernmündlich in kindlichen Metaphern ausließ.

»Mein Kumpel und ich«, sagte der General, »sind zusammen hundertvierzig Jahre alt. Wie alt seid ihr?«

»Datenschutz«, versetzte der Schwarzhaarige und zog eine bedauernde Miene. Sein Kamerad kicherte. Der andere zog den Schulrucksack von der Schulter, legte ihn auf die Knie. Die Rückseite war als Igel gestaltet, mit Spitzen aus Gummi. Darunter der Schriftzug ›4 You!‹ Der Junge blickte den Alten an, als lade er ihn ein, sich darauf zu setzen. Die Sprosse gluckste in den Hörer.

Otto Siemund zog die Brieftasche und entnahm einen Geldschein. Er wedelte vor den Schülernasen. »'n Fuffi, pro Mann fünfundzwanzig Märker, für die Sitzplätze. Na, wie wär's? Da könntet ihr schön die Karte fürs Telefon aufladen.«

Jäh wandelten sich die Mienen der Kinder von Amüsement zu geschäftlichem Ernst. Sie tauschten einen Blick und standen gleichzeitig auf. Der General schob den Professor auf den Platz und setzte sich daneben. Er steckte das Geld wieder ein. »Ich habe gelogen.« Er stand noch einmal auf, wuchs dräuend hoch vor den Jungen und rief: »Und jetzt verschwindet, sonst gibt's was hinter die Löffel!«

Aber der Schwarzhaarige bot ihm die Stirn, erklärte souverän: »Wir haben Demokratie, Sie dürfen uns nicht schlagen!«

Da hob der General die Hand. Der Sommersprossige packte den Freund am Igelsack, zog ihn zur Tür, die an der Haltestelle aufschwang. Mit den Rufen »Betrüger, altes Schwein! Hau ab nach China!« verschwanden die Kinder.

Einige Fahrgäste spendeten Applaus. Otto Siemund nahm die Ehrenbezeigung mit einer Verbeugung entgegen. Er setzte sich wieder und sagte zu dem indigniert dreinblickenden Professor:

»Da kehrt man der Heimat für zehn Jahre den Rücken – schon ist die Jugend versaut. Bei uns in Louisiana besteht noch die Prügelstrafe: *paddling*, mit einer Holzlatte stramm auf den Podex. Dagegen habe ich eine Petition mit unterzeichnet. Hier würde ich mich anders entscheiden. Ihr solltet eine Volksbefragung machen.«

Nach der Fahrt im Linienbus wollte der General ein Stück in der heimischen Straßenbahn zurücklegen. Sie checkten ein, so nannte es Siemund, und fuhren in Richtung Alexanderplatz. An der Mollstraße stiegen sie aus und spazierten zur Wilhelm-Pieck-Straße, die nun Torstraße hieß.

Professor Kolk erklärte, der Senat habe die Rückbenennung angeordnet. »Auch aus der Liste der Berliner Ehrenbürger wurde unser erster Staatspräsident gestrichen. Hohlköpfe fälschen die Geschichte, indem sie Stellen ausradieren. Das haben wir früher auch gemacht, Dummheit pflanzt sich fort. Grotewohl mußte weg, Nuschke, Matern, Walter Ulbricht sowieso. Aus der Johannes-R.-Becher-Straße wurde wieder die Breite Straße, dabei gibt's schon ein halbes Dutzend Breite Straßen in Berlin.«

Siemund warf ein, sie seien soeben am Rosa-Luxemburg-Platz vorbeigekommen, immerhin ein Lichtblick. Der Professor winkte ab. »Wäre die Luxemburg bei uns Ministerin gewesen, läge ihr Schild auf dem Müll.«

Aber sein Begleiter war abgelenkt. Er blieb vor einem verwitterten Wohnhaus stehen, breitete die Arme aus und rief: »Elvira, hier hat sie gewohnt! Ich war neunzehn. Für mich war das immer die Elvirastraße.«

Der alte Arzt verzog das Gesicht, er beharrte auf dem ernsten Exkurs. »Die Richard-Staimer-Straße heißt jetzt Mark-Twain-Straße. Falls du es vergessen hast: Staimer war Kommandeur des Thälmann-Bataillons im Spanischen Bürgerkrieg. Später war er General in unserer Nationalen Volksarmee, wie du. Aber nach den Jahren drüben ist dir ein Yankee wohl lieber.«

Sie gingen weiter und kamen in die Danziger Straße. Wieder verhielt Siemund wiedersehensfroh vor einem Wohnhaus und schwärmte von einer Sonja, die ihn vor einem halben Jahrhundert zu Höchstleistungen angeregt habe. Von ihr besitze er sogar noch Fotos. Er zählte Sonjas Vorzüge auf, beschrieb sie bildhaft, bis der Professor blaffte: »Sonjastraße! Otto, es reicht! Wir stehen in unserer Dimitroffstraße! Ein großer Name – abgeschafft! Eine Schande vor der ganzen Welt! Nirgendwo sonst wäre das möglich. Bei den Franzosen zum Beispiel geht's andersrum. In Paris wurde jetzt endlich ein ›Platz der Commune‹ durchgesetzt. Zum Gedenken an die sozialistische Rebellion von 1871. Da staunst du, was!«

»Mit hundertdreißig Jahren Verspätung«, brummte der General. »Warte ein paar Jahre, vielleicht steht dann hier wieder der Name Dimitroff.«

»Oder das ganze Viertel wird nach deinen alten Liebschaften benannt«, giftete der Professor zurück.

Siemund blieb stehen. Er hielt den anderen am Ärmel fest und sagte verärgert: »Was erwartest du von Kommunistenfressern? Sie machen das, wofür sie bezahlt werden. Warum lassen sich die Einwohner das bieten? Offenbar ist es ihnen egal. An sie mußt du dich wenden, nicht an mich.«

Stumm zogen sie weiter durch die Schneisen der Jugendzeit. Das Auge des Generals leuchtete noch vor anderen Wohnhäusern. Aufsteigende Namen wollten über seine Lippen, im Anhauch verwehter Düfte sog er die Luft ein. Liebend gern hätte er geschildert, was er fern und doch zum Anfassen nah vor sich erblickte. Angesichts der finsteren Miene des begleitenden Arztes zog er es seufzend vor, die Erinnerungen bei sich zu behalten.

Auf der anderen Straßenseite ging, ein Stück zurückhängend, der dünne Mann mit der Baskenmütze. Er trat in einen Hauseingang. Nachdem er die Kopfbedeckung und die Videokamera im Beutel verwahrt hatte, zog er die grüne Windjacke aus. Unter der Achsel steckte eine Pistole im Futteral.

Von der Treppe oben näherten sich Schritte. Schnell wendete der Mann die Jacke und streifte sie in Blau wieder über. Er setzte eine Sonnenbrille auf, verließ den Hausflur und folgte den beiden alten Herren weiter nach.

Sie hatten inzwischen auf der rechten Seite der Wichertstraße die Schönhauser Allee erreicht. Nun stand der General das Schweigen nicht länger durch. »Fritz, halt mich fest!« rief er übermütig. »Gleich sind wir am Café Nord! Auf das Wiedersehen habe ich mich jahrelang gefreut!«

Dem Professor ein paar Schritte voraus, eilte er um die Ecke und blieb vor dem verglasten Eingang stehen. »Verdammt, das ist ja eine Sparkasse!« rief er erstaunt. »Wo zum Teufel ist unser Tanzcafé geblieben?«

Der Professor korrigierte ihn spitz. »Nicht *unser*, vielmehr *dein* Café Nord. Du gehörtest zum Inventar, dich haben sie früh mit den Stühlen hochgestellt. Ich mußte pauken, Medizin war anstrengender als dein Schmalspurstudium.«

Enttäuscht und verärgert betrachtete Siemund die Aufschrift und schimpfte: »Unglaublich ist das! Unser wunderbares Traditionslokal – jetzt eine gewöhnliche Bankfiliale! Warum habt ihr das nicht verhindert?«

Sarkastisch erklärte der Professor, er sei mit dem Widerstand gegen die Umbenennung der Straßen beschäftigt gewesen. »Mir fehlte die Zeit, mich um dein Café Nord zu kümmern. Da fällt mir ein, man könnte für dich eine Gedenktafel anbringen lassen. In memoriam der Gonorrhoe, welche du hier aufgelesen hast. Otto, hast du das vergessen? Du zeigtest mir dein Genital und wolltest eine Spritze gegen den Tripper haben, von mir, einem angehenden Orthopäden!«

Vergnügt erklärte der General, daß er sich dessen entsinne. »Daß du als Arzt versagt hast, Fritz, will ich dir bei aller Wiedersehensfreude nicht nachtragen.«

Sie überquerten die Straße, gingen zwischen den Pfeilern der Hochbahn hindurch und nahmen auf der anderen Seite der Schönhauser in dem anvisierten kleinen Restaurant Platz.

Sie bestellten Salat und Diät Cola. Der Professor zeigte zum Bürgersteig. »Siehst du den Mann, der vorbeigeht? Der mit der blauen Windjacke. Er war im Bus, auch in der Straßenbahn. Ich glaube, ich habe ihn auch in der Dimitroff bemerkt. Läuft uns der Mensch etwa nach?«

»Der Mann mit der Sonnenbrille?« Siemund schüttelte den Kopf. »Wie kommst du darauf?«

»Er hält den Kopf schief, wahrscheinlich Verspannung im Nacken. Daran habe ich ihn erkannt. Vorhin hatte er eine grüne Jacke an. Jetzt blau. Vorhin hatte er keine Brille. Er hatte eine Baskenmütze auf, die fehlt jetzt.«

»Ach, wirklich?« Siemund blickte ihn belustigt an. »Da hat er sich auf der Straße schnell umgezogen, trotz Verspannung. Fritz, ich bin froh, daß ich nicht dich als Detektiv engagiert habe, sondern deinen Sohn. Warum sollte uns jemand verfolgen? Allerdings, hm ... womöglich ein Patient, den du früher operiert hast? Vielleicht geht es um einen Prozeß für Schadenersatz?«

»Oder es war ein ehemaliger Rekrut der Nationalen Volksarmee, der dich verklagen will«, konterte der Professor. Wieder stichelten sie hin und her, bis der General die Tonart wechselte, eine nachdenkliche Haltung einnahm.

»Fritz, ich hänge in der Luft. Halb bin ich hier, halb in den Staaten. Das Unternehmen in Louisiana habe ich verkauft. Ich sitze auf der Veranda, schaue zum Mississippi, schaukle mit dem Stuhl. Meine Arbeit besteht darin, dem klügsten Hund beizubringen, daß er mir die Zeitung vom Tor holt und sie nicht vor dem Lesen zerfetzt. Ich habe mich zur Ruhe gesetzt, ich könnte zufrieden sein ... « – »Warum bist du es nicht?«

»Das möchte ich herausfinden. Für die Angestellten habe ich die Krankenversicherung sichergestellt, für die Frauen einen Erziehungsurlaub. Wie du dir denken kannst, ist das bei

Uncle Sam nicht die Regel. Ich bekam Anrufe, unfreundliche E-Mails. Von einigen Herrschaften wurde ich als Störenfried angefeindet. Das kratzt mich nicht. Ich bin ein guter Bürger. Für den Musikzug unserer Schule in Cotton Grove habe ich neue Uniformen gestiftet: für die Mädchen weiße Röcke und Wadenstiefel, Konföderiertenmützen. Der Tambourmajor heißt Susan, eine Brünette, sie wirft die Stäbe fünf Meter hoch. Sie hat Beine – ich darf nicht daran denken.«

Das sei zu begrüßen, das Thema hatten wir schon, meinte der Professor. Siemund fuhr fort: »Nun hocke ich in old Berlintown, mit dir, Fritz, und schaue hinüber auf das Café Nord. Ich sehe meine Schwester Uschi an der Bar rumhängen, im Pettycoat, der störte auf dem Hocker. Ich sehe die Mädchen, die Jungen – immer mehr Gesichter treten hervor. Vergessene Namen fallen mir ein: Hollmann, der Tennisspieler, Holle. Und Krücke, der kegelte bei der BSG ›Flinke Ratte‹, die gehörte zur Druckerbrigade vom ›Neuen Deutschland‹. Ich sehe mich tanzen, Foxtrott, Rock'n Roll. Und Tango, dabei wurde die Beleuchtung gedämpft. Das machte die Hände lebendig. Vorher, beim hellen Geschiebe, konntest du nicht in die vollen gehen. Ein bißchen an der Hüfte drücken, na gut. Wenn du tiefer gerutscht bist, gab's Ärger. Bei Verdunkelung änderte sich das, beim Slow beschleunigten sich die menschlichen Beziehungen. Ob du's glaubst oder nicht: mir fuhr mal ein Mädchen mit der Hand unters Hemd. Ich knöpfte ihr beim Tanzen den BH ab und steckte ihn in die Hosentasche. Sie war eine junge Genossin, wir hatten vorher bei Licht über den Zusammenbruch des Kolonialsystems gesprochen.

Ist ja gut, Fritz, ich weiß, daß es keine geistige Leistung war. Aber kannst du mir sagen, warum man sich ein Leben lang an solche Momente erinnert? Ja, siehst du, ich auch nicht.

Ach ja, es waren herrliche Jahre. Ich war dann auch glücklich mit meiner Frau. Ich bin nur einmal fremdgegangen, nach der Beförderung zum Major, Kompaniechef beim Ingenieurbauregiment in Bernau. Ein Ausrutscher, tut mir leid, ich hatte an die drei Promille. Ich wußte kaum den Namen von der Kleinen, ich war in Uniform, sie rief immer Feuer! Feuer!

Und ich kam gut zurecht mit meiner Arbeit, als Ingenieur und als Offizier. Aber im Café Nord – da war ich jung. Jung, Fritz, jung! Entsinnst du dich, weißt du noch, wie das war? Und jetzt sind wir alt. Wie wirst du damit fertig? Well, in the long run, we are all dead. Ein unsichtbarer Spaßvogel stößt uns ins Leben, läßt uns kosten von den schönen Sachen – und nimmt sie wieder weg.

Ach, Fritz, in ein paar Jahren werden wir abkratzen. Wer weiß, vielleicht sind es nur noch Monate. Kann sein, ich ende erbärmlich, an Schläuchen hängend, ein leckes Gerippe. Ich bin kein Anderthalbgott in Weiß wie du, ich bin nur Durchschnitt, ich fürchte mich. Ich möchte in meinen Stiefeln sterben, schnell soll's gehn. In Cotton Grove, ich lag in meinem Lincoln-Bett – ich dachte, wie es wäre, wenn ich für die Sklavenbefreiung gekämpft hätte. Gettysburg, ein verdammter Südstaatler schießt mir eine fucking Kugel in die Brust. Peng, gefallen für eine noble Sache.«

»Dann hättest du die Millionen nicht geerbt.«

»Was nützt mir das Vermögen, wenn ich in die Grube fahre? Geld hat doppelten Boden. Anfangs liebst du es, später fängst du an, es zu hassen, weil du es nicht mehr genießen kannst. Im Rascheln der Scheine knistert das Totenhemd und flüstert dir zu, daß du sterblich bist. Verstehst du mich? Schau mich nicht so ärztlich an. Jawohl, Herr Professor von Kolk, Sie haben es als Medikus weit gebracht. Trotzdem wollte ich nie mit dir tauschen. Ich war hinter den Mädchen her, als junger Bursche hatte ich nichts anderes im Sinn. Vielleicht ist das erblich. Habe ich dir mal von meinem Vater erzählt? Als er gefallen war, kramte ich in seinen alten Sachen. Ich fand eine Ansichtspostkarte, noch aus der Weimarer Republik, aus den zwanziger Jahren: ›Der blaue Engel‹, Marlene Dietrich als Lola. Das war eine Pustekarte, mit aufgeklebtem rosa Federflaum. Darunter waren die nackten Schenkel. Ich habe geblasen bis zur letzten Feder.«

Der Professor studierte seine Fingernägel. Der General sah ihn bedauernd an.

»Ach, Fritz, ein Kerl kann nicht oft genug verknallt sein. Ich respektiere geistig bedeutende Ausnahmen wie dich – und bin froh, daß ich anders war. Ich genoß es jedes Mal. Geld spielte in unserer Republik keine Rolle, wir hatten alle nicht viel. Nur Gefühle zählten, Zuneigung, Leidenschaft. Das war nur möglich, weil es im Volkseigentum weder Arme noch Reiche gab. Ich glaube, nie zuvor wurde auf deutschem Boden so frei und unbeschwert geliebt. Wir haben im Paradies gelebt, erotisch betrachtet.« Vom Professor kam ein kritisches Räuspern, er wartete ab. Der General fixierte ihn angriffslustig.

»Mir ist klar, du hältst mich für primitiv. Das kratzt mich nicht, jedem nach seiner Fasson. Träume du mal schön von den Vorlesungen in Anatomie, den toten Organen auf dem Seziertisch. Ich denke lieber an heiße Lippen, lebendige Brüste und die süßen kleinen...«

Säuerlich unterbrach ihn der alte Chirurg, bat nachdrücklich darum, ihm die Aufzählung der bevorzugten weiblichen Körperteile zu ersparen.

Siemund zuckte die Achseln. »Ja, du bist darüber erhaben. Ich bin nur ein alter Bock, der in Reminiszenzen schwelgt. Immerhin war ich später als reifer Mann solide. Das kann nicht jeder von sich behaupten. Unsere führenden Genossen waren auch nicht alle koscher. Im Westen genauso, auch Willy Brandt war kein Kind von Traurigkeit. Und Goethe hat noch mit siebzig einem Teenager nachgestellt. Wie hieß die mal gleich? Ja, Ulrike. Da kannte ich auch eine im Café Nord. Ich hatte mir eine Ente gekämmt und zog den Fuß etwas nach, das war Mode damals.«

Der Professor hatte den Salat gewürzt. Mit der Serviette tupfte er Dressing vom Tischtuch. Die Gesten vermittelten, daß er gewillt war, biografische Details zu übergehen. Aus dem General brach Ärger hervor: »Herrje, du bist immer noch eingeschnappt! Weil ich nicht auf die Barrikade steige wegen Dimitroff! Warum soll ich mich aufregen? Shit happens – so what? Ich kann's nicht ändern. Da rufe ich mir lieber die Jugendzeit zurück. He, Herr von Kolk, du alter Adelspinkel, auch du warst mal jung, hattest was in der Hose! Gib dir einen Ruck, träume mit, laß mich nicht allein!

Los, mach die Augen zu, das ist ein Befehl! Siehst du die Tanzfläche im Café Nord, siehst du sie vor dir? Ich sehe sie deutlich, die Tische, das Parkett, ringsum die Säulen mit den hohen Spiegeln. Beim Tanzen guckte ich dem Mädchen über die Schulter: die Beine, die Hüften, unterm Rock spannte der Schlüpfer. Auch vorne war was los! Fritz, für dich zur Entlastung, ich meine den Ausschnitt: Liberté, Egalité, Dekolleté!

Fritz, kennst du den amerikanischen Ausdruck *It-Girl*? Ein Mädchen mit dem gewissen Etwas. Für mich waren sie alle It-Girls. Die Band spielt – hörst du die Musik? ›Pinguin Mambo‹, der kam auf nach dem Gastspiel von Fips Fleischer im Friedrichstadtpalast. Oder ›Es hängt ein Pferdehalfter an der Wand …‹ Dazwischen Rock'n Roll. Dann Uschis großer Auftritt, der gerockte Twist, den tanzte sie am liebsten mit ihrer Freundin Sarah. Manchmal machten die anderen Paare Platz, wir schauten den beiden zu, wir sangen mit, ziemlich falsch, aber begeistert: ›Come on, let's twist again, like we did last summer …‹

Ja, ich weiß, das habe ich schon mal vorgetragen. Ach, Fritz, mal im Ernst: Gibt es was Schöneres, als eine schweißnasse Friseuse im Arm zu halten, bei der du sicher sein kannst, daß sie beim Tanzen an das gleiche denkt wie du? Da war es völlig egal, ob die Band einen Titel West oder eine Ostnummer spielte.« In Gedanken versinkend, pausierte er, bis sein Tischgenosse anfragte, ob sie sich endlich unterhalten könnten. Siemund fing an zu summen: ›Man müßte noch mal zwanzig sein …‹

Der Professor schenkte ihm Diät Cola nach und sagte, ärztliches Verständnis aufbietend: »Ja, Otto, die Zeit vergeht. Erfreulich zu hören, daß du zufrieden warst mit deiner militärischen Tätigkeit. Du kannst stolz sein auf deine Laufbahn, nicht jeder bringt es bis zum Generalmajor. Du hattest Macht, Einfluß. Du hattest die Übersicht, du wußtest, was los war. Du warst mit dir im reinen. Wie schön für dich, wirklich beneidenswert.«

Das Nachsummen des anderen erstarb. In seine Miene trat Argwohn. »Worauf willst du hinaus?«

Der Professor antwortete nicht. Er lehnte sich zurück, sah dem General fest in die Augen. Das Duell dauerte lange.

»Ach so, daher weht der Wind,« sprach Siemund gedehnt. »Du arroganter Hund. Ja, ihr Mediziner wart schon immer die Unschuldsengel. Im Schutz der Macht haltet ihr euch fein raus aus der Sicherung der Macht.«

»Du weichst aus«, sagte der Professor kühl. »In deinem Schaukelstuhl schaukelst du an der Wahrheit vorbei. Der große Kämpfer mit dem Hasenherzen. Oder sollte ich sagen: ein Feigling in Uniform?«

Siemund ballte die Fäuste. Es sah aus, als wolle er dem anderen an den Kragen gehen. Er stieß den Stuhl zurück, der polternd umfiel. Er stampfte zur Tür, verließ das Lokal.

Die Kellnerin trat heran. Sie hob den Stuhl auf, fragte, ob der Herr die Rechnung des Gastes mit übernehme. Der Professor nickte ihr zu. Er widmete sich dem Salat und ignorierte, daß der General hereinkam, sich wieder hinsetzte.

Sie stocherten mit den Gabeln herum, aßen akribisch Blatt für Blatt. Siemund glitschte eine Olive weg, rollte zum Gegenüber. Professor von Kolk wischte sie vom Tisch. Der General suchte nach einem neuen Einstieg. Seine Stimme vermittelte eine verordnete Sachlichkeit.

»Ich war zuständig für die Rückwärtigen Dienste. Weder an der Berliner Mauer noch an der Westgrenze hatte ich jemals ein Kommando. Davon abgesehen – gegen den Grenzdurchbruch gab es klare Gesetze. Niemand hätte umkommen müssen, die Leute könnten noch leben. Bedauerlich, daß ich dir das nachträglich erklären muß.«

Der alte Chirurg ließ das Besteck auf den Teller fallen. Aus schwarzen Augenhöhlen troff Hohn. Nun war er es, der sich erhob und das Lokal verlassen wollte. Auch Siemund stand auf, hielt ihn am Arm fest.

»Das wäre selbstgerecht«, sagte er, »und grausam. Fritz, wir sind nicht mehr viele, die meisten sind schon unter der Erde. Wollen wir zerstritten auseinandergehn?«

Der Professor zögerte. Er nahm wieder Platz. Auch Siemund setzte sich und redete weiter.

»Ich räume ein, wir hätten die Grenze technisch sichern können, es gab die Mittel dazu. Ich glaube, der Professor von

Ardenne und andere hatten dafür Vorschläge eingereicht. Wir hätten sie durchsetzen müssen, gegen die Parteispitze. Ein paar Generäle marschieren zu Honecker, stellen ihm ein Ultimatum. Erich wäre eingeknickt. Ich wäre mitgegangen. Aber ich hatte nicht den Mut, die Initiative zu ergreifen.«

»Ein Militärputsch? Aufstand der Generäle – habe ich richtig gehört?« Der Professor war verblüfft. »Ein gefährlicher Einfall. Ich meine riskant für euch, nicht für Honecker.«

»Ich bin ja selber erschrocken. Wirklich kurios, wenn dir die beste Idee deines Lebens Angst einjagt. Ich habe damals mit niemandem gesprochen, kein Sterbenswort, nicht mal zu meiner Frau. Sogar wenn ich nur darüber nachdachte, habe ich mich umgedreht, ob einer lauscht.«

»Ich weiß, was du meinst.« Der Professor schob den Teller weg und sagte: »Zehn Jahre warst du außer Landes. Nun tauchst du auf, du erzählst, du willst alte Bekannte sehen, möchtest die Gräber deiner Familie besuchen. Und willst den Neffen ausfindig machen für das Erbe. Gibt es noch andere Gründe, warum du nach Berlin gekommen bist?«

Siemund zögerte. Nervös drückte er mit der Gabel auf dem Teller herum. Erneut sprang eine Olive zum Professor, der sie ungehalten vom Hemd klaubte. Der General legte die Gabel weg.

»Fritz, ich schaue mir gern Kriegsfilme an. Ich weiß nicht recht warum, vielleicht ein unbewußter Ersatz dafür, daß ich nie im Krieg war. ›Apocalypse Now‹ hab ich zweimal im Kino gesehen, dann noch im Fernsehen. ›Stalingrad‹, solche Sachen, wo es richtig kracht. Sie heißen immer Antikriegsfilme, ich halte das für einen Irrtum. Ich glaube, daß sie unterschwellig eine Neigung zum Krieg in uns bedienen ... In New Orleans war ich in einem Movie über Gladiatoren im Römischen Reich. Great!

Die Zuschauer wurden mitgerissen, ich auch. Wir stöhnten, jauchzten, manche brüllten los wie wild. Wir starben oder siegten in der Arena, wir badeten in Blut. Hätte man Helme und Kurzschwerter ausgegeben, wir wären aufeinander losgegangen, die Schwarzen gegen die Weißen, der Plebs gegen die Herrschaften, und die Touristen klassenmäßig gegeneinander.

Fritz, ich sage dir, es gibt keinen Fortschritt, wir leben im alten Rom. Terror, Mord und Totschlag, ohne Ende. Neue Kriege stehen vor der Tür, um Wasser, Öl, Religion. Migrationskämpfe, Bürgerkriege, das Schlachten fängt erst richtig an. Sind wir unheilbare Barbaren, müssen wir uns selbst zerstören? In Louisiana kann ich darüber mit niemandem richtig reden. Fritz, ich frage dich: Sind wir ein verlorenes Geschlecht?«

»Du hast die Wahl«, sagte der Professor.

»Welche Wahl?«

»Nietzsche oder Hegel. Wiederkehr des Immergleichen oder dialektischer Gang zu einer höheren Stufe der Entwicklung. Das muß jeder selber entscheiden.«

Verdrossen knurrte der General, er sei nicht mit der Concorde über den Atlantik geflogen, um ins Parteilehrjahr abzustürzen. Der Professor entgegnete, dort habe Otto wohl zu oft gefehlt. Sie stocherten wieder im Salat. Siemund kam auf die Operation zu sprechen, mit der ihm Kolk, nach dem Unfall mit einem Armeehubschrauber, den Oberschenkel hergerichtet hatte. Er pries die Kunstfertigkeit, sprach von goldenen Händen. Der Professor brummte abweisend, er nahm eine Olive, warf sie dem anderen an den Kopf. Die Stimmung erwärmte sich wieder, der General gewann neuen Schwung.

»Hätte ich meine Knochen in einer amerikanischen Privatklinik reparieren lassen, Heidewitzka, Herr Kapitän, das hätte ein Vermögen gekostet. Fritz, ich schwimme im Zaster, laß mich die Operation nachträglich bezahlen. Mein Neffe Siegfried erbt genug, da kommt's auf ein paar hunderttausend Mark weniger wirklich nicht an.«

Er könne sich seine Moneten an den Hut stecken, entgegnete der Professor. Er solle die Dollars zusammenhalten, umfängliche Nachzahlungen an Alimente seien im Stadtviertel Prenzlauer Berg nicht auszuschließen.

Darauf frozzelte Siemund, er könne recht haben, wegen solcher Forderungen sei vermutlich jener Verfolger hinter ihnen her, den Fritzens Adlerauge vorhin entdeckt habe. »Wo ist der Schnüffler jetzt, vielleicht wechselt er wieder die Jacke?« Der General schmunzelte, er sah auf die Uhr und fragte:

»Wann meldet sich endlich dein Sohn zurück? Ich möchte erfahren, ob der Meisterdetektiv eine Spur zu meinem Neffen gefunden hat. Ich brauche Familienanschluß, Wärme, ein freundliches Miteinander. Fritz, nimm es nicht übel – in manchem erinnerst du mich an meine Schwester.«

»Ach, wirklich?« Professor von Kolk nahm die letzte Olive und steckte sie dem General in den Mund. In die Miene des alten Arztes trat ein abwägender Zug, und wie zu einem Patienten sprach er: »Do it first, do it yourself and keep on doing it.«

Erfreut über die amerikanisierende Wendung und mißtrauisch wegen des Inhalts, fragte Siemund, was, zum Geier, er damit ausdrücken wolle?

Einer Klärung wich der Professor aus, indem er sich zum Gehen erhob. Dem General klopfte er auf die Schulter wie einem medizinischen Fall, dessen Heilung unsicher war und allemal weidliche Mühe erfordern würde.

4

Nach der Nacht, die er in dem Bremer Hotel mit dem Buch ›Rot ist schön‹ zugebracht hatte, bestieg Kolk am Morgen den Zug nach Berlin. Er ließ sich ein Bier bringen und las die nächsten Kapitel. Im Dahinströmen der Romanhandlung verstrich die Zeit wie im Fluge. Vom Berliner Hauptbahnhof nahm er ein Taxi zur Wohnung des Vaters am Friedrichshain. Herz, Magen und andere Teile des Professors wichen zuweilen ab vom Gang normaler Organe. Der alte Mediziner trachtete, die Schwankungen zu verbergen. Ertappte ihn der Sohn, berief er sich auf Einstein, der zum Schluß seine Schäden nicht mehr verarzten ließ. Kolk pfiff auf den Nobelpreisträger und geleitete den Vater zu Berufskollegen, die im Ruf der Unerbittlichkeit standen. Bei leichteren Symptomen legte er selbst mit Hand an. Einige Male war es ihm mit Hilfe der Nachbarin Frau Bärenburg gelungen, den Alten ins Bett zu stecken. Mit Genugtuung verpaßte er ihm Wadenwickel, welche der Professor verabscheute, wie Kolk sie als Kind gehaßt hatte.

Der Vater war nicht zu Hause. Vermutlich trieb er sich wieder mit Otto Siemund herum. Beide waren telefonisch nicht erreichbar; wie der Professor verzichtete auch der General auf ein Handy. Auf Kolks Frage hatte er abgewinkt wie jemand, der dem technischen Fortschritt längst entrückt war.

Vom Friedrichshain fuhr Kolk zum Prenzlauer Berg. In ihm rumorte die lange aufgebaute Spannung: Siegfried Siemund, Dunckerstraße. Wohnte die Zielperson noch dort?

Vor dem verschmierten, schief hängenden Haustor blieb er stehen. Die zweistellige Nummer enthielt eine Sieben – eine Glückszahl! Er betrat den Hausflur. Es roch, als hätte schon zur Kaiserzeit die Unterschicht hier ihre Notdurft verrichtet. Auf verrottetem Putz hing an der Wand eine Reihe Briefkästen. Kolk las die Schildchen der Mieter. In dem Haus überwogen Leute mit zwei gekoppelten Familiennamen. Hasso von Kolk hatte Mitgefühl für die armen Bindestricher, die ihre niedere Geburt wettmachen wollten. Aber der feine Unterschied bleibt trotzdem bestehen, die Liaison bürgerlicher Namen gebiert nun mal kein Adelsprädikat.

Kolk drückte den Lichtschalter und überflog die Reihe noch einmal. Fehlanzeige. Der ersehnte Name des Generalsneffen und Romanschriftstellers war auf keinem der Postkästen vorhanden. Schon wollte er enttäuscht kehrtmachen, als er die Tafel mit dem Pfeil zum Rückbau erblickte. Zwischen Mülltonnen und verketteten Fahrrädern durchmaß er den kleinen Hof und kam zur offenen Tür des Seitentrakts. Über die Schwelle stolperte er in den Flur, stützte sich an einem Briefkasten ab. Er zog die Hand weg und las: SIEGFRIED SIEMUND. Er wiederholte es flüsternd. Schwarz auf Weiß stand er da, der klangvolle, der teure Name, in beschwingtem Kursiv. Er sprach ihn laut aus, jodelte hinein ins hallende Treppenhaus: »Siegfried Siemund!« Begeistert boxte er vorsichtig gegen den Briefkasten. Heureka, der Goldjunge war gefunden! Hier in dem Bruchbau lebte er, in lottriger Bohème, wie es einem Künstler ziemte. Zum Greifen nahe war er dem gesuchten Generalsverwandten – und damit dem reichen Bonus für den glücklichen Ermittler.

Ausgreifenden Schrittes, die Reisetasche wirbelnd, legte Kolk die kurze Strecke bis zum Humannplatz zurück.

Von seiner Wohnung aus telefonierte er zum Hotel und hinterließ für den Gast Herrn Otto Siemund die Bitte um Rückruf. Er goß kochendes Wasser in den Becher Kartoffelsuppe mit grünen Bohnen, Knuspercroutons. Mehr noch als sonst gefiel ihm, wie die unansehnliche Substanz zauberisch aufquoll zum appetitlichen Gericht. Er löffelte, fing die flüchtigen Croutons. Zielsicher geworfen, landete der Becher danach im Papierkorb. Kolk legte sich auf die Couch und nahm ein weiteres Kapitel von ›Rot ist schön‹ in Angriff.

Unter ihm ertönten dumpfe Geräusche. Kolk lauschte, glitt von der Couch, horchte am Fußboden. Das Trampeln, gemischt mit Musik, kam aus Emmas Wohnung. Es schien einem Rhythmus zu folgen.

Er stieg die Treppe hinab und klingelte an Emmas Tür. Sie öffnete, er erkannte sie nicht gleich. Ihr Gesicht war farbig bemalt, sie trug oben ein Stück Fell und eine Art Lendenschurz.

»Hallo, Chef! Schön, daß Sie wieder da sind! Ich habe Besuch, meine Freundinnen kennen Sie ja schon.«

Kolk trat ins Wohnzimmer und begrüßte die beiden jungen Frauen, die ähnlich geschminkt und kostümiert waren wie Emma. Sie drehte das Tonband leiser und erläuterte, daß sie, als Ausgleich zum Karate, einer Tanzgruppe für bedrohte Völker beigetreten seien. »Folklore, die Yanomami-Indianer im Amazonasbecken. Auch afrikanische Tänze, von der Elfenbeinküste. Gomolungo, wir stellen dar, wie sich schwarze Frauen gegen Unterdrückung wehren.«

Eine Freundin ergänzte: »Wir treten auch in Altersheimen auf. Von den Leutchen hören viele nicht mehr gut, darum führen wir auch Step Dance vor, Tap Dance, da wackelt die Wand.« Sie sprang hoch und trommelte mit metallbestückten Schuhsohlen einen Wirbel auf den Altbaudielen.

Emma wollte über die letzten Vorgänge in der Detektei Bericht erstatten, sie hatte zwei neue Klienten an der Angel.

Kolk unterbrach sie, eilte die Treppe hinauf in seine Wohnung. Er erreichte das läutende Telefon zu spät. Gleich darauf klingelte es erneut. Aus dem Hörer raunzte die Stimme des Generals: »Mann, wo stecken Sie! Wenn ich zurückrufen soll, müssen Sie gefälligst auf Posten sein. Los, spucken Sie's aus: Haben Sie den Burschen gefunden?«

»Ja.«

»Wirklich?«

»Jawoll.« Kurz, knapp, deutscher Militarismus in einem Wort.

»Können Sie herkommen? Ich möchte sofort einen detaillierten Bericht.«

»Ja, sofort«, bestätigte Kolk und fügte übermütig, nachdem er aufgelegt hatte, »Genosse Geldsack!« hinzu.

Nie zuvor hatte er ein Hotel von solcher Vornehmheit betreten. Dagegen verblaßte der First-Class-Würfel in Bremen zum einfachen Bettenhaus. Hier übte sich Luxus in der Zurückhaltung der wahren Arroganz. Marmor und Kristall hielten Abstand. Zwischen königsblau bespannten Wänden schimmerten Paneele aus edlem Holz. Überirdisch unaufdringlich mattgold die Kassettendecke. Staunend blickte er rechts in eine mittelalterlich elegant gegliederte Archivolte aus poliertem Sandstein. Eine Frau – Himmel, war das Madonna? – ging an den Toiletten vorbei zu einer Kaminbar. Lautlos auf und nieder schwebten in gläserner Eleganz die Waben des Lifts. Unter gedimmten Kronleuchtern raffiniert ins Schlichte verschattet der Teppichboden, so daß auch Kleinadel in ungeputzten Schuhen ohne soziale Befangenheit darauf laufen konnte.

Ein junger Kerl mit einer albernen Kappe bediente den Fahrstuhl. In Stereo rieselte Vivaldi. Kolk kramte unauffällig nach einem Geldstück, das er mit jovialem Spruch überreichen wollte. Wie redet man einen Fahrstuhlführer an? Hier, eine Mark für Sie, mein Führer? Oder sagt man Liftboy? Übersetzt hieße es Hochhebungsknabe – manchmal ist Englisch tatsächlich vorzuziehen.

In der Hosentasche fingernd, prüfte Kolk die losen Münzen; er wollte nicht versehentlich ein Zweimarkstück oder gar einen Fünfer fischen. Aber sie waren schon auf der Etage angelangt, der Jüngling kratzte mit seiner Glaskabine gleich wieder die Kurve.

Kolk ging über den Gang und klopfte an die Tür.

»Drop in! Keine Umstände, los, kommen Sie rein!« dröhnte die Baßstimme.

Die Suite hätte für eine Kompanie gereicht. Kolk mußte um die Ecke laufen, ehe er den Bewohner fand. Siemund saß an einem antiken Schreibsekretär vor dem Laptop. Er schüttelte dem Detektiv die Hand, zeigte zur Parade der Flaschen an der Bar und knarrte aufgeräumt: »He, da sind Sie endlich! Wenn Sie was trinken wollen, bedienen Sie sich. Nehmen Sie Platz. Ich bin gespannt, schießen Sie los!«

Zügig hob Kolk an, die Stationen seiner Nachforschungen zu schildern. Ich war in Leipzig-Leutzsch. Dann in Eutritzsch. Militärisch kurze Sätze: Subjekt, Prädikat, Objekt, wie ein Manöverrapport. So schrieben Zeitungsreporter, die höher hinaus ins Literarische wollten. Unübertrefflich genau waren Sätze aus nur einem Wort: Wiederitzsch. Wozu Subjekt, Verb, wenn Ort nennend klar, daß du dort. Gliederungen mit Nebensätzen gehörten sowieso in den Schredder, mega-out.

Schon öfter hatte Kolk den Eindruck gewonnen, daß sie nur noch von Politikern bei Schwindeleien benutzt wurden, weil die entwöhnten Zuhörer den Perioden nicht mehr folgen konnten.

Der General thronte im Sessel gegenüber. Auf dem Tisch eine silberne Gondel in Gestalt eines Schwans, gefüllt mit Nüssen. Mit dem Ausdruck der Zufriedenheit vernahm Siemund, daß der verwaiste Knabe ordentlich in einem Heim aufgewachsen war, sodann eine Lehre in einem nützlichen Beruf absolviert hatte. Aufhorchend verfolgte er, wie kreativ der Neffe den Schwung der Wende zu nutzen wußte. Die Episode mit den geschlachteten Zootieren und Siegfrieds hinterlistige Fotostory entzückten ihn.

»That's pretty strong stuff! Famos, der Bengel!«

Kühl fügte Kolk an, daß der Fleischermeister, Siegfrieds nachtragender Chef, im Garten mit einem Revolver auf ihn, den Detektiv, gefeuert habe. »Kann sein, es war scharfe Munition ... ich hörte Kugeln pfeifen ...«

Die Generalszähne zerkrachten eine Nuß, er nickte begeistert, der Rapport schien ihm noch besser zu gefallen.

Als Kolk schließlich mitteilte, daß Siemunds Neffe mittlerweile in Berlin wohnte, gewissermaßen nebenan, platzte der Onkel laut heraus:

»Here in town, ist das die Möglichkeit! Sie fahren quer durch Deutschland, bis an die holländische Grenze – dabei sitzt der Bursche am Prenzlauer Berg, bei Ihnen um die Ecke, vor Ihrer Nase? That's brilliant, buddy! I'm very much amused indeed! Du kriegst die Tür nicht zu ...« – er schnappte lachend nach Luft . »Ich könnte mich beölen!«

Über Manieren läßt sich streiten, leider nicht mit einem Klienten. Kolk wartete ab, bis sich der alte Knobelbecher wieder gefangen hatte. Siemund kippte ein Glas Orangensaft herunter und wollte wissen, ob Kolk den Neffen schon persönlich zu Gesicht bekommen habe. »Wie sieht er aus? Ist er verheiratet, hat er Familie? Hat er einen Job, wo arbeitet er?«

Kolk erwiderte, er habe die Vorgeschichte ermittelt und die Adresse festgestellt. »Das war mein Auftrag. Ich sollte noch nicht direkt an ihn herantreten.«

»Ja, richtig, das geht in Ordnung. Mein lieber Herr von Kolk, Ihr Auftrag ist nicht beendet, die zwote Runde steht noch bevor. Ich hoffe, Sie haben weiter Zeit für mich?« Er legte die Hand auf die Schulter des Detektivs und sagte eindringlich: »Ich möchte alles über den Burschen wissen. Vor allem muß ich erfahren, ob der Apfel faule Stellen hat.«

»Apfel?«

»Zockt er, hat er Schulden? War er oder ist er in krumme Sachen verwickelt? Ist er vorbestraft? Säuft er, ist er Alkoholiker? Nimmt er Rauschgift, schnupft er oder spritzt er? Dealt er, hat er Aids? Hasso, verstehen Sie, worum es mir geht? Ich darf Sie doch Hasso nennen? Vermögen bedeutet Verantwortung, das Geld darf nicht in falsche Hände geraten. Es muß ein Mensch sein, von dem ich glauben kann, daß er damit etwas Sinnvolles bewirkt. Das ist, in gewissen Grenzen, auch im Kapitalismus möglich. Er soll den Reichtum genießen, das mache ich auch. Aber es muß auch ein gesellschaftlicher Nutzen herausspringen. Das ist für mich, wie wir früher sagten, das Hauptkettenglied. Ich habe den Neffen nur als Kind kurz gesehen – den Erwachsenen kenne ich überhaupt nicht. Ich möchte mir erst ein Bild machen. Nach der langen Trennung kommt es auf ein paar Tage nicht an. Vorfreude ist die schönste Freude. Also ran an den Feind, sammeln Sie Informationen! Ziehen Sie dem Jungen die Hosen herunter, aber so, daß er nichts merkt.«

Im gläsernen Würfel sank Kolk zurück in die Lobby des Hotels. Wohlweislich hatte er dem General verschwiegen, daß sein Neffe Schriftsteller geworden war und den brisanten Roman ›Rot ist schön‹ in die Welt gesetzt hatte. Wozu schlafende Hunde wecken. Die Weltgeschichte barst von Beispielen, wozu durchgedrehte deutsche Militärs fähig waren. Wenn Siemund das Buch in die Finger bekam, wollte Kolk mit dem Honorar außer Reichweite sein.

Beim verabschiedenden Händeschütteln hatte Siemund beiläufig erklärt, daß er, neben Tagessatz und Spesen für geleistete Recherchen, einen Bonus von hunderttausend Mark überweisen werde. »Sechsstellig statt fünfstellig. Sie wären ja fast erschossen worden. Geht das in Ordnung, Hasso, old chap, do you agree?«

Und ob, Mann! Old Hasso war einverstanden, sogar goddam absolutely! Über den prachtvollen Hotelteppich federte er zum Ausgang. Das luxuriöse Ambiente war seinem Einkommen angemessen. In der Lobby lungerte Elton John herum. Kolk ging vorbei, ohne ihn zu grüßen. Tut mir leid, Jonny, Spitzenleute ignorieren einander, damit mußt du leben. Er lockerte die Krawatte und spendierte dem Trottel in Livree, der die Palastpforte aufhielt, hinausschreitend ein huldvolles Nicken.

Zurück im Büro wählte er die Nummer des Vaters. Diesmal erreichte er ihn. Anders als sonst zog sich das Telefonat mit ihm in die Länge. Der Professor klagte über schmerzende Beine, verwünschte den Leichtsinn, daß er sich beschwatzen lasse, mit Otto Siemund in einem ausdauernden Rausch des Wiedersehens durch Berlin zu ziehen.

»Modenschau im Inter-Continental! ... Militärmusikfest in der Max-Schmeling-Halle! ... Danach auf die Trabrennbahn

Mariendorf! Herrgott, was kümmern mich Rösser, ich bin kein Veterinär!«

Sogar die neue Glaskuppel des Reichstags hatten sie erklommen. Allein wäre ihm nie der Einfall gekommen. Um die Akustik zu prüfen, habe der General oben den Missouri Waltz angestimmt. Thierses Wachschutz sei herbeigeeilt und habe sie beide verwarnt.

Morgens habe er mit Siemund gespeist, in dem Restaurant ›Extrablatt‹ am Kurfürstendamm. »Champagnerfrühstück, pro Person sage und schreibe zweihundertzweiundzwanzig Mark. Das wußte ich vorher nicht. Ich hatte dreißig Mark einstecken. Meine Rente ist noch nicht überwiesen, ich mußte mich von dem Großkotz aushalten lassen. Mit den Extras kamen wir auf siebenhundert Mark. Er hat der jungen Kellnerin einen Tausender hingelegt, er meinte, zweihundert Mark Trinkgeld für die Beine und hundert Möpse für den hübschen Popo. Wörtlich! Ich wünschte, er wäre in Amerika geblieben!«

Empört schallte die Stimme des Vaters aus dem Hörer. »Er hat mir eine Sonnenbrille geschenkt, *Spy Glass*. Die Gläser sind innen am Rand verspiegelt, man kann damit rückwärts sehen. Ich soll kontrollieren, ob uns jemand folgt, ob wir observiert werden. Der Esel macht sich lustig über mich! Dabei glaube ich immer noch, daß uns jemand nachgegangen ist.«

Kolk wollte einen Einwurf machen, aber der Professor schimpfte weiter: »Er sagt zu mir: ›Mein lieber Fritz, im Alter setzt manches aus, einiges kommt dazu. Hast du schon einen Tinnitus? Falls du hörst, daß ich Deutsch mit Akzent spreche, liegt es nicht an deinen Ohren, sondern an meinen zehn Jahren in den Südstaaten. Auch rutscht mir manchmal was amerikanisch raus.‹ – Der alte Heuchler, es rutscht ihm ja ständig! Berlin tastes good! Life can be so simple! The way we were, that's the way I like it! You can count on me! Keep it bright, keep it light! Never stop thinking! The best solution, that's what I want for the money! The possibilities are infinite! Listen, folks! How the fuck do you know? Yeah, Fritz, we are having a great time!

Er vielleicht, aber ich nicht! Und immer wieder: Gimme Fife!

Hasso, kennst du die amerikanische Unsitte? Sie breitet sich auch bei uns aus, eine Grußform, bei der zwei Leute die Hände gegeneinander klatschen. Bei Gimme High Five! macht man es oben. Wir haben in dem Angeberlokal eine Lampe heruntergerissen, sie krachte auf den Tisch des Innensenators, wir wären wieder fast verhaftet worden! Life is risky anyway! – ja, an der Seite von General Siemund lebt man gefährlich! Auch seine religiösen Sprüche sind eine Zumutung: For Christ's sake! God has blessed me so much! – Daß ich nicht lache! Der Geldsegen fiel nicht vom Himmel, Gott hat kein Geld, hoffe ich wenigstens.

Mein Sohn, hörst du noch zu? Kurz gesagt, der Mann geht mir auf die Nerven. Ich war schon in Amerika, da hat er bei der Volksarmee noch Bockwürste in die Feldküche geschmissen. Der Angeber. Und wenn ich ihn runterputze, hakt er mich unter und ruft: ›I wanna dance with somebody!‹ Dabei konnte ich kaum laufen. Bloody hell, ich bin nicht Fred Astaire und er nicht Ginger Rogers!

Und noch was: Weißt du, wie sich der Ex-Genosse Siemund tituliert? ›Ich bin ein Sozialist in Hinterhand‹, sagt er, ›ein revolutionärer Reformer im Wartestand.‹ Siemund, der Reserveheld! Ich mußte mich vor dem Reichstag hinsetzen. Auf seine Reformen können wir lange warten. In die Partei will er nicht wieder eintreten. Ich sage, sie hat sich erneuert. Eben darum, sagt er. Der konservative Trotz ist natürlich gespielt, er will sich drücken. Das Geld hat ihn verdorben, verbürgerlicht ist er durch und durch. Ähnlich wie du, mein geliebter Filius. Aber ich halte eine Überraschung parat, der Herr General wird sich noch wundern!«

Mit der mysteriösen Drohung legte der Vater auf.

Kolk wandte sich Emma zu, die ins Büro gekommen war. Sie kündigte den Klienten Keller an, der in einer halben Stunde vorsprechen werde. Es ging um einen Fall von Versicherungsbetrug, an dem die Detektei schon gearbeitet hatte.

Kolk wollte die Unterredung führen. Inzwischen sollte Emma Informationen über den Neffen Siegfried Siemund in der Dunckerstraße einholen. Rasch skizzierte er den Stand der Ermittlung. Die Angaben wiederholend, bewegte sie flüsternd die Lippen. Es war ihr Trick, sich Gehörtes einzuprägen, sie ersparte sich damit schriftliche Notizen. Kolk mochte das Papageienhafte nicht, aber schließlich war es ihr Vogel.

Die Angabe des Berufs amüsierte sie.

»Ein Schriftsteller, in der Dunckerstraße? Davon gibt's hier eine Million, schätzungsweise. Auch Maler, Musiker. Sogar Fotografen gelten hier als Kunstschaffende. Die Leute kommen aus aller Welt, der Prenzlauer Berg genießt bei Künstlern einen Kultstatus.« – »Wieso das?«

»Das ist ein Rätsel.« Emma hob die Schultern. »Vielleicht liegt's am Wohngeld, an der Sozialhilfe. Sonst passiert ja hier nichts. Da gilt schon ein Zwischenfall wie mit dem Rausmann als Ereignis. Noch nicht davon gehört? Rausmann ist ein Regisseur, jedenfalls nennt er sich so. Er wurde verprügelt, als er nachts den Hund ausführte. Im Kiez vermuten manche, daß die Täter aus Rausmanns jüngster Inszenierung kamen. Andere meinen, daß er mit seiner Zwergdogge verwechselt wurde ... Ganz recht, Chef, so sollte man nicht über Menschen reden. Aber Künstler sind rücksichtslos. Sie hocken in den Kneipen wie schwarze Hühner auf der Stange und hoffen, daß was Schlimmes passiert. Weltuntergang ist das mindeste. Sie sagen, es gibt nichts Gutes: positiv über den Kapitalismus schreiben wäre sozialistischer Realismus, igitt. Nur das Negative sei kunstwürdig, je furchtbarer, desto schöner.«

Kolk war erstaunt und machte ihr ein Kompliment daß sie sich unter Künstlern so gut auskannte. Dies werde der Recherche zugute kommen. Emma dankte mit einem Augenaufschlag, trat näher heran und sagte vertraulich:

»Ich kenne einen androgynen Lyriker, Freddy Waffel, aus Zwickau. Er hockt den ganzen Tag im ›Torpedokäfer‹ und dichtet Verse. Abends trägt er sie im ›Café Burger‹ vor. Er ist berühmt, für Berlin hat er das *Horrordrome* erfunden: Arbeitslose kämpfen im Stadion gegen Nochnichtarbeitslose. Gewinnt der Arbeitslose, kriegt er die Stelle des gemetzelten Arbeitsplatzbesitzers. Falls der siegt, kassiert er die Hälfte der Stütze des erledigten Arbeitslosen. So macht auch der Staat Gewinn, besonders, wenn beide tot sind. Es kostet Eintritt, die Glotze bringt's im Bezahlfernsehen. Blut kommt bei den Kneipengästen gut an, sofern es nicht das eigene ist. Künstler sind grausam, jedenfalls die Männer. Dabei haben die noch nie eine Leiche gesehen, die würden vor Schreck ins Koma segeln. Chef, ich kenne die Szene, ich finde den Kerl.«

Kolk fragte, ob sie einen Blick in den Roman von Siegfried Siemund werfen wolle. Sie könne sich ein Bild von dem Verfasser machen, ablesen, wes Geistes Kind er sei. Das könne helfen beim Auskundschaften.

Emma schnitt eine Grimasse. »Nee, ich lese keine Bücher von Kerlen, die noch leben. Autorinnen sind mir lieber. Da weiß ich, was ich kriege: ein vermüllter Hinterhof im Prenzlauer Berg, 'ne Lovestory, die gräßlich in die Hose geht, ein paar Szenelokale, in denen über die Scheißmänner gequasselt und endlos gesoffen wird, weil man hat keine andre Wahl. Schlimmstenfalls heiratet die Frau dann einen Beamten, weil ein Kind unterwegs ist, oder sie jobbt im Telefonsex oder landet in der Klapse, alles läuft aufs selbe raus. Ist eigentlich immer rummsdibummsdi, auch in den Schwarten von Autoren. Da sind die Männer unglücklich verliebt, in der Abschwungphase vögeln sie jede im Kiez, die nicht schnell genug in der WG die Kette vorlegt. Die Leiden des jungen Werthers, das ist heute, wenn du nicht genug Kohle hast, um dir mit zwei Gramm Koks die Birne vollzuknallen, man gönnt sich ja sonst alles. Mal ganz ehrlich, sowas könnte ich auch schreiben.«

»Tatsächlich? Warum tun Sie es nicht? Stilistisch sind Sie schon auf bestem Wege.«

»Die Autorinnen müssen jung sein und hübsch. Das ist gut für die Verlage, die Vermarktung, für Auftritte im Fernsehen.«

»Aber Emma! Sie sind beides: jung plus attraktiv!«

»Echt? Ist das wahr? Chef, könnten wir darüber noch ein bißchen reden, einfach so, ganz unverbindlich?«

Schnell nahm Kolk die Chefhaltung ein und befahl: »Raus jetzt, an die Arbeit!«

Mit stahlbewehrten Schuhen trommelnd, drehte sich Emma einmal im Kreis. »Ich geh ja schon. Ich werde das Umfeld von diesem Siegfried Siemund abklären. Zuerst muß ich rausfinden, in welchen Kneipen er sich vollaufen läßt.«

Der Mann könne Abstinenzler sein, gab Kolk zu bedenken.

Dann sei er kein Künstler, meinte Emma und verließ das Büro.

5

Am nächsten Morgen rief Emma an und bat ihn, er solle zu ihr herunterkommen.

Er stieg die Treppe hinab. Die Wohnungstür war angelehnt, er ging über den Flur ins Bad. Emma hatte eine Rißwunde am Arm, sie wechselte das Pflaster. Ihr Handgelenk war geschwollen, wie von einer Prellung. Sie überging die Frage, ob sie dem observierten Neffen zu nahe gekommen oder im Horrordrome aufgetreten sei. Sie drückte ihm eine Bandage in die Hand; er machte sich daran, das gestauchte Gelenk zu umwickeln.

Sie hatte den gesuchten Siegfried Siemund gestern ausfindig gemacht. Er sei Stammgast im ›Paradise Lost‹, berichtete sie, gleich um die Ecke seiner Wohnung in der Dunckerstraße.

»Ich hab's von Freddy, dem Lyriker, er kennt jeden im Viertel. Ich war abends in dem Lokal. Siemund ist ein Durchschnittstyp, ohne besondere Kennzeichen. Alkohol, na ja, soweit ich sehen konnte, schluckt er im grünen Bereich. Glaub nicht, daß er Drogen nimmt, hab da aus meiner aktiven Zeit 'nen Blick für. Der ist kein Junkie, sieht mehr nach Büro aus oder Kaufhaus, Herrenkonfektion. Hab gehört, er sei hinter den Weibern her, das wäre ja eher positiv zu bewerten.«

Sie lächelte Kolk an, er zog die Binde fester.

»Wird erzählt, er nimmt grade Abschied vom Junggesellenleben. Hat eine Amerikanerin geheiratet. Sie ist noch in New York, wird bald nach Berlin übersiedeln.«

Kolk fragte nach der Quelle der Information.

»Da war 'ne kleine Italienerin. Sie hockte an der Bar, wir kamen ins Schwatzen. Sie hatte mal was mit ihm. Findet ihn drollig, nennt ihn Siggi. Sie sagt, er hat am Bett einen Karton stehen, da liegt sein Roman drin. Jede Bekannte kriegt ein Belegexemplar, sie hat auch eins.«

Kolk schloß die Bandage. Er wollte wissen, wobei sie sich verletzt habe. »Ein Typ kam herein, er hat die kleine Italienerin angeschnauzt. Sie schuldet ihm Geld, wahrscheinlich stimmt das sogar.« Emma hob die bandagierte Hand und schlug vor Kolks Gesicht ein paarmal schnell durch die Luft.

»Er griff dem Mädchen ins Genick und drückte, bis ihr die Tränen kamen. Ich sagte, er solle die Lady in Ruhe lassen. Er benutzte einen diskriminierenden Ausdruck. Ich warnte ihn, ich wies pflichtgemäß hin auf meinen Schwarzen Gürtel in Karate. Er meinte, das Schwarze hätte ich wohl zwischen den Beinen. Chef, wie hätten Sie da reagiert? Ich sagte etwas über seins zwischen den Beinen. Die Kerle sind dort empfindlich. Er benutzte einen noch häßlicheren Ausdruck. Ich benutzte auch einen. Er schlug nach mir, das heißt, er versuchte es. Jemand hat ihn dann zur Unfallstation gefahren. Im ›Paradise Lost‹ habe ich Lokalverbot.«

Kolk empfahl ihr, den Schwarzen Gürtel künftig gut sichtbar über der Kleidung zu tragen, als öffentliche Abschreckung. Emma legte das Verbandszeug in den Spiegelschrank. Sie küßte Kolk auf die Wange.

»Danke, Chef, fürs Verbinden. Ich verabscheue Männer, sie sind krank im Kopf. Zum Glück gibt es Ausnahmen. Sie zum Beispiel würden nie eine Frau belästigen, nicht mal dann, wenn diejenige gar nichts dagegen ... Was wollte ich sagen? Jetzt habe ich es vergessen.«

Für den Abend war eine Talkshow im Fernsehsender MENSCH 1 angekündigt. Neben anderen Persönlichkeiten würde auch Professor Dr. Fritz von Kolk mit von der Partie sein. Telefonisch hatte er dem Sohn nahegelegt, die Debatte zu verfolgen. »Es könnte sich ein Streitgespräch ergeben, das auch für dich, mein lieber Sohn, nutzbringend wäre.«

Des lieben Hassos bevorzugte Sendung im Fernsehen kam aus Italien und führte den runden Titel Tutti frutti. Leider war sie eingestellt worden. Es hieß, der Papst habe die Hand im Spiel gehabt, unterstützt von einer Kampfgruppe deutscher Bischöfe. Fernsehen war das letzte. Arme Hunde, die dort arbeiten müssen, sogar Kinder werden ausgebeutet! Als kleines Kerlchen mußte Tom Cruise einen Brokkoli spielen, George Clooney einen Osterhasen! Nee, Kolk wußte Bescheid, wir brauchen keine gesetzliche Sterbehilfe, wir ham ja Telewischn.

Und dann die Talkshows! Gesprächsrunden über Politkram waren das letzte, was sich ein gebildeter Halbschwergewichtler antun konnte. Kolk hatte einigen Runden in verschiedenen Programmen zugeschaut. Wenn die Leute einander angifteten, waren es in der Regel Scheingefechte. Nie zeigte ein Gesicht Nachdenklichkeit über die Argumente des anderen. Wie Zombies krakeelten sie los, so daß kein klares Wort mehr zu verstehen war. Mit Blick auf die nächste Wahl trompetete jeder für seine Partei und die eigene Karriere, darauf lief es hinaus. Penetrant wird's bei Themen, bei denen die Politiker wissen, daß die Masse der Bevölkerung anders denkt und anderes wünscht als sie. Dann schnatterten die Herren, daß man es dem Volk nur besser erklären müsse. Sie sind klug, das Volk bleibt Kind, es wird nie erwachsen. Manchmal wurde ein linksgestrickter Ossi zugelassen, vorsichtshalber nur einer.

Ihm war die Rolle des Pausenclowns zugedacht. Stellte er freche Fragen, übte er spitze Kritik, fiel die Meute über ihn her. Sofort wurde die Vergangenheit ausgepackt: Diktatur, Mangelwirtschaft, Mauer – Wortknüppel, mit denen das sachliche Gespräch über die Probleme von heute erschlagen wurde. Sie blafften den Roten an, bis ihm schwarzrosagrün vor Augen wurde. Ein Linker liegt immer falsch, auch wenn er bloß die Uhrzeit mitteilt. Nur einem Narren konnte einfallen, sich für die Farce herzugeben. Kolk wollte nicht zuschauen, wie sein alter Herr von ein paar Schreihälsen niedergebügelt wurde.

Ein schweißtreibendes Boxtraining am Abend versprach höheren Nutzen. Kreislauf und Muskeln werden gekräftigt, das Gehirn kann ausruhen, und wenn dir einer unfair kommt, kriegt er was aufs Zifferblatt.

Während er die Tasche mit den Sportsachen hervorholte, schellte das Telefon. Er ließ es klingeln; bestimmt war es der Herr Papa, der ihn an den Auftritt erinnern wollte. Aber es war die Stimme von Kriminalkommissar Schmidt, die aus der Quasselbox ertönte: »Hallo, altes Haus! Heute abend ist ja dein Vater im Fernsehen! Warum hast du mir nichts gesagt? Da kannst du ja gar nicht zum Training kommen? Ich bleibe auch zu Hause und sehe mir die Show an. Du willst bestimmt mit deinem Lieblingswessi morgen darüber diskutieren«

Verärgert warf Kolk die Tasche in die Ecke. Der Alte machte ihm den Sparringspartner abspenstig, er verdarb ihm den Abend. Höhnisch glotzte ihn der Fernsehkasten an, und Kolk hatte Lust, die Röhre mit einer rechten Geraden kampfunfähig zu machen.

Er trottete in die Küche, holte das angetrocknete Schnittbrot hervor. Er häufelte Hüttenkäse darauf, legte eine Möhre auf den Teller und mischte einen großen Gin Tonic. Das waren handfeste Dinge, kein elektronischer Quark. Er ließ die Kleidung fallen und schritt hinüber ins Bad.

Es war neu angelegt, er suchte es gern auf. Er liebte die nostalgischen Wasserhähne, das ovale italienische Waschbecken, getragen von einer korinthischen Säule. Ihn erfreuten die Fliesen mit der vegetabilisch stilisierten Bordüre. Auch von dem geschwungenen Toilettenbecken mit dem massiven Deckel aus Edelholz war er jedesmal angetan.

Er stellte Glas und Teller auf den Sims der Badewanne, legte den neuen ›Playboy‹ dazu. Das Wasser rauschte, dampfte. Ein Spritzer Öl hinein – und noch ein Schwäppchen der verrucht duftenden Essenz. Ins warme Element gleitend, grunzte er genießerisch gleich einem altrömischen Lüstling. Was ist eine Talkshow gegen ein Bad. Er fing an zu essen. Die Zeitschrift entblätterte sich, er nahm den ersten Schluck. Der eiskalte Drink, die schmeichelnde Flut, das nahrhafte Kornbrot, die kunstsinnigen Fotografien – die Elemente griffen ineinander und ließen ihn einmal mehr wollüstig aufstöhnen.

Die Wohnungsklingel läutete. Er aß und las und ließ es scheppern. Aber der Störenfried gab nicht auf, immer wieder lärmte die Klingel. Kolk legte das Journal weg und tauchte unter. Seine Lunge war gut trainiert, er konnte die Luft weit über eine Minute anhalten.

Eine Hand griff an seine Schulter. Erschrocken schoß er nach oben und prustete. An der Wanne stand Emma, redete aufgeregt: »Hej, Chef, Ihr Vater ist im Fernsehen, der Herr Professor! Und ein Überraschungsgast, dieser Ex-General Siemund, unser Klient! Ich bin zufällig beim Zappen reingeraten. Los, Sie müssen einschalten!«

Zornig rief Kolk, daß er sich Überfälle nachdrücklich verbitte. »Sie sehen doch, ich sitze in der Wanne! Den Schlüssel für diese Behausung benutzen Sie bitte nur in den Bürostunden! Und jetzt raus, aber dalli!«

Schon an der Tür, drehte sich Emma noch einmal um und bemerkte kühl, daß sie nur dienstlich gekommen sei. Im übrigen habe sie schon einige badende Männer betrachtet. Das sei deprimierend, die Brechung des Lichts im Wasser liefere ein verkürztes Bild.

Nachdem sie verschwunden war, stieg Kolk schimpfend aus dem Wasser. Was hatte der General vor den Kameras zu suchen? Wenn der wichtigste Klient der Detektei im Fernsehstudio auftrat, war Kolk gezwungen, sich zu informieren. Er schnappte ein Handtuch, patschte ins Wohnzimmer und blätterte tropfend in der Programmzeitschrift.

Er schaltete das Gerät ein, wählte den Sender, lief zurück ins Bad, stieg wieder ins Wasser. Die Türen standen offen, der Bildschirm lag im Schußfeld der Fernbedienung.

Das Kasperletheater war schon im Gange. Ein paar Leute redeten in fremder Sprache durcheinander. Eine nervöse Dolmetscherin war bestrebt, Kraut und Rüben von Personalien und Aussagen zu sortieren. Ein alter serbischer Lehrer, eine Roma-Frau aus dem Teppichhandel und eine serbische Jüdin, Tierärztin. Sie sprachen über die Vertreibung aus dem Kosovo. Die Ärztin sagte, dort herrsche heute eine albanische Mafia. Banden, die morden, erpressen, Kirchen in die Luft sprengen. Durch den Krieg sei es schlimmer geworden, eine Vertreibung habe die andere abgelöst. Der Lehrer meinte, er sei kein Freund von Tito gewesen, aber er wünsche sich seine Herrschaft zurück, bei der es halbwegs friedlich zugegangen sei.

Die Kamera spazierte über die Gesichter. Kolk sah den Vater, daneben eine Rauchwolke, aus der Siemunds eckiger Schädel samt Pfeife hervortrat.

Auch ein Minister saß in der Runde. Den kannte Kolk. Ihm fiel ein, daß jener die amerikanische Außenministerin so arg geküßt hatte, oder sie ihn, daß sie den Cowboyhut verlor. Der Mann hatte früher den doppelten Umfang gehabt. Das Bubengesicht unter der kecken Haartolle war geschrumpft. Das Kerlchen hatte es geschafft, seinen hängenden Kessel durch Müsli und Jogging abzubauen. Kolk seufzte und kratzte unter Wasser den Bauchansatz, der sich trotz Hüttenkäse und Boxtraining hartnäckig behauptete.

Dem Minister zur Seite saß ein Mensch von spiegelnder Kahlheit. Den Mann plagte ein nervöses Zwinkern, das ihn auch befiel, wenn er gar nichts sagte. Er war ein Landespolitiker, abgehalftert wegen irgendeiner Affäre. Auf Namen achtete Kolk schon lange nicht mehr, es gab zu viele belastete Volksvertreter. Trieb es einer zu arg und stolperte, dann fiel er nicht auf die Nase, eher die Treppe hinauf. Froh gelaunt, weil gut bezahlt. Auch Skandalträger zogen das Publikum an. Es schien, daß dem Kugelkopf mit einer Stelle als Co-Moderator beim Sender MENSCH 1 zu einer neuen Laufbahn verholfen wurde.

Der Minister ging auf die serbischen Klagen ein. Er sagte, daß er albanische Untaten, sofern wirklich passiert, bedaure, sogar verurteile. So gehe es nicht weiter, anders werden müsse es, friedlich, unbedingt und sehr bald. Was die Lufteinsätze voriges Jahr betreffe, so seien sie, leider, unvermeidlich gewesen, die Allianz habe im Kosovo eine Friedensmission zum Schutz der Menschenrechte durchgeführt.

Dazu wünschte Professor Fritz von Kolk eine Bemerkung zu machen.

»Hat der atlantische Pakt Friedenspalmen abgeworfen? In Jugoslawien wurden offene Städte bombardiert, Bahnlinien,

Fabriken, Brücken. Elf Wochen lang wurde auf eine wehrlose Bevölkerung eingeschlagen. Hunderte Zivilisten wurden getötet – wie steht es um deren Menschenrechte? Die Industrie liegt in Trümmern, Raffinerien, Fernheizwerke in Belgrad. Im Kosovo wurde Munition mit giftigem Uranmantel eingesetzt, auch heimtückische Splitterbomben, obwohl sie international verboten sind. Und nur ...«

Halt die Klappe, Papa! knurrte Kolk in der Wanne. Kosovokrieg, Schnee von gestern, Blut von vorgestern, Unterhaltungswert null, hängt den Leuten zum Halse raus. – Der Vater konnte ihn nicht hören, aber auch wenn er den Ruf aus der Wanne vernommen hätte, so hätte er munter weiter agitiert.

»Nur am Rand sei erwähnt, daß Ihr Genosse, der unselige Armeeminister, den Überfall auch mit Massakern begründet hat, die inzwischen als Greuelmärchen entlarvt worden sind.«

»Stimmt genau!« rief einer der Zuhörer. Der Kugelkopf zwinkerte rügend in die Richtung. Der Professor nickte dem Frechling zu und wandte sich wieder zum Minister: »Von einer Friedensmission zu sprechen ist Heuchelei. Die Nato hat einen Angriffskrieg geführt, ohne Erlaubnis des Weltsicherheitsrats. Deutsche Kampfflugzeuge waren an dem Überfall beteiligt. Damit wurde das Grundgesetz gebrochen, lesen Sie mal das Friedensgebot in Artikel 26 nach. Und gleich noch den Artikel 80 des Strafgesetzbuches: Wer den Angriffskrieg vorbereitet, wandert lebenslänglich hinter Gitter.«

»Möchten Sie mich einsperren?« Der Minister lächelte mild. »Die Zelle ist schon von Ihrem früheren Staatschef belegt.«

Ob des fein dosierten Spotts keimte im Publikum Gekicher. Leichtfüßig, rhetorisch joggend setzte der Minister nach: »Herr Professor, wenn ich zutreffend unterrichtet bin, wirkten Sie früher, neben der medizinischen Tätigkeit, auch als Abgeordneter der Einheitspartei in der sogenannten Volkskammer. Hatten Sie dort mit Demokratie zu tun? Das wäre nicht nur mir neu. Ich finde, Sie sollten bei dem Thema Zurückhaltung üben.«

Das Publikum keckerte stärker. Armes Väterchen, brummte Kolk in der Wanne. Der Mann ist dir über, dem bist du nicht gewachsen.

»Ach ja, die Demokratie«, sagte der Professor. »Wir hatten gute Vorsätze, einige haben wir verwirklicht: sozial, auch im Gesundheitswesen, auf dem Gebiet der Kultur, auch für die Rechte der Frauen. Schöne und nützliche Dinge, da könnten Sie einiges von uns lernen.«

»Das fehlte noch, ich hab mich wohl verhört!« blaffte der Kahle dazwischen und unterstrich den Einwurf durch kompromißloses Zwinkern.

Aber das Publikum sprang ihm nicht bei, es schien erpicht zu hören, ob der Professor sich erkühnen würde, noch mehr Dinge auszuplaudern, die ein vorsichtiger Mensch, der um Arbeitsplatz und seinen Ruf fürchten muß, besser für sich behält. Der bekennende Mediziner wandte sich offen dem Publikum zu: »Bei anderen wichtigen Zielen sind wir Sozialisten gescheitert, wir bezahlen bitter dafür. Das ist unsere Schuld, ich beklage mich nicht. Glauben Sie mir, ich schätze den Gewinn an Meinungsfreiheit, an Demokratie, gelobt sei auch die Banane. Aber der Fortschritt darf uns nicht blind machen für neue Gefahren. Was wird denn im Parlament noch entschieden? Die wichtigen Beschlüsse werden in Brüssel getroffen, den kleinen Rest erledigt der Kanzler, gelegentlich auch ein eilfertiger Minister. Der Bundestag schläft, die Demokratie schnarcht vor sich hin.«

»Unglaublich!« rief der Kahlkopf empört und bewegte die Augendeckel so ungestüm, daß er, sich verzwinkernd, innehalten mußte. Der Professor musterte ihn besorgt, fuhr dann fort: »Im Kosovokrieg hat diese Demokratie schmählich versagt. Hätten wir das verhindern können? Ja oder Nein? Ich bin überzeugt, daß bei außergewöhnlichen Entscheidungen das Volk auch zwischen den Wahlen befragt werden müßte, schon gar, wenn es um Tod und Leben geht. Ich vermute, für die Bombardierung Jugoslawiens hätte sich hierzulande keine Mehrheit in der Bevölkerung gefunden. Ich nehme an, daß die Regierung das ahnte, auch wenn Sie es nicht zugeben wird. Ich halte es für anmaßend, sogar für kriminell, wenn eine Handvoll Leute über den Kriegseintritt eines ganzen Landes entscheiden darf.«

Gelassen winkte der Berufspolitiker ab. »Sie sind Arzt, Chirurg? Ein wichtiger Beruf. Sie täten klug daran, nur auf Ihrem Fachgebiet zu operieren.«

Das Kichern im Publikum wurde stärker. Kolk grinste widerwillig und legte den ›Playboy‹ auf den Wannenrand.

Auch der Professor reagierte lächelnd. »Ich praktiziere nicht mehr. Wenn Sie beim Joggen Ihre Knie ruinieren, sind Sie vor meinem Messer sicher. Aber ich finde, ein paar Orthopäden würden dem Bundestag gut tun, indem sie den Abgeordneten und der Regierung Beine machen.«

Der Kugelkopf schwenkte erneut herum, drohend plinkerte er den dreisten Alten an. Der Professor beachtete ihn nicht, er sprach weiter zu dem Minister:

»In jungen Jahren sollen Sie ein richtiger Wildfang bei Straßenkämpfen gewesen sein. Später entschieden Sie sich für friedlichen Umgang und traten an die Spitze des Bundes grüner Pazifisten. Meine Partei, die Sozialistische Einheitspartei, war nicht pazifistisch. Ich war es auch nicht, damals konnte ich mich nicht dazu durchringen. Ja, das ist lange her. Heute bin ich Pazifist, und Sie sind das Gegenteil. So gibt es zwischen uns ein Gemeinsames: Wir haben beide unsere alten Parteien verraten.«

Die Braue des Ministers hob sich. Das Publikum im Studio schnaufte beglückt. Es war wie beim Berufsboxen, nur schöner, weil hier ein Hochgestellter den linken Aufwärtshaken wegstecken mußte.

In der Wanne ballte Kolk die Faust und knurrte: Treffer, Papa! Nachsetzen, treib ihn in die Seile, hau drauf!

Groß zog die Kamera auf das ministerielle Antlitz. Das Mienenspiel verfügte über zwei Varianten. Melancholie über die Narretei der Welt, personifiziert durch den jeweiligen Gesprächspartner. Daneben stand ein ironisches Lächeln zur Verfügung. Es paßte auf alles, was dem Minister nicht paßte, darum drang es auch durch, wenn er es diplomatisch zu verbergen suchte. Das Gesicht eines Mannes, der so gut wie immer recht hat – jedenfalls wandelte er in dem Glauben unter den Arkaden der Fernsehkameras. In Wallungen staatsmännischen Hochgefühls, wie eben jetzt, spitzte sich der Mund zur kleinen Schnute, die beglückt dartat: Ich bin schlau, das ist so schön! Ich stehe oben, das ist noch schöner! In unwiderstehlicher Mimik wurde vermittelt, wie turmhoch eine begnadete Übergröße über dem linken Kleingeist schwebte, dem gescheiterten Gesellschaftsmedikus, der sich unterfing, die Weltläufte anders zu beurteilen als deren mit Abstand führender Mitschöpfer.

Der Professor zog ein Blatt hervor, hielt es zur Kamera, die mit Zoomriß gierig heransprang.

»In einer Zeitschrift werden Sie – ich zitiere – als ›charakterfreie Zone‹ bezeichnet, ein ›berufsloser und diplomatisch unerfahrener Seiteneinsteiger‹, ein ›unsteter Mensch‹, ›maßlos überschätzt‹. – Nun gut, ich möchte mit Deutschlands führendem Nachrichtenmagazin keinen Streit anzetteln. Sie sollen früher mal erklärt haben, die Hälfte der Abgeordneten im Bundestag seien Säufer. Da muß ein Mineralwassermann wie Sie schon als Hoffnung gelten. Nein, ganz aufrichtig – es scheint, daß der Gott der Gene Sie fürs politische Amt zulänglich ausgestattet hat, im Unterschied etwa zu ihrem Kollegen, dem schon erwähnten Wehrminister. Ihm muß man einiges nachsehen. Er ist ja bös mit dem Fahrrad gestürzt, schwere Gehirnerschütterung, da kann es vorkommen, daß ein Brandstifter sich als Feuerwehr ausgibt. Aber Sie können sich nicht auf einen Dachschaden berufen. Der Überfall auf Jugoslawien war ein Kriegsverbrechen, das neue Konflikte auf dem Balkan auslöst und verschärft. Sie und Ihre Genossen gehören auf die Anklagebank des Haager Tribunals. Aber Sie stehen schon jetzt vor Gericht: die Toten klagen an! Da gibt es keine Verjährungsfrist. Auch wenn Sie und Ihre Freunde mal aus den Ämtern entfernt sind, bleiben Sie unter Anklage. Lebenslänglich!«

Der Minister wollte antworten, zog chevaleresk zurück, weil sich die Tierärztin schon länger mit schüchtern gehobenem Zeigefinger gemeldet hatte. Die Dolmetscherin übertrug die wenigen Sätze. Die ältere Frau sagte, Serben wie Albaner hätten im Krieg Verbrechen begangen. Dann sei der Himmel eingestürzt. »Die Familie meines Sohnes ist im Bus gefahren, von Djakovica nach Montenegro. Die Flugzeuge griffen die Autos an. Mein Sohn ist tot, seine Frau, die beiden Kinder. Ach, die Kinder, sie waren noch so klein ... Ich wünschte, es hätte mich getroffen, ich habe lange genug gelebt ...«

Für einen Lidschlag zerbrach das Visier des Ministers. Kolk sah einen betroffenen, ratlosen Menschen. Aber das konnte ein

Irrtum sein, aus der Wanne ergibt sich eine zweifelhafte Perspektive.

Der Professor bat, noch eine Frage aufwerfen zu dürfen. »Als ein ungebildeter Mediziner möchte ich dazulernen. Bitte verraten Sie mir, wie Sie vom Pazifisten zum Vertreter des Krieges geworden sind? Welche Motive haben Sie zu Ihrer Wende bewogen?«

Mit einer Prise Ungeduld erwiderte der Angesprochene, er habe schon mehrfach erläutert, daß der notwendige Friedenseinsatz dem Schutz der elementaren Menschenrechte gegolten habe. »Standpunkte müssen den Realitäten angepaßt werden. Nur wer sich ändert, bleibt sich treu.«

»Der Lieblingsspruch aller Opportunisten«, kam es spöttisch zurück.

»Sind Sie nicht auch einer?« gab der Minister elegant zu bedenken, und die Gluckser im Studio honorierten die Gegenpointe.

Der alte Arzt reagierte mit einer anerkennenden Geste, bat aber, einen Unterschied zu beachten:

»Ich habe davon nicht profitiert. Dagegen hat sich Ihre Verwandlung gelohnt, aus bescheidenem Parteibüro stiegen Sie auf in hohe Ämter. Was war Ihr Antrieb? Etwa Liebe zu den Volksmassen? War es Napoleons Parfüm, der Duft der Macht? War es ein Wink aus dem Weißen Haus? Es heißt ja, daß der Kosovo-Krieg so nebenher auch geführt wurde, um von der Lewinsky-Affäre des amerikanischen Präsidenten abzulenken. Was ist das für eine Welt, in der so etwas möglich ist.«

»Zum Glück liegt Ihre Welt hinter uns«, sagte der Minister.

»Warum weichen Sie aus?« sagte der Professor.

Überdrüssig winkte der andere ab. Dennoch hing die Frage im Raum wie ein drängendes Zeichen. Das Publikum lauschte ... fuhr fort auf Antwort zu lauschen ... und es hatte wahrhaftig den Anschein, daß sogar jene nachdachten, die nur zum Abkichern gekommen waren.

Der Professor redete weiter: »Strategische Planungen für den Balkan waren wohl ausschlaggebend für die Aggression. Machtkalkül. Was hat Sie bewogen, dabei mitzuspielen, warum müssen Sie springen, wenn Washington pfeift? Oder sind Sie nur verzaubert von den hohen Diäten, der Aussicht auf eine fürstliche Staatspension? In keinem anderen Job wären Sie so reich geworden. Jedem Burschen aus einfachen Verhältnissen, ohne richtigen Beruf, muß die Karriere zum Millionär verlockend erscheinen. Der deutsche Steuerzahler muß für den Wiederaufbau in Jugoslawien blechen, und Sie freuen sich mit Blick auf Ihr Konto. Ich gratuliere. Wieder einer, der es geschafft hat, darüber sind wir alle froh. Aber bitte achten Sie darauf, daß Sie bei so üppigem Einkommen nicht rückfällig übergewichtig werden.«

Im Publikum juchzten einige.

Klasse, Papa, weiter so! zischte Kolk in der Wanne. Finanzielle Anwürfe mit persönlicher Ätze zu verknüpfen war effektvoll. Jede Unterhaltung gewann durch Senkung des Niveaus. Bisher war das nicht Vaters Stil, er hatte ihn nie vulgär erlebt. Nunmehr war erwiesen, daß auch Altlinke einem Reifeprozeß unterliegen.

»Geschwätz«, konterte der Minister intellektuell angewidert und blickte nach Zustimmung suchend in die Runde. Aber das Publikum quittierte die Einbeziehung des Einkommens mit einem Gemurmel, das dem Professor zugeneigt schien.

»Sozialneid, Sozialneid!« trompetete der Kugelkopf unvermittelt los.»Gehen den roten Socken die Argumente aus, tatschen sie ans Portemonnaie!«

»Na und!« blaffte ihn der General überraschend an.»Gegen die Abkassierer ist das legitim, hoch lebe der Sozialneid!«

Aus dem Munde eines Multimillionärs klang das bizarr. Kolk in der Wanne rief: Du hast es grade nötig! Er verschluckte sich am Gin. Im Studio das Publikum reagierte entzückt, zum ersten Mal war es eine Mehrheit, die Applaus spendete.

Otto Siemund stopfte die Tabakpfeife, dabei redete er kräftigen Tones weiter: »Ich las, daß die Soldaten der Bundeswehr in Jugoslawien pro Tag 130 Mark Auslandszuschlag bekommen. Nur darum machen sie mit. Ich bin sicher, die witzeln insgeheim über Ihre verlogenen Phrasen. Lieber beim Militär als arbeitslos rumrennen nach einem Job. Aber Kugeln fliegen nicht nur in eine Richtung, da unten kann viel schiefgehen. Ich glaube, daß die Eltern und Ehefrauen ihre Jungs lieber zu Hause hätten. Deutsche Soldaten haben auf dem Balkan nichts zu suchen. Deutschland sollte abrüsten, es braucht keine Armee mehr.«

»Nein und noch mal Nein!« – dies dürfe so nicht stehenbleiben, warf der Minister sehr ernst ein. Der Kugelkopf fügte hinzu, es sei unergiebig und überflüssig, sich die Hirngespinste übereifriger Rentner anzuhören.

»Rentner?« knurrte Siemund, »Rentner? Auch so ein dussliger Ausdruck: Menschen werden übers Einkommen in die Ecke gestellt. Strengen Sie mal Ihre Glühbirne an und denken Sie sich was Neues aus. Oder würde es Ihnen gefallen, wenn ich Sie als Gebührenabzocker bezeichne?«

Mit trommelnden Augendeckeln stieß der Kugelkopf heraus, er verbitte sich unverschämte Bemerkungen eines kommunistischen Anführers, dessen bewaffnete Räuberbanden gemeinsam mit den Russen 1968 zum Prager Frühling in die Tschechei eingefallen seien.

Dafür gab es von einigen Studiogästen spontanen und langen Beifall. Die anderen warteten ab. Der General blies eine Rauchwolke über des Kontrahenten Politur und sagte mit frohem Hohn:

»Wenn unser Militär eine Räuberbande war, warum wurden dann beträchtliche Teile in die Bundeswehr übernommen? War das nicht riskant? So wäre eigentlich die NVA über Jugoslawien hergefallen? – Scherz beiseite, Herr Nachbar, ich will Sie nicht überfordern. Und jetzt im Ernst: Als Generalmajor der Nationalen Volksarmee der Deutschen Demokratischen Republik unterrichte ich Sie, daß wir niemals in die CSSR einmarschiert sind. Wenn Sie die freche Lüge wiederholen, verklage ich Sie wegen Republikhetze und Armeeverleumdung! Auch wegen persönlicher Beleidigung!«

Er reckte sich auf, donnerte: »Es gibt noch Richter in Berlin! Ich engagiere die besten Anwälte, die reißen Ihnen den Ar... die reißen sich um den Fall! Ich mache Sie fertig, daß Ihnen die Haare zu Berge stehn!«

Durch das Studio rauschten Turbulenzen. Rufe ertönten: »Frechheit!«, »Bravo!«, »Endlich!« und »Er hat eine Glatze!« Manche Gäste applaudierten auf eine unparteiische Art, die nur den reinen Funwert würdigte.

Auch Kolk spendete Beifall, dabei stieß er das Ginglas vom Wannenrand ins Wasser. Aus Emmas Wohnung im Stockwerk darunter rumorte parteiliches Getrampel.

Seit längerem schon hatte der Chefmoderator angesetzt, lenkend in die Debatte einzugreifen. Ein sächsischer Pastor, der sich mit dem Vatikan über die Geburtenregelung entzweit hatte. Ein Mann vom Profil eines Kämpfers im Bauernkrieg, mit störrischem Kräuselhaar, das auch im Studio waagerecht wie eine Sturmhaube zu fliegen schien. Kernig wie Luther, dabei Güte mit Strenge paarend, wandte er sich an den Gast Otto Siemund: »Wir sprachen über die Befehlsgeber beim Krieg gegen Jugoslawien, über den Tod von unschuldigen Menschen. Sie waren ein hoher Offizier in der inzwischen aufgelösten ostdeutschen Republik. Von Soldaten Ihrer Armee wurden an der Grenze Menschen erschossen, die dem gelobten Land den Rücken kehren wollten. Wie denken Sie heute darüber, was spricht Ihr Gewissen? Auch Sie müssen sich die Frage nach Verantwortung und Schuld gefallen lassen. Möchten Sie dazu etwas äußern?«

Schlagartig fiel Stille in den Saal. Otto Siemund fummelte an der Tabakpfeife. Immer länger wurde die Pause.

Kolk in der Wanne beobachtete, wie sein Vater den gleichsam weggetretenen General anstieß. Nun begriff Kolk, warum der Professor den Kameraden Siemund in die Talkshow geschleift hatte. Jeder konnte erkennen, daß der General lieber anderswo gewesen wäre. Die auftrumpfende Haltung zerfiel, er wich dem Blick des Ministers aus, senkte den Kopf. Mit einem Ruck hob er ihn und polterte los:

»Verdammt, ja, ich wollte hier was dazu sagen. Aber dann hab ich gehofft, ich käme drumrum. Okay, jetzt bin ich dran, ich sitz in der Falle, Sie haben mich am Haken. Gewissen ... Gewissen ... o ja, das ist ein ganz verfluchtes Ding. Ich sagte damals meinem Gewissen, daß ich als General nur für Rückwärtige Dienste zuständig bin: Ausrüstungslager, Werkstätten, Feldbäckereien, Verwaltung. Außerdem bin ich 1985 aus dem Dienst geschieden. Ich habe meinem Gewissen gesagt, daß auch Grenzsoldaten erschossen worden sind. Das Gewissen blieb hartnäckig. Ich habe es angeschnauzt, angefleht: Sei endlich still! Es meldete sich immer wieder. Ja, es ist wahr, wir Generäle hätten handeln müssen. Wir hätten das Politbüro zwingen müssen, Reformen anzupacken, auch beim Grenzregime. Wir haben es nicht mal versucht. Wir haben Beschlüsse befolgt, nach dem Buchstaben des Gesetzes sind wir aus dem Schneider. Die meisten von uns beharren auch heute noch darauf. Ich will das nicht mehr tun. No one gets away clean. Wir haben die Menschlichkeit mißachtet. Ich fühle mich mitschuldig für die Toten an der Grenze. Das war ein Verbrechen. Das werfe ich mir vor, es wird mich quälen bis ans Ende meiner Tage.«

Der Oberkörper des Alten wackelte. Der Professor griff nach seinem Arm. Der General drehte sich für einen Moment beiseite. Dann sprach er weiter: »Ich lebe im Ausland, ich müßte gar nicht hier sitzen. Es ist alles so lange her. Aber ich ...«

Er verstummte, als wäre ihm die Stimme abhanden gekommen. Er schraubte an der Pfeife, es schien, daß er sich künftig nur noch damit befassen wollte.

Der moderierende Gottesmann griff ein.

»Wir sehen, wie tief der Graben ist, der uns trennt. Nicht nur einer – viele Gräben sind es, die uns immer noch entzweien. Zerstritten verharren wir in den Stellungen einer Front, die ein kalter, eiskalter Krieg hinterlassen hat Hadernde Gruppen, die aufeinander schießen mit spitzen Worten. Ihr Leute, hier im Studio von MENSCH 1 und in den Wohnungen am heimischen Bildschirm: Legt endlich die Waffen nieder! Noch ist es nicht zu spät! Lasset uns die Pflugschar der Versöhnung schmieden. So gering die Aussicht sein mag – wir müssen es versuchen. Wir haben ein Vorbild, Jesus, der zu Petrus sprach: Komm, folge mir nach!«

Dabei breitete der Prediger die Arme aus und vollführte Beinbewegungen wie beim mühseligen Verlassen eines saugenden Abgrunds.

Das Publikum saß angerührt, sogar der Minister hielt den Mund. Aber dem Mann mit dem glänzenden Kopf ging die religiös erweichte Stimmung gegen den Strich. Mit drohendem Räuspern wandte er sich an den Moderator und wies mit dem Zeigefinger auf Siemund:

»Entschuldigen Sie mal, Sie haben zu Beginn den Herrn als Generalmajor a. D. vorgestellt. So hat er sich Ihnen wohl angedient. Ich mache mit gebotenem Nachdruck aufmerksam, daß ehemalige Anführer der sogenannten Nationalen Volksarmee ihre Titel nicht führen dürfen. Vorhin hat er sich auch selber als General bezeichnet.« Er beugte sich vor und fügte hinzu, Siemund fixierend: »Sie, unterlassen Sie das mal in Zukunft gefälligst! Sonst kommt Ihnen der Staatsanwalt auf den Hals!«

Ein Murren sprang auf. Dem Auditorium mißfiel, daß die besinnliche Phase durch Krittelei an einem nebensächlichen Detail gestört wurde. Otto Siemund erwachte, er hob die Hand zur Stirn und deutete einen Vogel an. Das Publikum, froh über neuen Zoff, spendierte ein Kichern.

Der Beleidigte rief: »Unverschämtheit! Was erlauben Sie sich!«

Siemund wiederholte die Vogelei mit der Pfeife. Das Prusten im Studio wuchs an, wieder kamen Zwischenrufe, es wurde laut. Gemeinsam griffen der Moderator und der Minister mäßigend ein, nur waren sie kaum zu verstehen. Die drei serbischen Kosovaren steuerten ihr Heimatidiom bei, was keine Klärung bewirkte, weil die Dolmetscherin dem Sprechwirrwarr erlag. Und dann geschah es. Über den Lärm hinweg machte jemand eine Bemerkung, dröhnend, mit Stentorstimme. Nur zwei Worte waren es, sogar Kolk im studiofernen Warmwasserbehälter hörte sie klar und deutlich.

»Kleiner Scheißer!«

(Was war das? O mein Gott!)

... KLEINER SCHEI ...!!!

Nein, sie hatten sich nicht verhört. Jeder vernahm das große Wort, alle Mitwirkenden verstummten. Sogar die abgebrühten Kameraleute standen mit offenem Mund. Fäkalisch fundierte Beschimpfungen waren im Fernsehen nicht neu; manche Sender bauten nachmittags an den Abwässern bürgerlicher Menschengemeinschaft. Abends jedoch, zur besten Sendezeit, zu Volkes Dämmerstunde, vor einem Millionenpublikum, gab es bei Privaten wie beim Staatsfunk einen geschützten Hochsittlichkeitstrakt. Soeben war die Mauer des Anstands eingestürzt. In Scherben lag die letzte Bastion deutscher Hochkultur – es war nicht zu fassen. Im Gespräch zwischen Persönlichkeiten mit Abitur und Staatsexamen hatte einer etwas gerufen, was vielleicht viele dachten, aber nicht rausließen. Jetzt war es raus. Eine deutsche Premiere: Mit zwei Worten war das Talkshowmedium, geistiges Zentrum der Nation, im Orkus der Kanalisation versunken.

Der Kugelkopf schnellte hoch, brüllte den General an: »Das hat Konsequenzen, das werden Sie bereuen!«

Auch Otto Siemund erhob sich und entgegnete entrüstet, die Bemerkung sei nicht von ihm gekommen, er sei Offizier, Akademiker, Latrinenparolen seien nicht sein Stil.

Professor von Kolk wand sich hoch, begütigend schwenkte er die Arme und rief, er habe lediglich verlangt: »Bitte leiser!«

Ein Tumult brach aus. In den Reihen der Zuhörer kringelten sich die jüngeren Gäste, die älteren prusteten verspätet. Rohrspatzartig, mit wirbelnden Augendeckeln schimpfte der Kugelkopf. Gekränkt schoß der General zurück. Der Professor hatte die Miene eines Arztes, der das Virus kennt und weiß, daß es dagegen keine Impfung gibt. Der Minister blickte zur Decke und klopfte Schuppen vom Kragen. Die Assistenten an den drei Kameras standen ratlos. Zwischen ihnen wieselte der kurzbeinige, vergrippte Intendant und röchelte: »Draufhalten!«

Die meisten Teilnehmer der Talkrunde waren aufgestanden, palaverten gestikulierend durcheinander.

Nur der Pastor ragte als Fels in der Brandung. Beruhigend sprach er den Leuten zu, drängte sie hirtenhundartig zu ihren Plätzen, auf daß sie friedsam wieder zu Stuhle kämen.

Die Sitzgelegenheit des Generals stand nicht mehr an der alten Stelle. War es Zufall oder hatte jemand rachsüchtig den Stuhl weggezogen – Otto Siemund segelte ins Leere, krachte schwergewichtig aufs Parkett.

Der spektakuläre Vorgang heizte die Stimmung im Publikum an. Niemand bemerkte, daß die Tabakpfeife des Generals in die offene Ledertasche des Kugelmanns gefallen war. Darin eine Bibel, ein Pornoheft, ein Haarteil in der Art blonder Gottschalklocken, Strickzeug sowie fatalerweise Produkte der Pyrotechnik. Sie waren beschafft worden für ein Fest, das der Mann mit Freunden feiern wollte, und zwar am nächsten Tag anläßlich der als sicher geltenden Wahl einer frischen Frau mit erfolgversprechender Frisur zur Vorsitzenden seiner christlich und dazu demokratisch genannten Partei.

Nun fand das Freudenfeuerwerk verfrüht statt.

Die Tasche hüpfte hoch, Frösche knallten, Kometen zischten, funkensprühend jaulten Pfeifsätze durch den Raum. Dem retirierenden Minister flog die Bibel mit einem Blitzknaller an den Kopf, er stolperte über den General, der vom Boden aufstehen wollte. Aus illegaler polnischer Exportproduktion brach ein Leuchtvulkan los, und der Pfarrer, zurückschreckend, plumpste auf den gestrauchelten serbischen Lehrer.

Bengalische Feuer flammten auf, Raketen fauchten zur Decke und lösten in farbige Leuchtkugeln zerplatzend die Sprinkleranlage aus. Auf die Teilnehmer spritzte rettender Regen hernieder. Frauen kreischten, schützten ihre Talkshowfrisuren. Keiner der Gäste lief weg, einige nutzten das Durcheinander, um zufällig vor den Kameras zu einer Großaufnahme zu kommen. Der gefallene Minister war wieder aufgestanden, er betrachtete den beduschten Anzug. Erst vorgestern war er in einer Zeitung als der zweitbestgekleidete Mann der Welt bezeichnet worden. Der Kugelkopf strich Tropfen von der Platte und fragte den Kollegen, wer von ihnen beiden vorhin bei der üblen Beschimpfung eigentlich gemeint gewesen sei. Das sei relevant wegen juristischer Verfolgung. Der Minister blickte ihn an, als wäre schon wieder ein Krieg im Busch.

Zwei Feuerwehrleute stürzten herein, überrannten den Pastor und Otto Siemund, der erneut aufs Parkett ging. Das Publikum jubelte. Kolk in der Wanne sah, wie sein Vater dem General auf die Beine helfen wollte. Der schubste ihn zornig weg, was dazu führte, daß der alte Mediziner über die liegende jüdische Tierärztin hinschlug. Der General kam hoch, rutschte aus, stürzte zum dritten Mal, wobei er Halt suchend die serbische Dolmetscherin und die Roma-Teppichfrau mit zu Boden riß.

Aus der Wohnung unten hörte Kolk das Gewummer von Emmas eisernen Tanzschuhen, dazu klopfte sie mit einem Gegenstand an die Decke. Sie übertrieb die Begeisterung, auch wenn Kolk einräumen mußte, daß ihm schon weniger kurzweilige Abende beschieden waren. Am besten hatte ihm gefallen, mit anzusehen, wie der Vater und sein Millionär auf dem Allerwertesten landeten. Er bedauerte, daß er davon kein Video besaß. Historische Momente sollte man stets dokumentieren, später glaubt einem keiner mehr, wie es wirklich gewesen ist.

6

Die Zusammenkunft mit dem General war für den Nachmittag vereinbart worden.

Zwei Stunden vorher rief Siemund an und erklärte, er sei bei Kolks Vater in dessen Wohnung. Der Herr Professor sei noch mitgenommen von den Erlebnissen in der Talkshow. Er liege hingestreckt, mit kalten Kompressen auf den Knien, sein Benehmen sei unausstehlich. »Hören Sie ihn zetern? Ich verlasse den alten Nörgler jetzt und möchte Sie schon um vier Uhr am Alexanderplatz treffen. Haut das hin? Haben Sie schon was Neues über meinen Neffen herausgekriegt? Gut, ich erwarte Sie an der Weltzeituhr, pünktlich.«

Die Zeit war ausreichend bemessen. Kolk tänzelte unter die Dusche, danach rasierte er sich sorgfältig wie für ein Rendezvous. Am Kleiderschrank wählte er das Jackett aus fliederblauem Leinen. Er hatte es gekauft, weil ihm Emma mangelnden Mut zur Farbe vorgehalten hatte.

Für die Fahrt ins Zentrum wollte er den neuen Gebrauchtwagen benutzen. Der Anlasser röchelte, aber der Motor blieb stumm. Dann sprang er an, sogar mit einer kleinen Explosion, danach streikte er wieder. Kolk stieg aus, öffnete die Haube.

Emma kam über die Straße und teilte mit, daß der Neffe Siegfried Siemund noch immer im ›Paradise Lost‹ sitze. Vormittags war Kolk mit Emma am Lokal vorbeigeschlendert, hatte sich den Mann unauffällig zeigen lassen. Es schien, daß der

Neffe das Lokal nur zum Schlafen verließ. Nun war es bald soweit – wenn er wollte, könnte der General noch heute seinen Erben an die Brust drücken.

Das Auto spielte nicht mit. Emma hing über dem Motorraum, sie zog an Kabeln, schraubte an einer Verbindung und erklärte, sie könnten die Reparatur gemeinsam bewältigen.

Kolk trat einen Schritt zurück. »Meine Gute, da muß ich Sie enttäuschen. Sie haben das Wrack gekauft, also bringen Sie's auch in Ordnung. Ich kann leider nicht zupacken, weil ich mit unserem wichtigsten Klienten verabredet bin.«

Er überhörte die Bemerkung, die Emma ihm nachrief, und hielt davongehend Ausschau nach einem Taxi. An der Prenzlauer Allee stieg er in die Straßenbahn. An der Mollstraße stieg er aus und setzte sich in Trab. Er bedauerte, daß er keinen der neumodischen Roller besaß, mit denen die Leute durch die City flitzten. Obwohl er durch die Unterführung zum Alexanderplatz einen Spurt hinlegte, langte er zehn Minuten zu spät an.

Otto Siemund stand wartend unter dem Metallpilz der Weltzeituhr. Demonstrativ blickte er auf seine Armbanduhr, dann auf das Globalchronometer, sodann finster auf den heraneilenden Detektiv, der eine Entschuldigung hervorhechelte.

Kühl fragte der General, ob Kolk sich ausmalen könne, wie er mit Offizieren verfahren sei, die zu spät kamen, auch nur um fünf Minuten? Eine Viertelstunde liege ohnehin außerhalb militärischer Vorstellung.

»Ihr Neffe ist ein Künstler!« keuchte Kolk, »Schriftsteller! Er hat einen Roman verfaßt!«

Flucht nach vorn gilt als die beste Verteidigung. Siemund war verdutzt und wollte wissen, ob er sich verhört habe. Kolk wiederholte die Sensation. Siemund fragte ungläubig, ob das wahr sei, und Kolk repetierte ein zweites Mal.

»Schriftsteller!«

Der General sprach es andächtig aus und blickte Kolk an. Kolk verharrte beeindruckt. Siemund schritt zu einer Bank am Blumenbeet und nahm Platz. Kolk setzte sich neben ihn. Vom Dauerlauf rann ihm der Schweiß herab, er zog das Taschentuch hervor. Klingelnd rumpelte eine Straßenbahn vorbei.

»Ein Künstler«, murmelte der alte Haudegen erschüttert. Seine Eckigkeit erweichte, aus dem Militär trat der Mensch hervor.

»Hasso, ich sage Ihnen, in unserer Sippe gab es viele Berufe: Tischler, Schlosser, einen Apotheker, einen Bademeister. Mein Großvater hatte einen Laden, Kolonialwaren, so hieß das in Weimar, obwohl wir keine Kolonien mehr hatten. Opas Vater baute Lokomotiven bei Borsig, die Mutter war Näherin. Klempner hatten wir, Verkäuferinnen bei Wertheim, zwei Hebammen und sogar einen Scharfrichter, Henker in Dresden, im Feudalismus. Aber noch nie einen Kunstschaffenden, nicht mal einen Maler oder Geiger. Und nun gleich einen Schriftsteller! Hat er wirklich einen Roman geschrieben, ein richtiges gedrucktes Buch? Wow, that's great!«

Begeistert stieß er Kolk an und fing an zu schwärmen. »Klar wie Kloßbrühe, da schlägt die Herkunft durch! Der Junge ist in unserer Republik aufgewachsen, ein Leseland, kein Vergleich mit der Fernsehglotzerei heute. Anna Seghers, Hermlin, Kant und Loest, nicht zu vergessen Arnold Zweig und Christa Wolf und Strittmatter, der kam ja auch aus einem Laden.«

»Verheiratet ist er auch«, sagte Kolk.

»Verheiratet? Er hat eine Frau? Ist das wahr, das sagen Sie erst jetzt!« Er stand auf, zog den Überbringer hoch und schloß ihn in eine Umarmung. »Verheiratet – ich werd verrückt! Sind schon Kinder da? Nein? Kein Problem, die kommen noch! Geld macht sinnlich, ich will Enkel sehn, Siegfried muß ran! Hasso, Sie sind ein Goldstück!«

Noch immer hielt er den Ermittler umschlungen und fing an, ihn auf die Wangen zu küssen. Seine Stimme schallte über den Alexanderplatz, sie wiederholte den Kinderwunsch. An der Weltzeitsäule standen zwei junge Männer, die sich ebenfalls küßten. Sie winkten herüber. Kolk wischte den Schweiß ab, als Siemund ihn freigab, und frohlockte:

»Und jetzt knöpfen wir uns den Himmelhund vor! Ich will ihn sehn, sofort! Los, wir nehmen gleich die U-Bahn! Alle Mann stillgestanden! Rechts um! Abteilung marsch!«

Der General straffte sich, legte die Hand an eine fiktive Uniformmütze. Kolk riß die Knochen zusammen, klappte mit den Hacken und erwiderte die Ehrenbezeigung. Sie marschierten zur Treppe, dabei klopfte der glückliche Befehlshaber dem Begleiter auf die Schulter, wodurch jener aus dem Gleichschritt geriet.

Der Alexanderplatz wimmelte von Passanten. Arbeitsschluß, rush-hour, scherzte Siemund, sie heiße so, weil alle rasch nach Hause wollten.

Die meisten eilten zur Treppe der U-Bahn, stiegen hinab in den Bauch der Stadt zum Abtransport ins heimische Viertel. Kolk verabscheute Tuchfühlung mit Leuten, die ihr Dahinhasten anderen aufzwangen. Der General genoß das Bad in der Menge. Im Gewoge der Landeskinder ließ er sich treiben und schubsen, schaute zärtlich hinab auf die Häupter seines wiedergefundenen Stammes.

Das Gedränge hielt ihn nicht ab, laut zu schwadronieren, daß die Subway in New York schlimmer sei als die in Berlin. »Schmutzig, beschmiert, manchmal gehen bei der Fahrt Türen auf. Am Times Square ist jeder dritte ein Taschendieb. Zieh in den Kästen nie helle Kleidung an, du kriegst nur Flecke!« Er griente und klopfte auf Kolks Fliedersakko.

Aus Lautsprechern bollerte ein blechernes Organ, teilte mit, daß nach technisch bedingtem Ausfall von zwei Zügen in wenigen Minuten mit einem zu rechnen sei. Neue Scharen schoben von oben nach. Aus tieferen Schächten quollen Umsteiger über die Treppe zur höheren Linie. Nach Sauerstoff schnappend, kreisten die Massen in drangvoller Enge.

Der einzige Mensch voll froher Laune war Otto Siemund. »Ich liebe Berlin!« trompetete er vor gequälten Gesichtern ringsum. Und fragte, ob die Kolleginnen und Kollegen wüßten, woher der Name Alexanderplatz stamme? Na? Und verkündete, daß der Platz nach einem russischen Zaren benannt sei, Alexander dem Ersten, der Anno 1805 Berlin besuchte. »Jawohl, Herrschaften, denkt immer daran, die deutsch-sowjetische Freundschaft hat lange Wurzeln in der Geschichte!«

Gern hätte sich Kolk davongemacht. Aber die Mauer der Leiber umschloß ihn, preßte ihn an den Militärhistoriker Siemund, schob beide hin zur Kante des Bahnsteigs. Jeder wollte der erste sein an den Türen des ersehnten Zugs.

Der Tunnel wummert, erbebt. Lichter blitzen auf, schwarzgelb schießt aus der Röhre die Wagenschlange heran … pffframmrammramm.

Der Stoß kam hinterrücks.

Siemund taumelte, knickte seitlich ein, torkelte vornüber über die Kante. Kolk packte die Schulter, wollte halten, aufhalten … Zu schwer der alte Mann. Er fiel … fiel … In halber Drehung setzte Kolk die Linke ein, drosch die Faust an Siemunds Brust. Sie fielen beide: der General zurücksackend in den Menschenpulk, Kolk zur anderen Seite. Hinab, hinunter zur Schiene.

Er fiel rücklings mit hochgerissenen Armen, streckte sie nach vor, als wollte er ihn stoppen, den ... den ... den Tod! Der Angstschrei prallte an die Scheibe. Gesichtsfleck des Fahrers, der zuckte zurück. Die Kupplung flog heran, des Sauriers eisernes Horn. Rammstoß heißer Luft ... Rücklings krachte Kolk in den Schotter. Und schrie. Schrie. Schrie.

Bremsen kreischten, Waggons rummsten, Radstahl schrillte und mischte sich mit Kolks Geheul zur Polyphonie des baren Entsetzens.

Tote brüllen nicht. Oder doch – schreien wir im Jenseits weiter? Nein, solange er Laut gab, lebte er. Kolks Stimme raste, brach ins eigene Trommelfell, überschlug sich, bis sie krächzend versiegte. Der Zug dröhnte, schlidderte, brüllte auf in brutaler Bremsung. Kam scheppernd zum Stillstand. Kolk hielt die Augen geschlossen. Nichts fühlte er, gar nichts. Was von ihm abgetrennt war, meldete sich noch nicht, der Schmerz würde später einsetzen. Ein Tropfen fiel auf die Stirn, Öl oder Wasser, heiß. Er bewegte den Arm, hob die Hand, wischte es fort.

Ein benutzbarer Arm, das ist ein Anfang. Auch der andere scheint zu funktionieren. Er öffnet die Augen. Dicht über ihm lastet Schwärze, ölig riechend, verschmort, der eiserne Bauch des Waggons. Seitlich rechts, das runde Ding, ein Rad. Daneben, die hellere Stelle, die Lücke zwischen den Wagen – dort geht es hinauf zum Bahnsteig, zu den Menschen. Er hört sie nicht, im Ohr tost der Nachhall der Bremsung. Wenn rechts der Bahnsteig ist, liegt links ... liegt links ... die Stromschiene!

Im Schreck vereist der Körper. Flach atmen, Hände an die Hosennaht. Nicht rühren, nicht jetzt! Sind die Beine noch da? Am Hinterkopf, am Schulterblatt drücken Steine, das fühlt er. Aber den unteren Körper spürt er nicht. Vom Nabel abwärts ist er taub. Hat das Rad die Beine abgetrennt?

Der Atem stockt, Gedanken schießen Kobolz. Ein Kriminalfilm, in dem ein Detektiv vom Rollstuhl aus Ermittlungen führt. Jener besaß die Beine noch. Es sieht einfach besser aus, wirkt intelligenter, auch wenn man sie nicht benutzen kann. Kolk kennt Prothesen. In Vaters großer Zeit als orthopädischer Chirurg lagen sie manchmal auf dem Schreibtisch. Der kleine Sohn spielte damit, schnallte sie an, ahmte vor gruslig gebannten Schulkameraden in kindlicher Unschuld Versehrte nach. Inzwischen gibt es verbesserte Teile, sogar Prothesen mit computergestützten Kniegelenken. Sie sind astronomisch teuer, die private Krankenkasse würde die Kosten ablehnen. Dafür müßte Millionär Siemund zahlen, eigentlich sollten seine Stelzen hier liegen.

Kolk biß die Zähne zusammen. Verflucht und zugenäht, er würde zurechtkommen ... Hauptsache leben! ... Aber Beine sind Beine, vielleicht lagen sie weiter vorn im Gleisbett? Könnte man sie wieder anheften? ... Nein, nicht voreilig hoffen, um so größer wäre die Enttäuschung. Ab ist weg, da helfen keine Pillen ... Moment mal – was hatte der Alte unlängst geschwatzt, hatte den Sohn genervt mit einem seiner Vorträge über nahenden medizinischen Fortschritt: neu sprießende Hände und Arme, sofern es klappt, die Gene zu ermuntern, sich noch einmal anzustrengen. Da winkt allen Gliedern eine Zukunft, aus Amputationsstümpfen wachsen echte Neuteile, jung, gesünder, vielleicht sogar, wenn gewünscht, länger als die ersten ...

Benebelt sog der Verunglückte die ölige Luft ein. Auf ihm wuchtete der Waggon, hielt ihn fest in einer Gruft aus Stahl und Stein. U-Bahn ... Untergrundbahn – wie hohl das klingt, bedrohlich. Der Mensch ist kein Maulwurf. Wir sind Lichtwesen, oben ist unser Platz, nur die Toten sind unter der Erde! Der Mensch geht zu Fuß, fährt Rad, Auto oder Straßenbahn. Dort ist die Stromleitung fern. Aber hier nicht! Hunderttausend Volt, eine Million oder mehr, dicht neben ihm! Kriechströme drohen, Funkenbrücken, Hochspannung. Elektronen, gefährlich wandernd über jedes Stückchen Metall. Im Motorraum eines Lada hatte er mal einen üblen Schlag abgekriegt. Und wenn Wasser dazukommt! Kürzlich hatte die Zeitung von einem Betrunkenen berichtet, der sein kleines Geschäft an einem Zaun erledigen wollte. Er dachte, es sei ein Zaun. Es war das letzte Bier, drei Meter weit wirbelte er durch die Luft; die ihn fanden, hielten ihn zuerst für einen Afrikaner.

Verzweifelt schielte Kolk zum helleren Ausschnitt neben dem Rad. Menschengesumm drang herab, das Geräusch wurde lauter. Langsam kehrte sein Gehör zurück. Ihm war, als könnte er die bewegten Leute sehen, die oben auf dem Bahnsteig standen und um ihn bangten. Zum ersten Mal in seinem Leben fühlte er sich den Volksmassen verbunden.

Schotter knirschte, ein Schuh trat ins Bild, ein Stück Hosenbein, noch ein Schuh. Eine Männerstimme rief: »He, ist da was?«

»Ja«, krächzte Kolk, »hier ... ich bin hier!«

»Sind Sie verletzt, ist was ab?«

Wieder traf ein heißer Tropfen Kolks Gesicht. Er drehte den Kopf, quetschte hervor, daß er soeben Inventur mache.

Die Stimme empfahl, was ohnehin gegeben war: »Liegenbleiben, schön stille. Könnte ja was Inneres sein, muß aber nicht. Nur keine Angst, wir holen Sie raus.«

Plötzlich ein Schmerz im Bein, im linken. Der Schotter piekte in die Wade. Nur ein Phantomschmerz? Kolk bewegte den Fuß, dann das andere Bein. Ja, es geht! Sie gehorchten, folglich besaß er sie noch! Seit über vierzig Jahren gehörten sie zu ihm in fester Beziehung, gingen mit ihm durch dick und dünn. Gott in der Höh', auch wenn ich nicht an dich glaube, danke ich dir! Heiß durchfuhr ihn des Glückes Stromschlag, preßte ein Schluchzen aus seiner Kehle, den Ruf, irre kieksend: »Ja, alles dran, alles dran, is alles dran!«

»Primaprima, na siehste, geht doch,« antwortete am Rad die Stimme und setzte hinzu, daß der letzte Wagen entgleist sei, durch die Notbremsung. »Zwei Achsen vom Drehgestell rausgehopst. Vielleicht auch'n Schienenbruch, mal sehn. Dauert bißchen, bis wir freiziehn. Wir setzen Busse ein, Schienenersatzhopse Richtung Luxnburch.«

»Einverstanden«, rief Kolk. Rauh lachte der Schuh und verschwand nach oben.

Er schloß die Augen wieder. Im Rücken, an den Schenkeln drückten Schottersteine, am Steiß eine hölzerne Schwelle. Nie war ein schönerer Schmerz. Beine, Arme, Hals – alles bestens. Kein Querschnitt, keine Lähmung. Das Gleisbett – ein Himmelbett, der Schutzengel der Detektive hatte die Hand über ihn gehalten. Nur ein paar Schrammen gab's und ramponierte Kleidung. Das hellblaue Leinenjackett war hinüber, schwarzfärben lohnte sich nicht mehr. Es war kein großer Verlust, das Stück hing preisgesenkt in einer Kreuzberger Ramschbude, und die schwarze Peekloppenburg-Hose wies schon blanke Stellen auf.

Ein paar Stunden später, schon gegen Abend, kam Kolk aus dem Bad, trocknete sich ab und schlüpfte in Boxershorts.

Die Haare frottierend, ging er ins Wohnzimmer. Der General im Sessel rauchte Pfeife, vor ihm stand ein Glas Milch. Er zeigte auf die öligen, zerrissenen Kleidungsstücke und meinte, der Verlust zähle zu den Unkosten. »Die Farbe stand Ihnen sowieso nicht. Schlagersänger tragen Fliederblau, Bisexuelle beim Film und Nachrichtensprecher im Fernsehen.«

Kolk erwiderte lässig, Jacke wie Hose, Hemd und Krawatte stammten von Cerruti, Gucci, Armani, Quartier 206, teuerste Friedrichstraße. »Ich muß feinen Zwirn tragen, Topschnitt, Spitzenleinen. Klienten achten auf so was, Kleider machen Leute. Bei Cerruti gibt's auch die hübschesten Modeberaterinnen.«

Die wichtigsten Teile seien offenbar intakt, sagte Siemund und zwinkerte anzüglich. Kolk habe ihm das Leben gerettet, danke, das lasse sich mit Geld gar nicht aufwiegen.

Kolk war anderer Meinung, behielt aber den Betrag, der ihm vorschwebte, für sich. Er ging zum Schrank, holte frische Sachen hervor. Siemund klopfte die Pfeife aus. Er drehte das Milchglas in der Hand und sagte nachdenklich:

»Ja tja ... das Geschiebe auf dem Bahnsteig, das Gedränge, der ganze Trubel ... klar, es ist unabsichtlich passiert, 'n dummer Zufall ... Aber verflixt noch mal, ich habe einen Schubs gespürt, einen richtigen kräftigen Stoß in den Rücken! – Ach, ich bin nicht sicher. Wahrscheinlich irre ich mich, es war nur ein Unfall. In so 'nem Gewühl kann das vorkommen ...«

Auch vor den Bahnleuten und den Polizisten war nur von einem Unfall die Rede. Es hatte noch andere Pannen gegeben. Ein kleiner Junge war auf dem Bahnsteig umgeworfen und verletzt worden. Eine ältere Engländerin hatte einen Kollaps erlitten. Ein vollbusiges Mädchen wurde begrapscht, beim Protokoll schwieg ihre flache Freundin vielsagend. Drei Bürger vermißten ihre Brieftaschen. Eine helvetische Nonne gab an, daß ein bärtiger Mann das Beinkleid geöffnet und etwas entblößt habe. Auf beharrliche Nachfrage des Gendarmen schrieb sie es auf und versteinerte, als der täppische Beamte das Unwort lauthals ablesend lateinisch stolz in den Mund nahm.

Tödlich ging es am Bahnsteig selten zu. Plumpste einer auf die Schienen, geschah es freiwillig. Irgend jemand, der glaubte, dort den flotten Schnelltod zu finden, meinte der Zugführer. Manchmal lebe der Matsch noch. Er sei schon zweimal beim Psychoklempner gewesen, wir vorn im Führerstand sind ja auch fix und foxi nach solchen Geschichten. Wegen Schock bekomme er jetzt einen Tag frei, obwohl es den eigentlich nur gebe, wenn einer hinüber sei. Zum Glück gab's diesmal keinen Hackepeter, er sei froh, das Abendessen werde ihm schmecken, seine Frau mache die lockersten Buletten.

Höflich unterbrach Kolk den General bei der Wiedergabe dessen, was beide aus dem Munde des Zugführers mit angehört hatten. »Herr Siemund, nehmen Sie mir die Frage nicht übel: Hatten Sie schon mal ... Störungen ... hm, des Gleichgewichts? Entschuldigen Sie, jemand in Ihrem Alter ..."

»No, man, forget it!« Siemund rief es entrüstet. »Ich bin noch nicht tapprig! Mein Blutdruck, ha!, da würde mich mancher beneiden. Wie ist denn Ihrer, Sie sind auch nicht mehr der Jüngste, wir können ja mal vergleichen. Und die Cholesterinwerte tipptopp! Harnsäure dito. In Cotton Grove schwimme ich jeden Tag im Pool. I'm fit as a fiddle! Kontrollieren Sie lieber Ihren Vater, der ist manchmal ganz schön wacklig, den müssen Sie im Auge behalten!«

»Ein Unfall im Gedränge«, erwog Kolk, »damit wäre die Sache erledigt. Das meinte auch der Polizeibeamte. Also, worüber rätseln Sie noch, was beunruhigt Sie? War es doch ein Stoß von hinten, sollten Sie aufs Gleis fallen und überfahren werden? Dann hätten wir es mit einem Attentat zu tun, einem Mordanschlag. Sie haben vor den Polizisten nichts dergleichen erwähnt?«

»Weil ich nicht sicher bin«, erwiderte Siemund nervös. »Die Polizei hätte ein Faß aufgemacht. Ich habe keine Lust, mich von ein paar Wichtigtuern vernehmen zu lassen.«

Das sei begreiflich, meinte Kolk, auch er lasse sich ungern ausfragen. »Aber falls es ein Anschlag war ... Nun gut, er ist mißglückt ... Aber hieße das nicht, er könnte wiederholt werden? Herr Siemund, es kostet nichts, wenn wir einen Moment darüber nachdenken. Gibt es jemand, dem Sie im Wege sind? Jemand, der Sie so sehr haßt, daß er Sie umbringen würde?«

»Verflucht, woher soll ich das wissen!« Der große Mann stand auf, er ging zum Fenster, starrte in die sinkende Dämmerung. »Nein, ich habe keine Feinde, keine richtigen. Ja, im Geschäftsleben sind alle verfeindet, wir nennen es Wettbewerb. Deswegen murkst man die Leute nicht ab, sonst wäre die Marktwirtschaft schon ausgestorben. Außerdem habe ich das Unternehmen verkauft, ich muß mich nicht mehr mit Konkurrenten herumschlagen. Sie denken nicht etwa an meinen Neffen, den eventuellen Erben? Machen Sie keine Scherze. Den haben Sie ja eben erst aufgespürt, der weiß ja noch gar nichts von mir.«

»Nein, ich dachte ... an die Sendung im Fernsehen. Sie sind der Waffenindustrie auf die Zehen getreten. Könnte es sein, daß man gegen den Friedenskämpfer einen Geheimdienst eingeschaltet hat, eine Truppe mit der Lizenz zum Töten?«

»Na prima, James Bond läßt grüßen.« Der General schnippte mit dem Finger. »Vergessen Sie den Kinoquatsch. Ja, früher gab's eine Friedensbewegung, vor der hatten die Rüstungsleute Schiß, aber nur, weil die sozialistischen Staaten dahinterstanden. Das war mal. Wir Pazifisten sind heute nur noch Witzfiguren, Ameisen. Tritt einer drauf, dann höchstens aus Versehen.«

»Mag sein, ich weiß es nicht. Welche Möglichkeiten gibt es noch? Vielleicht war es jemand aus dem Kosovo, einer, der Sie im Fernsehen beobachtet hat? Die Albaner haben die Bomben auf Serbien begrüßt. Mein Vater und Sie haben das verurteilt. Mit der Guerilla ist nicht zu spaßen, einer von denen könnte Sie gestoßen haben?«

Weil ihn der General mitleidig ansah, beeilte sich Kolk zu versichern, daß die Annahme eventuell über das Ziel hinausschieße. Dennoch blieb er skeptisch und spann den gleichen Faden in eine andere Richtung weiter:

»Die Talkshow geht mir einfach nicht aus dem Kopf. Sie haben sensible Dinge berührt: die Schüsse an der Mauer und so weiter. Daß die Kommandeure dem Politbüro hätten in den Arm fallen müssen. Da ist mancher alte Offizier der Volksarmee womöglich ausgerastet und …«

Siemund fuhr am Fenster herum, jäh polterte er los:

»Was fällt Ihnen ein, reden Sie kein Blech! Meine Kameraden sind keine Killer, you can take it for sure! Jawohl, ich weiß, daß die meinen heutigen Standpunkt nicht teilen, ich hab ja mit einigen gesprochen. Man beruft sich auf Gesetze, auf den Fahneneid. Na und? Deswegen würden sie mich niemals … Und dann noch auf die Gleise, vor die U-Bahn! Wenn schon, dann sauber mit der Knarre. Ich verbitte mir solchen Bockmist! Ich dulde nicht, daß Sie meine alten Genossen verdächtigen, merken Sie sich das!«

Kolk stieg in die neue Hose. Er zog den Reißverschluß hoch und wartete ab. Der Befehlshaber stampfte im Zimmer hin und her, ein Elefant im engen Käfig. Er eckte am Sessel an, stieß ihn mit dem Fuß beiseite. Ob noch Milch im Hause sei! blaffte er zornig.

Aus der Küche holte Kolk die Packung und füllte das Glas. Der General trank, las das Etikett.»Müritz-H-Milch«, kommentierte er säuerlich, »dreieinhalb Prozent Fett. Auch ein Attentat, das ich hoffentlich überlebe. Ach ja, mir ist was aufgefallen: Es könnte sein, daß meine Suite durchsucht worden ist.«

»Wie bitte? Ihr Hotelzimmer?«

»Koffer, Taschen, Kleidungsstücke, die Utensilien. Bei mir herrscht Ordnung, jedes Ding hat seinen Platz ... anders als bei Ihnen.« Er blickte sich im Zimmer um und zuckte die Achseln. »Es fehlte nichts, jedes Stück vorhanden. Aber manches lag ein bißchen anders. Mir fällt auf, wenn Hemden nicht über Eck liegen. Ich kaufe gern Krawatten und Oberhemden, manche stapeln sich noch in der Hülle. Eine Marotte, liegt wohl daran, daß ich lange nur in Uniform rumgelaufen bin. Ich spare mir die Details – jedenfalls hatte jemand die Finger an meinem Zeug ...«

»Das Personal, das Zimmermädchen? Oder ein Hoteldieb? Das soll auch in Luxusherbergen vorkommen, eigentlich lohnt es sich dort erst richtig.«

»Aber nur, wenn man was mitgehen läßt.« Siemund schüttelte den Kopf. »Kreditkarten, goldene Manschettenknöpfe, Krawattennadel aus Platin mit Diamanten, das neue Notebook, auch sauteuer – nichts fehlt. Es wurde nur herumgefingert. Ich sollte es nicht merken. Wer hat da wonach gesucht, was soll ich davon halten? Ich habe nichts zu verbergen. Für meine Notizen im Notebook gibt's nicht mal ein Paßwort. Falls ich Geheimnisse habe, sind sie so geheim, daß ich sie nicht kenne. Sie denken, ich spinne? Hemd auf Kante, Schraube locker – stimmt's?«

»Nein, Herr Siemund, ich nehme das ernst.«

Eine Spannung stieg auf, Kolk spürte sie körperlich. Witternd hob er die Nase, eine Gewohnheit, die ihm schon als Kind eigen war, wenn er etwas über die Weihnachtsgeschenke herausfinden wollte. Damals sagte der Vater, er sehe aus wie ein Vorstehhund. Der Vorfall in der U-Bahn und die heimliche Durchsuchung im Hotel – bestand hier ein Zusammenhang?

»Herr Siemund, fällt Ihnen wirklich niemand ein, dem Sie ein Verbrechen zutrauen würden? Mancher vergißt seine Feinde, aber die Feinde vergessen ihn nicht. Bitte überdenken Sie, mit wem Sie Streit hatten. Wer hatte durch Sie geschäftliche Nachteile? Rachsucht kann ein unglaublich starker Antrieb sein, das weiß ich aus Fällen, die ich bearbeitet habe. Überlegen Sie in Ruhe, ich bitte Sie wirklich, daß Sie sich die Zeit dafür nehmen.«

»Mit meiner Schwester hatte ich Streit, bis zuletzt«, sagte Siemund. Er grinste, auf einmal sah er aus wie ein großer Junge. »Verfeindet war ich mit Adenauer, mit den alten Nazis in seinem Apparat. Den Genossen Gorbatschow hatte ich auf dem Kieker, nicht weil er uns verkauft hat, sondern weil er es stümperhaft gemacht hat, wir wurden übers Ohr gehauen. Ach ja, mit Franz Josef Strauß war ich auch über Kreuz – bis er den Kredit für uns beschaffte. Spaß beiseite, Schluß damit. Wir wollen die Sache vergessen.«

Kolk sagte, er habe einen Freund bei der Kriminalpolizei. »Ein As, ein Hauptkommissar mit großer Erfahrung. Ich könnte ihn bitten, daß er sich mit dem Fall ...«

Ungeduldig winkte Siemund ab. »Nee, geschenkt, das fehlte mir noch. Schon leichtsinnig genug, daß ich im Fernsehen aufgetreten bin. Attentat! Was passiert, wenn ich jetzt so was melde? Die Kripo würde sich sofort auf meine früheren Kollegen von der Truppe stürzen. Und die Presse kriegt Wind davon, ich seh schon die Schlagzeilen: Rache an einem Verräter! Beinahe-Blutbad unterm Alex! Honeckers langer Schatten: Abtrünniger General sollte zerstückelt werden!

Mein werter Herr Detektiv, schütteln Sie nicht den Kopf! Ein alter Fuchs wie ich kennt sich auch mit der Presse aus. Scandal business, so nennt man das in den Staaten. Das läuft hier genauso. Wissen Sie, wie man den Schnappschuß von dem toten Rock Hudson im Leichenwagen beschafft hat? Vom Fallschirm aus! Und wer hat Bing Crosby im Sarg geknipst? Ein Fotograf, verkleidet als Geistlicher. Er hat es mir selber erzählt, als ich mal Hundebilder entwickeln ließ.

Tja, mein Junge, ich versichere Ihnen, die Reporter der Sensationsblätter schrecken vor nichts zurück. Die würden Fotos von allen noch lebenden NVA-Größen schießen. Unter den Porträts groß, blutrot: Wer erteilte den Mordauftrag? Und wenn die Presse dahinterkäme, daß ich über viel Geld verfüge, wäre erst recht der Teufel los! Ein Ostgeneral mit Vermögen – da würden sie spekulieren, ich wollte Truppen anheuern, um den Reichstag zu besetzen.«

Er trank den letzten Schluck Milch, schüttelte sich, stand auf. Mit zweifelnder Miene wollte Kolk etwas einwerfen, aber Siemund schnitt den Faden ab:

»Stop it, kein Wort mehr. Sonst verfallen Sie noch darauf, daß der Glatzkopf mich ermorden wollte, der Moderator, die gekränkte Dumpfbacke aus der Talkshow. Schluß mit der Tüftelei. Es war ein Unfall, das Thema ist erledigt, basta. Los, Mann, ziehen Sie sich endlich fertig an. Gottchen, was haben Sie da für ein Affenfell auf der Brust! Das war gefragt, als ich jung war. Aber doch heute nicht mehr. Rasieren Sie die Zotteln ab, auch das Gestrüpp unter den Achseln. Gehen Sie mit der Mode, die Mädels bei Cerruti werden es Ihnen danken.«

Er knarzte erheitert und klopfte Kolk nach Gutsherrenart auf die Schulter. »Sie haben abgelehnt, daß man Sie ins Krankenhaus bringt, also sind Sie diensttauglich. Sie wollten mich zu meinem Neffen führen. Der Augenblick der Wahrheit, endlich werde ich den Burschen aus der Nähe betrachten. Verzichten Sie aufs Haarekämmen, bei Ihrer Putzwolle sowieso sinnlos. Are you ready for action? Also los, Arsch hochbinden und Abmarsch. Vorwärts, Sturmangriff, volle Pulle, ran an die verdammte Verwandtschaft!«

Während sie vom Humannplatz zur Dunckerstraße marschierten, berichtete Kolk, daß Siegfried Siemund mittags im Lokal gesessen habe. »Ich weiß nicht, ob wir ihn noch antreffen. Sonst könnten wir es in der nahen Wohnung versuchen.«

Siemund erklärte, fürs erste wolle er unbemerkt an den Neffen ranrobben. »Menschen sind Opportunisten, jeder hat ein paar Masken und setzt die auf, die ihm nützt. Ich möchte den Burschen studieren, ohne daß er es mitkriegt. Sie helfen mir dabei. Ach ja, Ihr Auftrag gilt als verlängert, mit dem weiteren Honorar werden Sie zufrieden sein.«

Frühling ist eine aussichtsreiche Jahreszeit; mit weiter Brust sog Kolk die linde Abendluft ein. Siemund hatte zweifelhafte Umgangsformen, aber er war kein Pfennigfuchser. Sie überquerten die Straße, am Eck hockte ein langhaariger Bettler an der Hauswand. Kolk blieb stehen, warf eine Mark in die Mütze.

Der General bückte sich, nahm die Münzen heraus. »Nicht betteln, sondern kämpfen!« herrschte er den verblüfften Mann an. »Schließt euch zusammen! Solidarity forever, we shall overcome! Sonst lernt ihr das nie!«

Er steckte das Geld in die Tasche, und während hinter ihnen der Mittellose aufheulte, bogen sie in forcierter Gangart in die Dunckerstraße ein.

Zwischen verstreuten Lokalen war das ›Paradise Lost‹ das lauteste. Aus offenen, erleuchteten Fenstern lärmte eine mikrofonisch verstärkte Stimme, vermischt mit musikalischen Dissonanzen.

Sie traten heran und äugten aus dem Fensterwinkel in den langen, verqualmten Raum. Um die Holztische saßen vorwiegend jüngere Leute. An der Wand glänzten Schwerter, Hellebarden, Streitäxte und andere altertümliche Waffen. Auch Werke abstrakter Malerei, dazwischen gehängt, vermittelten eine Aura archaischer Bedrohung.

An die Säule in der Mitte waren Papiere gepinnt. Aus Emmas Bericht wußte Kolk, daß es sich um Kopien amtlicher Post handelte, Mahnschreiben wegen rückständiger Miete, Strafzettel für Falschparker, Ablehnungen von Sozialhilfe, Briefe von Inkasso-Firmen wegen Schwarzfahrens sowie stilistisch unreine Episteln, in denen Anträge von Künstlern auf Stipendien abschlägig beschieden wurden.

Die Aufmerksamkeit der meisten Gäste war auf zwei junge Personen gerichtet, die an der rechten Wand auf einem Podest agierten. Ein Jüngling mit Stahlhelm und Kettenhemd bearbeitete eine schallverstärkte Gitarre, ruckend richtete er sie wie eine Maschinenpistole auf die Gäste. Ein Mädchen mit schwarzem Stirnband schrie wild zuckend eine Rezitation ins Publikum: »... ›Daß, wer im Kampf der Wahrheit siegreich stritt, in Waffen auch gewinne, zweimal Sieger! Ob viehisch auch der Streit und widerwärtig, wenn die Vernunft mit der Gewalt sich schlägt, so ist's vernünftig, daß Vernunft obsiege!«‹

Dabei zerriß sie ihr Kleid aus Papier mit dem Aufdruck des amerikanischen Sternenbanners. Darunter trug sie als Papierkleid die deutsche Fahne, die sie auch zerfetzte. Der Junge im Kettenhemd hämmerte mit der Gitarre aufs Podium und brüllte in ankoppelnden Versen: »... ›Zu spät nun lerne, daß auch wenige zuweilen wissen, wo die vielen irren!‹«

Stirnrunzelnd blickte der General vom sichtgedeckten Standort auf das enthemmte Mädchen, das bei der französischen Trikolore angekommen war. Schon strebte eine halbe Brust ins Freie. »Was ist denn das?« knurrte er. »Ich war im Theater, in der Volksbühne. Kommen die beiden von dort?«

Kolk zischelte, das Lokal ›Paradise Lost‹ sei nach dem Poem eines englischen Dichters benannt. »John Milton. Hier gibt's jeden Monat einen Milton-Day. Ich mußte im Lexikon nachgucken, siebzehntes Jahrhundert. Er war auch Beamter, Staatssekretär. Er ist dann erblindet.«

Ein Glück, meinte Siemund, so könne er sich den Auftritt nicht anschauen. »Wo steckt denn nun mein Neffe, ist er überhaupt hier? Hoffentlich nicht der Irre mit der Klampfe?«

Den Gesuchten hatte Kolk schon entdeckt. Er saß an einem der Tische hinten links vom Mittelgang. Dort hörten die Gäste der Darbietung nur mit halbem Ohr zu, sie säbelten an Pizza herum, schwenkten Weingläser und führten Gespräche.

Im Fensterwinkel vorgebeugt, beschrieb Kolk mit gesenkter Stimme dem General den Platz des Neffen. An einem großen Rundtisch saß er mit einem Dutzend jüngerer Leute zusammen, er war der Älteste. Am jüngsten waren die Frauen, Ende zwanzig schien als Grenzwert zu gelten.

Nahm Kolk das Kinderfoto als Anfangswert, so hatte sich Siegfriedchen stark verändert. Der blonde Lockenschopf war aschigen Stoppeln gewichen. Unter den Augen Säcke. Des Goldjungen süßes Stupsnäschen mutiert zur Mannsgurke, schief hängend über einem Mund, der klein geblieben war. Nach der Beobachtung vormittags erblickte Kolk das Gesicht zum zweiten Mal, es wurde nicht schöner. Bei einem Wettbewerb um den Titel des häßlichsten Vogels von Berlin würde er sich mit dem Romancier den Ersten Platz teilen.

Lange schaute Otto Siemund von der Straße aus hin zum Zweitletzten seines Stammes. »Mein Neffe, er ist es«, flüsterte er andächtig. »Ich hätte ihn kaum erkannt. Die hübschen Ohren hatte er schon als Kind. Sogar im Sitzen groß und kräftig, Offiziersfigur, ein stattliches Mannsbild.«

»Ja, fällt auf«, flüsterte Kolk. »Attraktiv, ein richtiger Frauenschwarm.«

Der Besprochene redete zu den Tischgenossen. Sie schwatzten durcheinander, das Mädchen neben ihm griff an seinen Schenkel. Er lachte, zupfte an ihren Haaren, sein kleiner Mund versank in ihrem schwellend großen.

Der General knuffte Kolk in die Rippen. »Ein Schwerenöter! Der kommt mehr nach mir als nach seinem Vater.«

Kolk erkundigte sich nach dem nächsten Schritt. Wolle der Onkel sich dem Neffen im Lokal zu erkennen geben?

Siemund stutzte, beugte sich am Fensterrand vor. »Der raucht ja! Die anderen essen – nur er qualmt. Was ist das: Zigarette aus der Schachtel oder 'ne gedrehte?«

Auch Kolk konnte es nicht erkennen, und der General meinte, Kolk solle am Tisch vorbeischlendern. »Wer kokst hat keinen Appetit. Linsen Sie unauffällig, ob die Augen gerötet sind, die Pupillen geweitet. Ist typisch bei Kokain. Und schnuppern Sie im Rauch nach Cannabis. Müßte Ihnen leichtfallen als Schnüffler«, setzte er hinzu.

Barsch erwiderte Kolk, daß er kein Hund sei, »riechen müssen Sie schon selber«. Siemund zog ihn vom Fenster weg und beschwichtigte:

»Hasso, nun seien Sie nicht gleich beleidigt. Künstler sind berüchtigt für drug abuse, das kenne ich aus Amerika. Glauben Sie, das läuft in Berlin anders? Ich bin zum Mißtrauen verpflichtet. Well, ich möchte mir Siegfrieds Wohnung ansehen. Kommen Sie, führen Sie mich zu der Adresse.«

Er steuerte zum Taxistand gegenüber und stieg in den Wagen. Kolk folgte ihm und verlangte zu wissen, wie sie in eine Wohnung gelangen wollten, deren Inhaber in der Kneipe saß. Da waren sie schon angelangt, Siemund gab der Fahrerin für den Katzensprung fünfzig Mark. Sie bedankte sich dreimal und wünschte den Herren einen vergnüglichen Abend.

Sie tappten durch den Hausflur, die Beleuchtung flammte auf. Sie gingen über den Hof und stiegen im Quergebäude die Treppe hinauf. An die Wohnungstür war eine Visitenkarte mit aufgedrucktem Pegasus gezweckt. ›Siegfried Siemund‹! las der General laut vor und wies stolz auf das geflügelte Musenroß: »Es stimmt, Schriftsteller!«

»Und wie geht's weiter,« fragte Kolk, »reiten wir hinein?«

Schwer legte sich eine Hand auf seine Schulter.

»Machen Sie die Tür auf.«

Kolk schüttelte den Kopf. Auf seine Schulter sank die zweite Pranke. Der General stand dicht vor ihm. Er war größer, breiter, er roch teuer, er trug eine Krawattennadel mit Perle, und Kolk mochte ihn nicht. Väterlich anmutend kam die Stimme von oben:

»Listen, buddy, hören Sie gut zu. Ich bin Ihnen nicht sympathisch. Das ist normal, wo gibt es einen Reservisten, der Offiziere mag. Das lassen wir jetzt mal beiseite. In Orleans hatte ich einen guten Bekannten, aus Köln, lustiges Haus. Er war im Tourismusgeschäft, aufreibender Job. Am Morgen ein Joint, und der Tag ist dein Freund, das war sein Spruch. Es blieb nicht beim Joint, er ist am Heroin krepiert. Nein, bei Rauschgift gibt es keinen Pardon. Wenn ich auch nur ein Krümel Dope entdecke, besteht Siegfrieds Erbe aus einer Null. Stellen Sie sich mal vor, der Bengel bekäme mein Vermögen und würde mit Koks erwischt. NVA-Millionen für Drogenhandel! würde es in der Presse heißen. Also: Holzauge, sei wachsam!. Ich muß auf Nummer Sicher gehen. Eine Wohnung ist eine Art Kaderakte, sie verrät was über den Inhaber, darum muß ich reinschaun. Es gibt zwei Möglichkeiten. Entweder Sie öffnen für mich das Schloß. Oder ich kriege einen Schwächeanfall und kippe gegen die Tür. Ich befürchte, daß sie bei hundertfünfundzwanzig Kilo nachgeben würde, bei Wiederholung bestimmt.«

Erneut ablehnend, verwies Kolk darauf, daß er bei Verstoß gegen Strafgesetze die Lizenz als Detektiv verliere.

Siemund rieb sich die Stirn und rief aus: »Da fällt mir ein – ich werde Ihnen morgen noch einmal 100 000 Mark überweisen, für die teure Fliederjacke und das Sonstige. Sind Sie einverstanden?« Spitzbübisch blinzelte er den Helfershelfer an.

Kolk schwieg erbittert. Vor ihm stand einer der abstoßenden Menschen, die glauben, daß sie mit Geld alles kaufen können. Er zog das Handy hervor. Am anderen Ende meldete sich Emma und nahm die Anweisung entgegen.

Sie mußten warten und setzten sich auf die Treppenstufe. Siemund öffnete den Hemdkragen und gestand, daß auch ihm mulmig zumute sei. »Ein Ex-General der Volksarmee bei einem Wohnungseinbruch. Zieht einen gemeinen Soldaten mit hinein – ein dicker Hund. Wir sind nicht mal betrunken, vor dem Sheriff sähen wir alt aus.«

Rasch meinte Kolk, sie könnten es unterlassen, noch hätten sie nicht gegen Gesetze verstoßen.

Der General seufzte. »Sie kennen das Verfassungsgebot: Eigentum verpflichtet. Die meisten reichen Leute kümmert das einen Dreck. Wir Linken würden das Gebot gern beachten, nur besitzen wir kein Vermögen. Ich bin eine Ausnahme. Hasso, bitte begreifen Sie – meine Millionen müssen in die richtigen Hände gelangen. Leider habe ich keine Kinder.«

Auch er habe keine, knurrte Kolk. Er halte das für einen Vorteil, so müsse er sich keine Sorgen machen, daß sie strafbare Handlungen begehen.

Siemund sagte, seine Frau und er hätten eine Tochter gehabt. Kerstin. Sie sei ein Jahr und sieben Tage alt geworden.

Kolk räusperte sich und sagte, es tue ihm leid. Siemund meinte, es sei unendlich lange her. »In der Kaserne konnte ich nicht heulen, ich bin dazu in den Wald gefahren. Irgendwann waren die Tränen alle, auch bei meiner Frau. The passage of time, you know. Ich dachte, falls es ein höheres Wesen gibt, einen Gott, der Kinder sterben läßt, den würde ich einsperren, lebenslänglich. Ach, ich rede Unfug.«

Er blies die Backen auf und gab Kolk einen Rempler. »Sie können sich noch Kinder anschaffen. Lieber kriminellen Nachwuchs als gar keinen. Verpassen Sie es bloß nicht, der Ofen ist schneller aus, als man denkt. Mein schwarzer Butler George und Hillary, seine Frau, die haben Zwillinge, Susan und Kurt, Kurtchen.«

Er sprach es amerikanisch aus, ›Kört‹ und ›Körtchen‹. Kolk lächelte gezwungen.

»Ich bin Pate, sie haben dem Jungchen meinen zweiten Vornamen verpaßt. Manchmal darf ich die beiden Kleinen füttern. Sie sind wild auf Kirschen. Ich muß sie schälen, sonst stoßen sie mit den Füßen nach mir.«

»Nie wieder Single«, sagte Kolk und rückte zur Seite, weil von oben Gepolter nahte. Ein junges Pärchen tobte herunter, sprang an den Sitzenden vorbei und stürmte kreischend abwärts. Siemund schwatzte weiter, stichelte, daß im Film Detektive imstande seien, Türen mit Kreditkarten zu öffnen. Patzig gab Kolk zurück, der Herr Klient solle es mal mit seiner goldenen versuchen.

Unten am Treppenabsatz tauchte Emma auf und rief, sie fahre zum Tanzkurs. »Oder brauchen Sie mich hier? Chef, bitte tun Sie nur, was auch ich tun würde!«

Kolk fing den Beutel, den sie ihm hochwarf. Emma nickte den beiden Einbrechern zu und verschwand.

Kolk nahm das feinmechanische Werkzeug heraus und probierte am Schloß. Er blieb unter einer Minute. Die Tür schwang auf. Siemund betrat den Korridor, knipste das Licht an. Er sagte, Kolk könne draußen warten, und drang weiter in die Wohnung vor. Nach kurzem Zögern folgte ihm Kolk. Mitgegangen, mitgefangen. Vor der Tür zu lungern war nicht ratsam, es hätte Verdacht erregen können.

Der General stand in der Mitte des Wohnzimmers. Er drehte sich im Kreise, zog die Luft geräuschvoll in die Nase. »Nein, ich rieche nichts, kein Marihuana«, sagte er. »Aber das ist ja nur die Einstiegsdroge, vielleicht ist er schon bei den härteren Sachen. Los, schauen wir nach, ob er was auf Lager hat. Achten Sie auch auf Spritzen, Crackpfeifen, bunte Pillen.«

Der Einbruch war geschehen, auf die Abrundung der Straftat kam es kaum an. Kolk trottete ins Bad. An der Wand hing ein merkwürdiger Tornister, ein Stoffpaket mit Schnüren und Gurten. Offenbar ein Fallschirm, auch der Helm am Haken deutete darauf hin. Er inspizierte den Spiegelschrank. Darin sah es liederlich aus wie in seinem eigenen. Der Vorrat an Kondomen war groß. Er ging zurück ins Wohnzimmer. Der General kniete am Boden, blickte unter die breite Liegestatt. Kolk öffnete den Rollcontainer neben dem Schreibtisch. Eine Schublade war gefüllt mit Karten und Briefen. Sie waren in New York gestempelt. Neben den Namenszug ›Gwendolyn‹ war stets ein Herz geklebt. Im zweiten Fach lagen Fotos. Die meisten zeigten eine dunkelhaarige junge Frau, mit und ohne Siegfried.

Einige Schnappschüsse waren am Brandenburger Tor, am Reichstag und am Gendarmenmarkt aufgenommen worden. Aus Emmas Recherche wußte Kolk, daß die junge Amerikanerin im Herbst vorigen Jahres mit einer Besuchergruppe in die deutsche Hauptstadt gekommen war. Wie bei Touristen üblich, zog die neugierige Horde durch das Szeneviertel am Prenzlauer Berg. So lernte Siegfried Siemund seine schöne Gwendolyn im ›Paradise Lost‹ kennen.

Geheiratet hatten sie kurz nach dem Milleniumswechsel in Las Vegas. Kolk fand die Papiere von Meier's Weltreisen und eine Rechnung über 1200 Dollar für ein ›Sky Dive Wedding Package‹. Dazu ein Satz Fotos von Siegfried und Gwendolyn am Fallschirm. Das Paar hatte die Hochzeit mit einem Tandem-Sprung aus dem Flugzeug gefeiert. Auch eine Videokassette war beigefügt. Laut Beschriftung enthielt sie die Aufzeichnung vom Sturz in den Stand der Ehe.

Ein Ausruf des Generals lenkte ihn ab. Er war am Bett auf den Karton mit den Belegexemplaren gestoßen. Alterssichtig hielt er das Buch weit von sich und rief: »Rot ist schön? Das steht hier als Titel, lesen Sie mal: ›Rot ist schön, Roman von Siegfried Siemund‹! Hier, schwarz auf weiß! Mann, das ist ein toller Titel, der macht einen ja richtig scharf!«

Eilig warf Kolk ein, daß er das Buch leider noch nicht gelesen habe, nicht aussagefähig sei über den Inhalt.

Der General zog ein zweites Exemplar aus der Kiste und schlug, kindisch in Vorfreude, die beiden Stücke schallend zusammen.

»Rot ist schön – verdammt noch mal, ich wette, das ist ein linkes Werk! Der Bursche hat Grips! Zum Glück kommt er nicht nach seinem Vater, meinem Bruder selig, der altgriechischen Nuß. Ein fortschrittlicher Nachwuchsschriftsteller – ich dachte, so was gibt's hier gar nicht. So ein Lauser. Hätt' ich nie vermutet, da hab ich was abzubitten. Ich werde es gleich lesen, jawohl, ein Buch ist sowieso mal wieder fällig, juchhe, am liebsten eins aus der Familie. Los, nehmen Sie auch eins, es sind genug da.«

Er gab Kolk ein Exemplar. Kolk steckte es ein, der General schob sich zwei in die Taschen des Jacketts. »Lesen, lieber Jugendfreund, das ist ein Befehl! Ihr Vater kriegt auch eins, dann machen wir uns einen gemütlichen Abend und können uns darüber austauschen!«

Kolk nickte beklommen und zuckte zusammen, weil ihm eine Stimme scharf in den Rücken fuhr:

»Was suchen Sie in meiner Wohnung, wie kommen Sie herein! Rühren Sie sich nicht vom Fleck!«

An der Tür des Wohnzimmers stand der Schriftsteller mit zwei jungen Frauen. Aus einem Fach riß er eine Pistole, richtete sie auf die Fremden und befahl: »Hände hoch! Los, sonst drücke ich ab!« Bewundernd schauten die Begleiterinnen zu ihm auf. Der General blickte fasziniert auf den bewaffneten Verwandten. Kolk erkannte die Mädchen aus dem Lokal wieder, die schlanke Blonde und die Üppige mit der lila Tönung. Ihnen befahl der Autor: »Was glotzt ihr! Ruft die Wache an!«

Aber niemand rührte sich. Die Mädchen schienen beschwipst, sie mußten auf die neue Lage umschalten. Der Onkel genoß weiterhin die Erscheinung des Neffen. Er trug tarnfarbene Fife-Pocket-Hosen, aus den Taschen ragten Stifte und beschriebene Blätter. Laut drohend wiederholte er das Hände-hoch-Kommando. Die Mädchen streckten die Arme in die Luft, sie hielten Flaschen in der Hand. Der Autor war verwirrt.

Kolk sah sich gezwungen einzugreifen. Akzentuiert nannte er seinen adligen Namen, er deutete, auch zu den Mädchen hin, eine Verbeugung an und sagte: »Mein Herr, Sie haben die Schreckschußpistole nicht entsichert. Bitte legen Sie sie weg.«

Er griff unter die Achsel und zeigte auf dem Handteller die Smith & Wesson. »Das ist eine echte Waffe, sie ist geladen, ich kann gut damit umgehen. Ich lasse Sie und die jungen Damen am Leben, daran erkennen Sie, daß wir friedliche Bürger sind. Herr Siemund, wir wollten Sie besuchen. Die Wohnungstür war offen, Sie hatten vergessen abzuschließen, oder das Schloß ist nicht ganz in Ordnung. Wir haben Ihr Eigentum gesichert, Sie sollten uns dankbar sein. Ich bin Detektiv und war beauftragt, Sie zu finden. Mein Auftraggeber steht neben mir. Ich habe die Ehre und das Vergnügen, Ihnen Herrn Otto Siemund vorzustellen, Ihren Onkel aus Amerika.«

Siegfried ließ die Waffe sinken. Er starrte Siemund an, die Überraschung verschlug ihm die Sprache. Der General zog die Brieftasche hervor, entnahm eine Fotografie, hielt sie feierlich hoch. Siegfriedchen, der blonde Engel, in kurzen Hosen, mit einem flatternden Wimpel der Jungen Pioniere. Ein Beweismittel, erhaben über jeden Zweifel.

»Ich bin dein Onkel Otto. Und das bist du«, sagte der General bewegt und reichte dem Neffen die Abbildung aus unvergeßlichen Zeiten.

Die Versammlung verharrte stumm. Das üppige Mädchen betrachtete Kolks Boxergesicht. Mit versteckter Geste streckte sie, in Richtung Bett, vier Finger aus. Kolk hob die Brauen, wie jemand mit langer Leitung. Sie zeigte den fünften Finger, wies auf den General. Auch die Blonde blickte Kolk schätzungsweise an. Er hob zweifelnd die Schultern, dermaßen breit war die Liege nun auch wieder nicht.

Der Neffe suchte nach Worten, haspelte ratlos:»... Onkel? Ein ... mein Onkel ... wieso? ... Verzeihung, ich bin ... ich weiß nicht, was ich ...« Verlegen fing er an, die beiden Mädchen vorzustellen: Naddel und Verona. Sie trugen Tops und Hotpants und waren anmutig gepierct. Kolk beschloß, sich die Namen zu merken, Frauen schätzen ein gutes Gedächtnis.

Der versteiften Szene bereitete der General ein Ende. Ihm war anzumerken, daß er eine Umarmung herzhaft erwartet und selbst auszuüben erwogen hatte. Angesichts des verwirrten Zugangs stellte er sie zurück. Er reichte dem Neffen kameradschaftlich die Hand und erklärte:

»Du hast Besuch, Siegfried, wir wollen nicht länger stören. Ich besuche dich morgen. Um elf Uhr würde dir passen? Vormittags. Ja, dann bis morgen.«

Er nickte dem Neffen und den jungen Damen grüßend zu und marschierte hinaus. Kolk verbeugte sich und folgte ihm.

Sie stiegen die Treppe hinab. Der General redete aufgedreht. Siegfried müsse aus der Dunckerhöhle heraus, er werde ihm ein Haus kaufen, eine Villa, mit viel Platz für Frau und Kinnings. »Was halten Sie von Zehlendorf? Oder lieber Dahlem? Es muß eine ruhige Lage sein mit viel Grün.«

Auf die Treppenstufen achtend, meinte Kolk, auch in Marzahn sei Wohnraum frei.

Am Treppenabsatz blieb Siemund stehen. »Haben Sie auf seine Arme geguckt? Soweit ich es erkennen konnte – keine Einstiche von Spritzen. Er schnieft auch nicht wie ein Kokser. Pupille normal, klarer Blick. Sauber wie ein Baby, der Junge, da lege ich die Hand ins Feuer.« Er rieb das Ohr, setzte hinzu: »Zwei Mädels – was will er denn mit zweien?«

»Keine Ahnung«, sagte Kolk, darum bemüht, es aufrichtig desinteressiert klingen zu lassen. Und ergriff schnell den Arm, weil Siemund eine Stufe verfehlte.

7

Vor der Haustür reichte ihm der General die Hand. »Ich fahre ins Hotel, setz mich in die Louis-Seize-Bar. Ein Fauteuil am Kamin. Der Humidor-Butler muß mit 'ner Cohiba antanzen. Dazu ein Tee und 'ne Schale Nüsse, Macadamia, die großen. Und los geht die Lektüre! Möchten Sie vielleicht mitkommen, wir lesen gemeinsam?«

Geistesgegenwärtig äußerte Kolk eine Ausflucht und verabschiedete sich. Durch die Stargarder Straße ging er zum Humannplatz zurück. Er beschloß, den angebrochenen Abend für einen Sprung zum Vater zu nutzen. Vor dem Haus stieg er ins Auto. Gehorsam sprang der Motor an; der Volkswagen führt den großen Namen, weil sich das Volk auf ihn verlassen kann, auch auf einen gebrauchten. Er legte den Gang ein, gab Gas – der Motor orgelte pflichteifrig, das Auto verharrte am Fleck. Kolk gab mehr Gas – die Maschine heulte auf, blieb aber stehen, als sei ihr die Umwandlung von Treibstoff in Fortbewegung entfallen. Er stieg aus, umrundete die Karosse. Die Räder mit den neuen Reifen waren verschwunden. Die Diebe hatten das Auto auf Ziegelsteine gebockt, den Achsen waren Pappscheiben angesteckt, mit aufgemalten Radkappen.

Er war gezwungen, ein Taxi zu Vaters Wohnung am Friedrichshain zu nehmen.

Der Professor lauschte seinem Mozart und kühlte die geschwollenen Knie. Besorgt fragte Kolk nach dem Zustand. Der

Vater stellte den Plattenspieler ab. Eigene Gebrechen waren ihm Nebensache, lieber berichtete er über einen Aufsatz aus der Fachliteratur: eine Operation, bei der Nerven aus den Armen eines Querschnittgelähmten in die Hüftmuskeln verpflanzt worden waren. Der Mann lernte wieder laufen.

Von Kindesbeinen eingewöhnt, hörte Kolk geduldig zu. Der große Orthopäde operierte nicht mehr, hielt jedoch Verbindung zu Kollegen, auch ausländischen, die in der Forschung arbeiteten. Manchmal vergaß er, daß kein Mediziner vor ihm saß, nur ein stiller Laie. Aufmerksam nahm der Sohn zur Kenntnis, daß der gelähmte Patient, ein Italiener namens Colombo, die nervale Befehlslinie vom Gehirn zu den Beinmuskeln neu einüben mußte. Anfangs funktionierte es nicht – bewegte der Patient die Arme, zappelten ungewollt die Beine.

Mit seriöser Miene folgte Kolk den Fortschritten des EU-Mitglieds. Bei Papas wissenschaftlichen Mitteilungen war es ratsam, heitere Reaktionen zu unterdrücken.

Dann durfte auch er das Wort ergreifen und erzählte vom Einblick in das ›Paradise Lost‹ und vom anschließenden Einbruch des Generals in die Wohnung des Neffen.

Dem alten Mediziner entfuhren amüsierte Zwischenrufe. Er schätzte frische Anekdoten und machte kein Hehl daraus, daß ihn Situationen entzückten, in denen Otto Siemund und auch der eigene Sohn die komischen Figuren abgegeben hatten.

Als Hasso den Roman ›Rot ist schön‹ erwähnte, reagierte der Professor überrascht, weil er den Titel nicht kannte. Er verfolgte die fortschrittliche Literatur und hatte mit dem Überblick keine Mühe. Ähnlich wie Siemund vermutete er, daß mit dem neuen Roman eine linksgeistige Neuerscheinung vorlag, mangels Werbung erst wenigen geläufig. Ein Werk mit diesem Titel werde sich noch durchsetzen, meinte er; und großartig sei es, wenn der Neffe mehr soziale Verantwortung vorzeige als der dollarkorrumpierte Onkel.

Auch dem Vater verschwieg Kolk, daß er das Buch gelesen hatte und die Folgen fürchtete. Der Abend war zu harmonisch, um ihn mit Gedrucktem zu belasten. Sie nippten Wein, der Professor plauderte – »ach, weißt du noch?« – über Episoden aus Hassos Kindheit, von denen ihm mehr und farbiger erinnerlich waren als dem ehemaligen Kind.

Von dem großen Ölbild an der Wand sah die Dame mit dem grünen Hut auf sie herab. Holte Kolk etwas aus der Küche, schnupperte er zurückkommend an Papas Wange. Er liebte den Duft des Rasierwassers, auch bei Kosmetika wechselte der Vater nicht die Linie. Der Professor schob ihn weg, in einer Art, die nahelegte, daß neue Versuche nicht aussichtslos sein müßten.

Eine lange Stunde saßen sie zusammen, ruderten zurück zu den Inseln im Strom der Zeit. Sie schalteten kein Licht ein. Vor dem Fenster wisperten die Bäume des Friedrichhains. Vater und Sohn drifteten ins Sentimentale, gefühlig Verklärte, gemeinsam badeten sie im Whirlpool der Familiengeschichte. Osten, ach Osten! – die Himmelsgegend als Daseinskennung. Nur auf das Trauliche, Harmonische kamen sie in stiller Übereinkunft zu sprechen. Das andere blieb diesmal tabu, heut abend waren sie von Kopf bis Fuß auf Nostalgie eingestellt, und sonst gar nichts ...

Wurde es zu arg, griff die Frau Mama vom Ölbild herab ein. Der Professor schaute hoch zu ihrem Gemälde und sagte zum Sohn: »Gegen das, was du soeben vorgebracht hast, würde sie allerdings einwenden ...«

In der gleichen Weise übermittelte der Sohn die Kommentare der Mutter zu beschönigenden Darstellungen ihres Gemahls. Scharfsinnig, analytisch genau, so war sie immer aufgetreten, eine Physikerin, die Naturgesetze schätzte und einiges von deren Strenge gern auf das Menschengewese übertragen hätte. Auf faule Kompromisse streute sie Salz, keinen Zucker. Über den Tod hinaus war ihr Geist lebendig, fähig sogar, vorzubeugen, daß Senior und Junior in Streit gerieten.

Die beiden Männer nahmen die kritischen Einwürfe hin. Wundersam war es, daß sie als Familie zu dritt beieinander sein konnten. Die Mutter war im Bilde. Kolk fühlte ein heißes Knäuel in der Brust, und er wußte, daß es dem Vater genauso erging. Es war eine gemeinsame Wunde, der Schmerz hielt sie auf dem Boden, sonst hätten sie bei Mamas Interventionen vor Rührung womöglich himmelwärts abgehoben.

Frühmorgens erwachte Kolk von stürmischem Anschlag der Wohnungsklingel. Es war viertel acht. Gähnend trottete er in den Korridor und öffnete die Tür. Die Armee füllte den Rahmen. Vorgereckten Kinns, mit gewittriger Stirn schritt der General grußlos an ihm vorbei ins Innere.

Mißmutig pantoffelte Kolk hinterdrein. Das Benehmen war unzumutbar, auch ein geschätzter Klient muß die Regeln des Anstands wahren. Während Kolk überlegte, wie er Kritik und Kundenpflege unter einen Hut bringen könne, legte Siemund ein Papier auf den Tisch. »Ich komme heute nicht zur Bank, darum habe ich einen Scheck mitgebracht. Wie besprochen, noch einmal 100 000. Ich habe noch nicht gefrühstückt. Haben Sie was Eßbares im Haus?« Überrumpelt, überredet. Kolk schlurfte in die Küche, gefolgt von Siemund, der sich auf den einzigen Stuhl zwängte. Daneben gab es nur einen Hocker.

»Ich habe heute nacht Siegfrieds Buch gelesen«, sagte der Besucher mit erzwungener Ruhe. »Ich möchte Ihnen den Inhalt von ›Rot ist schön‹ erzählen.«

Kolk zog den Kopf ein. Weiß Gott, er kannte den Roman und ahnte die Wirkung. In der kleinen Küche saß ein Vulkan vor der Eruption. Gespeicherter Zorn lud die Atmosphäre auf. Und Kolk stand im Schlafanzug am Herd und zündete die Gasflamme für die Pfanne an.

Der General legte die geballten Fäuste auf den Tisch, er sprach zu ihnen wie zum Staatsanwalt und Richter, die ein Urteil zu fällen hatten. »Der Hauptheld in dem Buch ist ein junger Kerl, der seinen Dienst in unserer Nationalen Volksarmee antritt, also vor der Wende. Guter Einstieg, als Berufsoffizier sprach mich das gleich an. Von Schiller und Strittmatter weiß ich, daß sich eine Figur entwickeln muß. Ein Soldat ist ein zukünftiger Totmacher, dafür wird er ausgebildet. Also muß er Pazifist werden, wohin soll er sich sonst entwickeln. So war es bei mir. Ich freute mich und las neugierig weiter.

Der junge Mann im Buch heißt Benno Kuhltzsch. Ich buchstabiere ... Kapiert? Das klingt, als wäre einer in den Fleischwolf geraten. Dichterische Freiheit, karascho, als Laie soll man nicht mäkeln. Also weiter. In der Kaserne hat Benno Kuhltzsch was verbockt; ein Unteroffizier verdonnert ihn, die Toilette mit der Zahnbürste zu schrubben. Bei den amerikanischen Marines gehört das zur Ausbildung, aber nicht in der NVA. Rohheiten gab es auch bei uns, wenn mir was zu Ohren kam, habe ich hart durchgegriffen.

Aber das steht hier nicht zur Debatte, wir sind bei dem Buch. Benno hat beim Putzen geschwitzt, er geht unter die Dusche. Ein Kamerad sieht, daß er zwei Penisse hat. Ist der Plural richtig? Ich muß den Professor fragen, ob es solche Anomalien überhaupt gibt. Der Kamerad hat Kontakt zur Staatssicherheit, er registriert Abweichungen. Er meldet die beiden Organe.

Bei der Sicherheit ist man schon informiert, daß Benno K. über dem Durchschnitt liegt. Am laufenden Band hat er beim Ausgang sexuelle Affären. Wenn ein Glied schlappmacht, steht das andere stramm ... Obwohl ich erotische Geschichten im Prinzip schätze, wurde ich bei der Lektüre allmählich unruhig.«

Der General machte eine bedeutungsschwere Pause. Die Eier glitschten in die blasige Margarine. Kolk streute Würzpulver darauf. Er kehrte dem Literaturvermittler am Küchentisch den Rücken zu und war entschlossen, die neutrale Position zu halten.

»Ich lese also weiter«, sagte Siemund dumpf. »Die Überschrift des nächsten Kapitels: ›Piff, paff, puff‹. Zuerst dachte ich, daß jetzt eine Schießübung kommt, ein Manöver, endlich was Handfestes. Aber ich hatte mich geirrt – gemeint war Puff mit großem Pee ... Hasso, haben Sie das verstanden? Kein puffendes Gewehr, kein Puff in den Rücken – nein, nicht *der* Puff, sondern *das*! *Das Puff!* ›Rot ist schön‹ bedeutet Rotlicht! Klingelt's bei Ihnen? Ein Bordell ist gemeint! Herr Detektiv, geht Ihnen ein Licht auf, ein rotes?«

Der Angesprochene hantierte am Kaffeeautomaten. Er hatte das Buch nicht verfaßt, er war für den Frieden, besonders frühmorgens. Mit noch dumpferer Stimme sprach der General weiter:

»Benno Kuhltzsch wird von der Staatssicherheit beauftragt, beim Militär Puffs einzurichten. Er kennt viele Mädchen, die Horizontale ist seine Spezialstrecke. Benno geht ans Werk, er etabliert Bordelle bei unserer Volksarmee. Im Buch wird geschildert, wie die Soldaten in die Puffs strömen und was sie dort machen. Die Stasi ist immer dabei, dadurch weiß man, ob man sich auf die Truppe verlassen kann. Warum sagen Sie nichts?«

Er sei vollkommen überrascht, erwiderte Kolk. Er warf die Eier zur Wende in die Luft, fing sie in der Pfanne und sagte:

»Herr Siemund, Sie waren lange nicht in Deutschland. Sie haben nicht mitgekriegt, was hier abging. Jedes Genie, das die Tinte nicht halten kann, schreibt heutzutage einen Stasiroman oder Stasifilm. Eine Oper kommt bestimmt auch noch. Stasipuffs bei der Volksarmee – was soll's. Ich war bei der Fahne. Es gab keine Armeebordelle, nirgendwo gab's bei uns Hurenhäuser. Ich weiß es, Sie wissen es, jedem ist das bekannt ... der Autor weiß es auch. Politpornos für ein primitives Publikum. Kein gebildeter Mensch ist gezwungen, den Dreck zu kaufen.«

Appetitlich rutschten die Spiegeleier auf die Teller. Der Kaffee duftete, und aus den Schlitzen hüpfte der Toast. Kolk klemmte sich auf den Hocker und griff hungrig zu. Der General zerbröselte das Brot, über dem Reden vergaß er das Essen.

»Hasso, Sie sind ein guter Detektiv. Aber in gewisser Hinsicht sind Sie eine Schlafmütze. Sorry, das meinte Ihr Vater. Überlegen Sie mal die Folgen. In dem Buch werden die Armeepuffs dargestellt als Teil des Bordellsystems in unserer Republik: VEB Prostitution. Wir lassen jetzt mal die Hotelnutten der Staatssicherheit beiseite, jeder Geheimdienst benutzt die schmutzige Methode. Aber es gab niemals eine allgemeine Prostitution, die Scheußlichkeit hatte bei uns keinen Nährboden. Erst mit der Wende wurde die Pest von West nach Ost eingeführt: hunderte Bordelle, das Rotlichtmilieu mit dem ekelhaften Sumpf von Drogenkriminalität und Mädchenhandel, Kinderstrich und Pornografie. Ich habe mich informiert, habe mich in Berlin umgeschaut. Das ist hier schlimmer als in Amerika.«

Ignorieren, einfach ignorieren, wiederholte Kolk und versicherte, er lehne den ganzen Schiet ab, nur könne man nichts dagegen ausrichten ...»Jetzt essen Sie erst mal was ...« Er schenkte Kaffee nach und schob den Eierteller aufmunternd zurecht. Siemund musterte ihn angewidert.

»Ihr Vater sagte mir, daß Sie früher Lehrer waren, zwar nur Turnlehrer, na immerhin. Humanismus erweist sich zuerst an der Stellung der Frau in der Gesellschaft. Schon vergessen? Läßt es Sie gleichgültig, daß die Barbaren uns ihren Schweinestall rückwirkend andichten? – Nein, ich werde nie begreifen, daß ein Staat, der sich zivilisiert nennt, Prostitution zuläßt, sogar gesetzlich schützt. Prostitution soll ein Beruf sein – eine Beleidigung aller Werktätigen! Käufliche Liebe – was für ein erbärmlicher Schwindel! Liebe ist nicht käuflich! Hurerei, angeblich das älteste Gewerbe der Welt – auch so ein verlogener Spruch. In der Steinzeit gab es keine Nutten und Zuhälter, da waren die Bürger schon weiter.«

Vorsichtig merkte Kolk an, daß die Jüngeren leider nicht kümmere, worüber sich Ältere erbosen.

»Foolish talk!« donnerte der General los. »Wer liest denn die Hetzbücher? Das sind die jüngeren Leute! Die junge Generation weiß nicht, wie es früher aussah. Falls Sie mal Kinder haben, werden die wissen wollen: Dad, warst du damals im Puff? Gib uns Geld, wir wollen auch! Und Ihre Frau sitzt daneben! Und die Kinder fragen, ob Mama früher als Nutte Kohle gemacht hat. Und wenn Sie antworten, daß es in unserer Republik keine Prostitution gab, zeigt Ihr Nachwuchs Bücher, in denen das Gegenteil nachzulesen ist. Vor Ihren Sprößlingen werden Sie als Lügner dastehen!«

Er versank in Schweigen.

Kolk verzichtete darauf, zu wiederholen, daß er kinderlos war. Er mußte sich nicht vor Nachwuchs rechtfertigen. Wahrheit ist Ansichtssache, sie wird zurechtgebogen. Sich bei den eigenen Gören für die Vergangenheit entschuldigen – Kinderkacke, das fehlte noch! Die kleinen Unschuldslämmer von heute werden die schuldigen Erwachsenen von morgen sein – seit Urzeiten lief das so. Im Disput mit dem Vater hatte er es, mit angedeutetem Autorenstolz, Kolks Grundgesetz genannt. Der Professor war nicht darauf eingegangen.

Kolk wischte Eidotter mit Toast auf und bat, den vorzüglichen Bohnenkaffee nicht kalt werden zu lassen. Er wollte ›Westkaffee‹ sagen, verkniff es sich aber. Otto Siemund strich sich über die Augen und knurrte müde, abgekämpft: »Junge, glauben Sie mir, wir haben es ehrlich gemeint mit dem Sozialismus. Das war Neuland, wir hatten keine Erfahrung. Nur unsere Köpfe und Hände und ein Ideal. Dafür haben wir geschuftet. Keiner von uns ist reich geworden. Aber wir haben was erreicht, sozial gesehen waren wir ein Rechtsstaat. Alle sollten vorankommen ... keinen zurücklassen – kennen Sie noch die Losung? Ach, wozu erzähle ich das. Sie waren ja selbst ein Stück des Weges dabei, so jung sind Sie auch nicht mehr.«

Drohend erwartete er Kolks Widerspruch und grollte den stillen Esser weiter an: »Mein Vater ist für den verdammten Hitler in Rußland krepiert. Ich bin Offizier geworden, damit sich sowas nicht wiederholt ... Alles umsonst, nichts bleibt von uns ... Unser Antifaschismus – für die Katz ... die braune Truppe marschiert wieder ... Unsere Vollbeschäftigung – weggeputzt, verhöhnt von hochbezahlten Sesselfurzern, die sich Villen in der Toskana leisten und vor allem dafür sorgen, daß sie selbst nie arbeitslos werden ... Die feixen über das Volk, das lebenslänglich zittern muß. Da stört die Erinnerung, daß es im Osten ein anderes Leben gab. Vierzig Jahre, zusammengestaucht in ein Brandzeichen: Unrechtsstaat. Wir werden zu Kriminellen gestempelt, weil wir es gewagt haben, soziale Gerechtigkeit aufzubauen. Junge, ich verrate Ihnen was: der kalte Krieg in diesem Land ist nicht beendet. Er geht erst richtig los, ihr werdet euch noch wundern.«

Angewidert blickte er auf den futternden Ermittler im Pyjama und fragte: »Schmeckt's? Guten Appetit. Wer nicht denkt, soll wenigstens essen.«

Ein voller Mund argumentiert nicht gern. Aber dieser Herabsetzung mußte er entgegentreten. Kolk tupfte das Gelb ab und verlieh der Antwort einen sarkastischen Tonfall: »Unrechtsstaat? Na ja, das stimmt doch. Unsere Republik gehörte dazu, daran kommen wir nicht vorbei.«

Siemund erstarrte. Eine Ewigkeit verstrich, ehe er aus weißem Gesicht flüsterte: »Was haben Sie gesagt?« Röte schoß ihm in die Stirn, er donnerte: »Was behaupten Sie da! Sie als Ossi wagen es, mir das ins Gesicht zu sagen, mir, Ihrem Vater, Millionen von anständigen DDR-Bürgern! Sie kleiner Schweinehund, elender Gesinnungslump Sie!«

Brüllend beugte er sich vor, packte den Küchentisch und rammte ihn mit seinem Körpergewicht gegen den Dialogpartner. Kolk wurde in den Winkel gequetscht, hart schnitt die Tischkante in seine Brust. Er hatte den Mund voll Ei und Toast, in der linken Hand die schwappende Tasse, in der rechten die Gabel. Vor ihm erdröhnte das zornfarbene Haupt des Heerführers. Das massige Kinn war nicht zu verfehlen. Jeder Gemeine träumt davon, den Befehlshabern mal eins auf die Schnauze zu hauen, das ist die echt verlockende Seite am Wehrdienst.

Kolk zögerte. Er ließ die Gabel fallen, blickte seine sich ballende Linke an, sie schien ihm aufmunternd zuzunicken. Die Entscheidung fiel schwer. Nein, er durfte nicht ausrasten; der General war siebzig, und ... der Scheck war noch nicht eingelöst.

»Bitte hören Sie auf«, bat er gezwungen friedfertig. »Ich kann alles erklären. Herr Siemund ... meine Brust, ich krieg keine Luft, Sie tun mir weh. Ich denke, Sie sind Pazifist inzwischen?«

Tief orgelnd holte der General Luft. Er ließ die Tischwaffe los und grollte: »Ich höre!«

Kolk rieb sich die geprellte Stelle. Behutsam schob er den Tisch zurück. Vorsichtig und präzise setzte er die Worte.

»Ich habe mich an Ihren Aussagen orientiert. Sie selber haben in der Talkshow unsere Deutsche Demokratische Republik in eine gewisse Kategorie eingeordnet.«

Der Mund des Generals ging langsam auf, erneut rötete sich die Stirn. Schnell redete Kolk weiter: »Indirekt, Herr Siemund, indirekt. Sie nannten die Todesschüsse an der Grenze ein Verbrechen. Ich habe es mit eigenen Ohren gehört. Ich wußte, daß mein Vater und Sie in der Sendung auftreten – selbstverständlich habe ich alles am Bildschirm verfolgt. Verbrechen, staatliches Unrecht – Unrechtsstaat. Die Logik ergibt sich nun mal, da bleiben Differenzierungen auf der Strecke. Aber meine Überlegung geht weiter, ich komme zum Deutschland von heute. Es wird von Leuten regiert, die für Kriegsverbrechen verantwortlich sind. Dazu kommen schwarze Kassen, Schwindler in höchsten Ämtern. Und Sozialabbau ist ja auch kein Kavaliersdelikt. Über Adenauer und seine Filbingers und Globkes mag ich gar nicht reden. Und nicht zu vergessen: mit exportierten deutschen Waffen sind Tausende Menschen umgebracht worden, das wird auch heute fortgesetzt. Also ist dieser Staat zum Teil auch ein Unrechtsstaat ... wenn auch auf anderen Gebieten als wir. Könnten wir uns erst mal darauf einigen?«

Nach kurzem Überdenken bewegte der General knapp den Kopf. Wer wollte, konnte die mißtrauische Bereitschaft ablesen, dem Deutungsversuch noch ein Stück zu folgen. In Schwung kommend, nahm Kolk Fahrt auf. Er mußte nicht grübeln, er gab nur wieder, was ihm sein Vater mit nie erlahmendem Nachdruck aufzutischen pflegte. Frankreich hatte in Algerien gefoltert, es hat gegen den Protest der Welt Atomversuche durchgeführt. Wer trieb uns in den Rinderwahnsinn? Der alte Imperialist England. Und was ist mit der Schweiz? Eine moderne Waffenschmiede, dazu noch der Hort von Hochfinanzganoven, die den Deutschen, wenn er Schwarzgeld einzahlt, mit nettem Dialekt beruhigen. Belgien hat sich im Kongo versündigt. Spanien beklaut die europäische Portokasse. Österreich? Das Problem von Österreich steht schon in der Nationalhymne: ›Heimat bist du großer Söhne ...‹ Das ist ironisch aufzufassen, da braucht man keine Namen zu nennen. – Italien: Ist Mussolini wirklich tot? Und Rußland? O je! – Zu Holland fiel Kolk nicht gleich etwas ein, er wich auf die Türkei aus, das Regime müsse als musterhaft staatskriminell eingestuft werden.

In wenigen Minuten hatte er den größten Teil von Europa im Rundumschlag eingeordnet und fügte souverän hinzu:

»Unter uns, Kollege Siemund, es geht nicht darum, unsere verflossene Republik reinzuwaschen. Natürlich hatte sie auch gute Seiten. Aber der Westen wird uns dafür nicht loben, er prügelt auf alles ein, was anders war, und benutzt dafür unsere Fehler. Aber das können wir auch! Wir müssen auf das Unrecht, auf die Verbrechen der anderen Länder zeigen, immer wieder! Bis endlich ein sinnvoller Dialog in gleicher Augenhöhe zustande kommt! Ach ja, wir wollen die Vereinigten Staaten nicht vergessen! Hiroshima, Chile, Vietnam – da war doch mal was. Auch Ihr geliebtes Amerika hat Verbrechen begangen, die größten, die schlimmsten!«

So schloß Kolk feurig auftrumpfend. Es war ein Hochgefühl, auf einem Gebiet mitzumischen, das ihn sonst nicht kümmerte. Er bedauerte, daß sein Vater nicht Ohrenzeuge war, endlich hätte er mal auf den Sohn stolz sein können. Jedenfalls hatte er dem Amifreund Siemund durch die Brandmarkung von Gods own country ganz schön eins in den Kaffee getan.

Siemunds Miene zuckte in einem Potpourri aus Widerspruch, konditionierter Bejahung und steigendem, nicht ausgereiftem Zweifel. Mit einem Gedankendreher wich er einer ordentlichen Stellungnahme aus.

»Na ja ... hmhm ... ich wollte sagen ... ich hatte mich schon zur Ruhe gesetzt ... egoistisch, zynisch, beschaulich – wie Sie, mein Junge. Aber Ihr Vater hat nicht locker gelassen, he is a hell of a man, a man in full! Er hat gebohrt, mich gepiesackt. Ja, verdammt noch eins, wir haben furchtbare Fehler gemacht. Aber wir haben auch hart gearbeitet und ein zerstörtes Land nach dem Krieg aufgebaut! Es ist eine Schande, daß wir umgefälscht werden zum Dreckfleck in der deutschen Geschichte! Eine hundsgemeine Lüge ist das!«

Er schlug mit der Faust auf den Tisch. Es wirkte nicht kraftvoll, eher verzweifelt. Müde redete er weiter: »Bin zu alt ... Ich hab den Kanal voll ... Der Sieger bestimmt, was als Recht gilt ... Das Pack tanzt auf unseren Gräbern und spuckt darauf. Und mein Neffe macht mit.«

Er trank einen Schluck Kaffee, stellte die Tasse klirrend ab, schnitt eine trübkomische Grimasse.

»Und was veranstalte ich? Der Herr Generalmajor im Ruhestand läßt sich von einem meschuggen Professor ins Fernsehen lotsen. Selbstkritik vor laufender Kamera ... späte Reue. Warum tue ich mir das an? Was haben denn die anderen gemacht, die feinen Schriftsteller, Dirigenten, Schauspieler? Haben viele Jahre in der DDR gut gelebt, wurden berühmt, sogar in Filmrollen als Parteisekretäre und Kundschafter der Staatssicherheit – ich lach mich tot! Haben billig Antiquitäten aufgekauft und in ihren Villen gebunkert. Damals hat keiner der Herren Künstler gegen das Schießen an der Mauer öffentlich protestiert! Krach gab's erst, als sie persönlich in die Bredouille gerieten. Die spielen sich heute als Dissidenten auf – und mich hat man am Arsch! Ist das gerecht!«

Mit harter Miene schüttelte Kolk den Kopf und überlegte, wie er das Gespräch beenden könnte. Der General sah ihn an und sagte auf anrührende Art hilflos: »Warum mache ich mich zum Sündenbock, warum lasse ich mich von einem dummen Kahlkopf öffentlich beleidigen? Hasso, ich verrate Ihnen was: Auch wenn wir einen perfekt demokratischen Sozialismus gehabt hätten, mit Nelson Mandela als Staatspräsident und Jesus Christus als Generalsekretär – er wäre trotzdem verschwunden. Drum ist ja der Papst so verzweifelt, man sieht's ihm an ... Gegen die Geldgesellschaft ist kein Kraut gewachsen ... jeder Mensch ein zweibeiniges Stück Kapitalismus ... erst das Fressen, dann die Moral ... Nein, hier irrte Brecht – Moral gibt's gar nicht. Die Gebildeten sind korrupt, die Proleten geistig verlumpt wie die Reichen ... einer des anderen Kampfhund ... wälzen sich im Schlamm, grunzen vor Vergnügen ... die Masse will's gar nicht anders ... das Paradies heißt Barbarei ... Nur Träumer lehnen sich dagegen auf ... Ich frage mich nur, wer der größere Narr ist – ich oder Ihr Vater ...«

Höflich schüttelte Kolk den Kopf, lieber hätte er zweimal genickt.

»Germany«, sagte der General, »ich wollte es nie mehr betreten. Zum Geier, was suche ich in dem verdammten Berlin? Daß ich hier geboren bin ist Zufall, verpflichtet zu nichts ...

Amerika ist das schönste Land der Welt. Ich könnte friedlich auf meiner Veranda in Louisiana schaukeln ... in meinem Pool kraulen, der ist größer als das Becken des Politbüros in Wandlitz. Ich könnte mit George eine Partie Schach oder Golf spielen. Ich könnte nach London fliegen zu einem Konzert mit Tom Jones. Dort werfen die weiblichen Fans ihre Unterwäsche auf die Bühne. Ich könnte mit George einen Trip nach Florida machen, zum Tennisturnier mit den Williams Sisters. Da spüren Männer, daß sie nicht allein sind im All ... Yeah, ich könnte viel Spaß haben, good clean american fun. Statt dessen ärgere ich mir hier die Krätze an den Hals.«

Er stand auf, zwängte sich aus der Tischecke. Er hatte die Größe des Geschirrschranks, eine dritte Person hätte nicht in die Küche gepaßt. »Ich muß gehn. Mampfen Sie mal gemütlich weiter. Ich muß mir jetzt den Neffen vornehmen.«

Mit der Gabel klapperte Kolk am Tellerrand und rief:

»Warten Sie! Einen Moment noch! Ich wollte Sie was fragen. Das Gequassel im Fernsehen, bei dem Sie aufgetreten sind ... die Sache mit den Opfern an der Mauer. Ich fand das damals auch beschissen. Ich hab's verdrängt. Was bleibt einem denn übrig? Das machen wir heute genauso. Die Schauplätze wechseln, ein paar Details – ansonsten geht's weiter wie gehabt ... Herr Siemund, mal ehrlich: Belastet Sie die Sache von damals wirklich ... oder war das nur – eine Show? Wir sind allein, wir können offen reden ...«

Siemund blickte Kolk an. Er sah auf ihn herab, verlautbarte aber nichts, auch seine Miene blieb leer. Hatte er die Frage überhaupt verstanden? Mit der Länge wurde das Anstarren peinlich, auch empfand Kolk, daß sein Schlafanzug und der Frühstückstisch der Problemstellung nicht angemessen waren. Er hüstelte und strich verlegen durch den ungekämmten Schopf.

An der Tür wandte sich der General noch einmal um und sagte, auf eine verstörende Art belustigt: »Ich verstehe die Welt nicht mehr ... Is'n saukomisches Ding ... Ich bin aus der Welt gefallen ... Ja, ich bin draußen.«

Grußlos wie er gekommen war, verließ er die Wohnung.

Achselzuckend goß Kolk Kaffee nach. Er hatte die Welt noch nie verstanden, dazu war sie einfach zu groß. Das Leben war ein Boxkampf. Denk nicht an die vorige Runde und nicht an die nächste; versuche die Runde zu gewinnen, in der du gerade kämpfst. »Dazu brauchst du keine Weltanschauung!« sagte er laut zu den erkaltenden Eiern des Generals, die ihn wie drei Augen inquisitorisch anblickten.

Er nahm ein Dotter aufs Messer, schob es in den Mund. Nun waren's nur noch zwei. Die deutsche Frage war kein Grund, seuchenfreie Hühnerfrüchte umkommen zu lassen. Weltanschauung, haha! Das war etwas für Spinner oder für Akademiker, die sich Philosophen nannten, weil sich damit Professorengehälter einheimsen ließen. Auf die wichtigen, schmerzhaften Fragen wußten auch sie keine Auskunft, sie schwatzten dran vorbei.

»Fürs Leben braucht man Kraft«, sagte Kolk zum letzten Spiegelei. »Drum bist du jetzt dran.« – Schon früher, als Lehrer, hatte er viel Kraft gebraucht, um Kindern die Schönheit der russischen Sprache nahezubringen. Als Lehrer für Sport hatte er mehr Erfolg. Außerdem hatte er eine Reihe Boxkämpfe gewonnen. Heutzutage mußte er sich um einen Vater kümmern, der alternd nicht ruhiger, nur rebellischer wurde. Als Beitrag zur Weltgeschichte sollte das genügen. In den Strudeln eines gefährlichen Jobs versuchte er, sich mit Gin Tonic über Wasser zu halten. Mehr konnte niemand verlangen.

Er pantoffelte ins Wohnzimmer und las den Scheck. Die Lektüre war jedem Roman vorzuziehen. Ein richtiges Auto mußte wieder angeschafft werden, ein solider Neuwagen, vielleicht ein kleiner Volvo oder ein großer anderer.

Er trat ans Fenster und ließ frische Luft herein.

Otto Siemund überquerte den Humannplatz. Er blieb stehen, zog ein Notizbuch und schaute hinein. Wahrscheinlich sah er nach der Adresse des Neffen.

Ein halbwüchsiges Mädchen führte einen Kater an der Leine. Dahinter spazierte ein älteres Paar. Aus dem Seitenweg schlenderte ein Mann in schwarzer Kapuzenjacke. Der Kater strebte in die Büsche. Das Mädchen hielt an und sprach zu ihm mit erhobenem Zeigefinger. Der Kapuzenmann richtete eine Kamera auf die Leute am Hauptweg. Er machte eine Drehung und schwenkte über die Häuserfassaden. Für einen blitzenden Moment hatte Kolk den Eindruck, daß er vom Objektiv erfaßt wurde ... Halt! Was bedeutet das? ... wurde er beobachtet, wurde auch der General observiert? Durch Kolks Kopf wirbelte der Sturz auf die Gleise ... War es ein Attentat? Hing es zusammen mit dem Mann da unten, dessen Gesicht er nicht erkennen konnte? Sein Rücken spannte sich, er beugte sich am Fenster vor, bot sich an, machte sich gut sichtbar. Auf dem Sprung, sprungbereit! Falls der Unbekannte ihn filmte, würde er ihm folgen, um das Motiv zu ermitteln.

Die Kamera schwenkte herunter, ihr Träger sah nicht zu ihm herauf. Er filmte das bunte Geschwirr von Kindern, die lärmend vom nahen Kindergarten durch die Grünanlagen zum Klettergerüst im Park stürmten. Er spazierte weiter, hielt den Apparat auf zwei ältere Kerle in lottrigen Mänteln, die auf einer Bank saßen und tranken. Einer schwenkte die Flasche und entbot dem Fotografen einen krächzenden Gruß.

Der Mann bog ab und entfernte sich auf dem Seitenweg. Weiter vorn entschwand der General aus Kolks Blickfeld.

Er trat vom Fenster zurück und schloß die Flügel. Sein Argwohn schwand. Schon häufig war er Leuten begegnet, die mit Kameras durch das Szeneviertel zogen. Zwei Wermutbrüder auf der Bank, mit 'nem krüppligen Baum dahinter und 'ner Milchsuppensonne im Geäst – für Schnappschußkünstler, wie Emma sie aus den Kneipen beschrieb, war das vielleicht ein Motiv von ungeahnter philosophischer Tiefe ...

Kolk griente, aber nicht deswegen. Gar zu gern hätte er dem Zusammentreffen des Generals mit Siegfriedchen, dem schreibenden Neffen, beigewohnt, versteckt unter einer Tarnkappe. Armeeführer folgten anderen Ehrbegriffen als Dichter. Daraus konnten weitreichende Konsequenzen erwachsen. Daß die Personen miteinander verwandt waren, ließ auf Zuspitzung der besonderen Art hoffen. Nach Kolks Erfahrungen als Detektiv geschahen zwischen Verwandten Dinge, die bei Fremden selten vorkamen. Kolk fragte sich, ob der General noch seine sozialistische Dienstwaffe besaß, sie mitführte für Notfälle im neuen System. In den Künstlerlokalen des Prenzlauer Bergs würde eine Buchkritik mit der Pistole ganz gewiß als Bereicherung der kulturellen Szene bejubelt werden ...

8

Wo trieb sich der Vater nur wieder herum? Kolk war neugierig zu erfahren, wie der Auftritt des Generals bei seinem Neffen verlaufen war. War der schöne Siegfried verwundet, lebte er noch? Kolk nahm an, daß der erbitterte General dem Professor über den Besuch berichtet hatte.

Einmal mehr schlugen die Versuche fehl, den Alten in seiner Wohnung am Friedrichshain an die Strippe zu bekommen. Kolk murmelte Verwünschungen in den tutenden Hörer. Er hatte dem Papa für den nahenden Geburtstag ein mobiles Telefon als Geschenk angekündigt, mit Übernahme der festen Kosten. Wie letztes Jahr hatte er abgelehnt. Ständig ansprechbar zu sein verletze die Intimsphäre, meinte er. In Wirklichkeit ging es ihm darum, den Sohn zu Hausbesuchen zu nötigen. Tauchte Kolk dann auf, brachte es der Professor fertig, herumzunörgeln, daß er eigentlich beschäftigt sei.

Spät am Abend war es dann der Vater, der sich telefonisch meldete. Er war schwer zu verstehen. Im Hintergrund hämmerte Musik, untermischt mit dem Gelärm einer Menschenmenge. »Wir sind in einer Diskothek, es ist laut!« rief der Professor.»Wir tanzen!« rief Siemund dazwischen.

Kolk erschrak. Vaters Stimme klang angetrunken, erst beim zweiten Anlauf verstand er ihn. Es war ein Schock. Niemand hatte den großen, den über Grenzen renommierten Chirurgen jemals außer Kontrolle erlebt. Maßvoll beschwingt von ein paar Gläschen Wein – es war das Äußerste, und auch das nicht mehr als zweimal pro Jahr, Silvester eingerechnet. Aber nie und nimmer abgefüllt, nachts, in einem Tanzlokal!

Barsch rief Kolk ins Telefon und verlangte die Adresse des Etablissements! Sich verhaspelnd teilte der Vater mit, sie würden jetzt aus der Disko zum Café Nord aufbrechen. »Zur Sparkasse, Ecke Wichert und Schö-Schönhauser Allee. Mein Spatz, du kannst mich dort abholen.«

Die ellenlange Verwünschung, die Kolk ausstieß, mußte für die Bestellung eines Funktaxis unterbrochen werden. Der eigene Wagen stand noch immer räderlos vor dem Haus. Außerdem hatte er schon ein Quantum Gin getrunken.

Während der Taxifahrt stellte er Vermutungen an. Vielleicht hatte Otto Siemund aus Zorn über den mißratenen Neffen zur Flasche gegriffen. Der Mensch trinkt nicht gern allein, schon gar nicht beim Militär. Der General hatte den Mediziner beschwatzt, mit ihm loszuziehen, hatte ihn zum verleitet, über die Stränge zu schlagen. Aber wieso in eine Disko? Gibt es Diskos für Siebzigjährige, ist diese Stadt schon so tief gesunken?

Das Taxi bog um die Ecke in die Schönhauser Allee ein und hielt vor der Sparkasse. Kolk bat den Fahrer zu warten und schwang sich aus dem Wagen.

Vor der abendlich beleuchteten, geschlossenen Filiale tummelte sich eine Schar junger Leute, dreißig bis vierzig mochten es sein, Burschen und Mädchen. Im Lampenschein des Eingangs stand Siemund schwankend auf einem Stuhl. Mit beiden Händen schwenkte er Bündel Banknoten und rief:

»Begrüßungsgeld, hundert Mark! Ja, für jeden, kommt ran! Nee, du nicht, Schlitzohr, du hast schon kassiert! Jeder nur einmal! Einen Südstaatler legt ihr nicht rein, also versucht es gar nicht!«

Zurufe, Gelächter. Kolk sah, daß Sektflaschen die Runde machten. Aus einem Radiorecorder dudelte altmodische Musik. Die jungen Leute tanzten, zwischen ihnen der Professor. Er hielt eine lange, rückentätowierte Blondine im Arm. Erschüttert gewahrte Kolk, daß die Hand des trunkenen Vaters auf dem erstklassigen Gesäß des Mädchens lag.

Das Band setzte aus, dann erklang ein weiterer Nachkriegshit, die Musiker riefen im Chor: Pinguin Mambo! – Der Professor blieb stehen, schwankend erklärte er der Blonden die Schrittfolge. Sie lachte den Verwegenen an, strich über seinen Raubvogelkopf. Der Arzt nahm einen Schluck aus der Flasche und gab sie ihr. Sie trank, der Sekt rann übers Kinn in die Mulde zur Brust.

Der Professor zog sein Schnupftuch, es schien, daß er den Schaden beheben wollte. Schnell drängte Kolk zwischen das Pärchen und nahm die Flasche an sich. Es war höchste Zeit, Vaters Beine gaben nach. Kolk wollte ihn stützen, aber der Professor reckte sich auf und wies ihn mit großer Geste ab. Galant küßte er der Partnerin die Hand und meinte bedauernd, daß er leider aufbrechen müsse, weil er morgen eine Operation habe. Sie meinte tröstend, Kopf hoch, er sei fit, es werde schon gutgehen. »Nein, der Patient bin ich«, sagte Kolk giftig. »Entschuldigen Sie bitte, den Herrn Doktor nehme ich jetzt mit, damit er morgen die Säge halten kann.«

Sie gingen zum Taxi. Bevor Kolk einstieg, blickte er zum General, der vom Stuhl herab letzte Geldscheine verteilte. Kolk drohte ihm mit der Faust und stopfte den Professor in den Wagen.

Während der Fahrt machte er seinem Ärger Luft. Falls der Vater nachts Bumslokale aufsuche, wolle der Sohn vorher die Adresse erfahren und auch die Gründe für die Eskapaden.

Würdevoll entgegnete der Professor, daß ihn auch wissenschaftliche Motive zu dem ungewöhnlichen Ausflug bewogen hätten.

»Gib acht, mein Kleiner, ich erläutere es dir. In der Diskothek habe ich mit dem Dijay gesprochen, das ist die Abkürzung für Discjockey. Er spielt Musik ab, dabei macht er merkwürdige Sachen mit Schallplatten. Klingt eindrucksvoll, wobei mir schien, daß es den Scheiben schadet. Aber die Hauptsache ist die: unter dem Parkett sind Verstärker eingebaut. Eine Erfindung aus London. Von unten schicken die Bässe fünfhundert Hertz in taktile Klangumwandler. Dadurch vibriert die Tanzfläche. Verstehst du das, kannst du's dir vorstellen? Eine Art von Vibratoren, sie massieren die Fußsohlen, das pulst über das Skelett bis ins Hirn. Ich habe es ausprobiert ... überraschend angenehm. Ich werde mal mit den Kollegen in der Klinik reden, vielleicht läßt sich die Methode für die Rehaballi ... Rehabili ... litation in der Orthopädie nutzen.«

Entnervt schüttelte Kolk den Kopf. Er bemerkte das Metall an Vaters Ohr und rief entrüstet: »Was ist denn das! Nimm sofort das Ding ab! Ein Ohrring, Papa, in deinem Alter! Vielleicht läßt du dich auch noch tätowieren? Wie wär's mit einer Blondine auf dem Bauch, dazu vielleicht ein Irokesenschnitt?"

Der Professor verhinderte den Zugriff des Sohnes, indem er ihm auf die Finger klopfte. »Den Ohrring hat mir Siemund angesteckt, so kommt man leichter in die Disko. Hände weg von meinem Schmuck!«

Im Spiegel begegnete Kolk dem Blick des Taxifahrers. Beschwingt plauderte der Professor, daß er die Vibratoren dem General zum Einbau ins Café Nord anempfohlen habe.

»Otto will mit der Sparkasse über die Verlegung der Filiale verhandeln. Er möchte die Bank herauskaufen, die Mittel dazu hat er ja. Er will das Café Nord in den alten Räumen im Stil von damals neu einrichten, sozusagen als Bewahrung des Unterhaltungskulturerbes unserer Jugendzeit. In jeden Stadtbezirk will er ein Nordcafé setzen, wie ... wie eine Kette der Nostalgie. Ein Übergreifen in andere Städte hält er für machbar. Die jungen Leute hat er aus der Disko mitgelotst, sie sollen später mit Anhang zur Einweihung in die Schönhauser Allee kommen. Zur Premiere gibt's noch mal für jeden hundert Mark. Als Band sollen die Puh- Puhdys gewonnen werden. Notfalls im Rollstuhl, Musik kennt keine Arthrose«, sagte der Professor scherzend und klopfte beschwipst auf die Knie des Sohnes.

Der Taxifahrer blickte wieder in den Spiegel. Ihm war anzumerken, daß er die Anwesenheit einer Aufsichtsperson begrüßte.

Im Korridor der Wohnung verlor der Professor die Beziehung zur Umwelt. Kolk fing ihn auf, schleppte ihn zum Bett. Er zog ihm Jacke, Krawatte, Hemd, Hose, Schuhe, Strümpfe aus, streute sie in Säufermanier liederlich auf den Teppich. Den stummen Diener, den der ordnungsliebende Vater für die Kleidung benutzte, warf er sorgfältig um. Wenn der Gelehrte früh aufwachte, würde er beschämt in das Chaos schauen.

Erschöpft ließ er sich neben dem zugedeckt Schlafenden auf das Bett fallen. An der Wand gegenüber hing ein Rahmen mit Reihen aufgepinnter Fotografien. Sie zeigten Hasso in Phasen der Entwicklung, vom Säugling bis zur Mannbarkeit. Ihm hatte die Ausstellung stets mißfallen. Die Frau Mama hatte die Bildchronik verteidigt; nicht einmal der Hinweis auf die bösen Folgen von Personenkult vermochte sie umzustimmen.

Kolk beugte sich vor und betrachtete sich zweieinhalbjährig. Damals sah er süß aus, niedlich wie Siemunds Siegfriedchen. Der Professor hatte erzählt, daß sie mal die Wohnung voller Gäste hatten. Berufskollegen der Mutter, angereist zu einer Tagung in Ostberlin. Das Hotel war besetzt. Nachts tappte das Kind ins Schlafzimmer. In den Ehebetten lag die Mama mit zwei tschechischen Physikerinnen. Hasso kletterte auf das Sofa zum Vater. Jener wachte die ganze Nacht, aus Sorge, er würde schlafend den Kleinen überrollen. Der Vater sagte, sie hätten Wange an Bäckchen gelegen, das Kind habe sich angefühlt wie ein Tierchen aus Samt.

Kolk stützte sich auf und betrachtete das furchtlose Gesicht mit den schwarzen Augenhöhlen. Er war froh, aber ihm war auch zum Heulen zumute. Er legte die Wange an den schlafenden alten Mann. Sie hatten beide einen starken Bartwuchs, es blieb bei einer Begegnung aus Sandpapier.

Er seufzte und erhob sich vom Bett. In der Küche nahm er den Notizblock und schrieb eine Nachricht für die Nachbarin Frau Bärenburg. ›Bitte mittags Hühnerbrühe, Kniekompressen, Aspirin – in dieser Reihenfolge. Er trägt jetzt einen Ohrring – seien Sie vorsichtig!‹

Den Zettel schob er nebenan bei der alten Dame unter die Wohnungstür. Er war müde und wollte nach Hause ins Bett.

Als er am Humannplatz das Taxi verließ, trat überraschend eine Gestalt aus dem Türbogen des Wohnhauses. Kolk wich zurück, griff nach der Waffe unter der Achsel. Aber es war nur Siemunds Neffe, Siegfried, der Schriftsteller.

»Guten Abend, Herr Kolk, Herr von Kolk! 'tschuldigung, ich hatte bei Ihnen geklingelt, hab auf Sie gewartet. Ich möchte gern mit Ihnen reden. Sie könnten mir einen großen Dienst erweisen – es wär auch geschäftlich interessant.« Er sah auf die Uhr: »Der Abend ist noch jung – was halten Sie davon, wenn wir uns 'n Schluck ...? Darf ich Sie dazu einladen?« Auf der anderen Straßenseite, ein Stück weiter hinten, stand ein mauvefarbener Honda im Abendschatten der Parkbäume. Der Mann auf dem Fahrersitz trug eine schwarze Kapuzenjacke. In dem dunklen Fahrzeug war er kaum zu bemerken. Durch ein Nachtglas beobachtete er die beiden Männer vor Kolks Wohnhaus. Als sie davongingen, verließ er das Auto und schlenderte in die gleiche Richtung ...

Während Kolk und Siegfried Siemund dem Lokal zustrebten, berichtete der Neffe vom Besuch seines Onkels am Vormittag. Die Begegnung wirkte nach, der Künstler war noch immer erschüttert. Wiederholt blieb er stehen, schwang in Empörung die Arme. Bewegt hörte Kolk zu. Er wußte um die Hintergründe, kannte die Zentralfigur – es war reizvoll, den dramatischen Verlauf aus dem Mund des Opfers geschildert zu bekommen.

»Der Onkel stürmt rein, brüllt los wie'n Stier! ... packt mich, schüttelt mich, vom Pyjama sind die Knöpfe abgerissen! ›Schmierfink, Schweinehund! Prostitution! Bei uns gab's keine Puffs! Warum lügst du!‹ Und schreit mich russisch an: ›bjelogwardez‹ und so'n Zeug. Ich versteh nur Bahnhof, da übersetzt der mir das auch noch: ›Weißgardist, menschewistischer Plattkopf!‹ Was sind das für Ausdrücke, die hat er bestimmt von seiner sowjetischen Militärakademie! Mensch, ich dachte, Stalin hätte mich am Wickel! Ich kam aus dem Bett, war noch gar nicht voll da. Ein Glück, daß die Mädchen schon gegangen waren, wie hätte ich sonst dagestanden!«

»Mann!« warf Kolk ein, »Mann-Oh-Mann!«

Siegfried beschrieb die Auseinandersetzung bis zu dem Höhepunkt, der auch seinen Zuhörer überraschte.

»Der Onkel brüllt mich an: ›Du Lump, du bist im Sozialismus aufgewachsen, wo ist deine Wahrheitsliebe!‹ – Ich donnere zurück, daß ich mir dafür nichts kaufen kann! Damals wurde auch gelogen! Wahrheitsliebe! Nur wer schwindelt, kommt über die Runden! – Da nimmt der Alte den Karton mit meinen Belegexemplaren und schmeißt ihn aus dem Fenster! Das war geschlossen! Die Kiste krachte in den Hof runter, die Bücher hätten jemand erschlagen können! Auch wenn er zehnmal mein Onkel ist – dazu hatte er kein Recht! ... Und zum Schluß, an der Tür, da sagt der noch: ›Mistkerle wie du werden auch für die neuen Nazis schreiben. Hauptsache, das Honorar stimmt.‹ – Verdammt, das ist nicht wahr! Ich wähle demokratische Parteien, obwohl ich denen nicht viel zutraue. Bin sogar mit 'ner Amerikanerin verheiratet! Ich hab an zwei Lichterketten teilgenommen, und meine Zigaretten kaufe ich beim Vietnamesen! Was ist los mit dem Alten, hat er den Verstand verloren!«

Siegfried rief es verzweifelt. »Ich war danach total fertig. Ich mußte mich wieder hinlegen, bin erst vorhin aufgestanden. Ich muß wirklich was trinken.« Auch Kolk hatte einen trockenen Mund, der im ›Paradise Lost‹ auf Befeuchtung hoffen durfte.

Zum Lokal war es nicht weit, schon nach wenigen Minuten betraten sie den Schankraum, der friedlich auf Halblast summte. Während Siegfried ein paar Bekannte grüßte, hielt Kolk beiläufig Ausschau nach den Trägerinnen der Namen Naddel und Verona, konnte sie aber nirgends entdecken. Sie setzten sich in eine schummrige Ecke. Kolk blieb bei Gin Tonic. Siegfried entschied sich für Wodka und Bier.

Auf der Straße spazierte der Mann mit der Kapuzenjacke vorbei. Er blickte durch die offenen Fenster in das Lokal. Die beiden Männer am Tisch leerten die Gläser mit einem Schwung, der keinen Zweifel über den weiteren Verlauf des

Abends zuließ. Der Kapuzenmann zog ein Telefon hervor und machte eine Durchsage. Dann ging er zum Auto zurück.

Siegfried Siemund stellte das Glas ab und setzte den Bericht fort: »Und dann noch der Gag: Bevor der Alte rausging, sagt er noch, daß er mich zum Alleinerben seines Vermögens einsetzen wollte. Damit sei's nun Essig, das hätte ich mir selber zuzuschreiben. Zwar kenne er keinen Schriftsteller persönlich, aber ich sei mit Sicherheit unter den deutschen das größte Lügenmaul. Hat der eine Ahnung! Dann ist er raus. Hatte ich richtig gehört: Alleinerbe? Der Olle spinnt doch, will mir aus Rachsucht eins auswischen! Was hat ein Ostgeneral zu vererben, außer seiner Mütze.«

Ironisch lachte Siegfried auf, und Kolk stimmte ein, obwohl er sich ein wenig schändlich vorkam. Sie prosteten einander zu, und Siegfried sagte: »Um sicherzugehen, habe ich Gwenny in New York angerufen. Gwendolyn, wissen Sie, ist meine Frau. Sie hat sich im Internet in einen People Finder geloggt. Mit dem Programm kann man die meisten Bürger aufstöbern. Es stimmt, Otto Siemund ist in Louisiana gemeldet. Sie hat sich ans Telefon gehängt, hat ein bißchen rumgefragt. Er hat 'ne alte Klitsche von seiner verstorbenen Schwester übernommen. Cotton Groove oder so ähnlich, in der Nähe von New Orleans. Auf alten Klitschen liegen meistens Hypotheken. Geld springt da nicht raus, eher sollen die Erben noch die Schulden übernehmen.« Er trank den Wodka, schüttelte sich und sagte: »Nee, besten Dank, Schulden machen kann ich alleine.«

»Fünfundfünfzig Millionen«, sagte Kolk.

»Was? Schulden?«

»Vermögen. In Dollar. Das Erbe besteht aus fünfundfünfzig Millionen davon.«

»Aber gewiß doch.« Siegfried lächelte. »Und ich bin der Kaiser von China.«

»Dollar.« Mit seiner Stimme versuchte Kolk die Härte der Währung rüberzubringen. »Fünfundfünfzig Millionen. Seine Schwester hatte industriellen Besitz. Siemund hat ihn übernommen und verkauft. Er hat's meinem Vater erzählt. Der Alte phantasiert nicht, warum sollte er. Ihr Onkel ist Multimillionär, das steht absolut fest.«

»Unsinn.« Der Schriftsteller winkte ab. »Ein alberner Gag, darüber kann ich nur kichern.«

Das sei auch besser, meinte Kolk, ergo müsse er sich nicht ärgern, daß ihm ein Vermögen durch die Lappen gehe. Leider sei es die Wahrheit, meine Hand drauf, großes Ehrenwort. Frau Siemund solle in Louisiana mal weiter nachforschen, sie werde auf das gleiche Resultat stoßen ...

Siegfried Siemund blickte zur Decke, senkte langsam den Kopf, schloß die Augen, rührte sich nicht mehr. Die Pause dauerte so lange, daß ein Beobachter denken konnte, er sei tot. Um die Zeit nicht ungenutzt verstreichen zu lassen, stellte Kolk Berechnungen an: »Fünfundfünfzig Millionen Dollar, umgerechnet runde hundertzehn Millionen Mark, zu fünf Prozent Zinsen, das sind Augenblick ... das wären rund fünfeinhalb Millionen Mark Zinsen pro Jahr. Das wären monatlich ... Momentchen ... na, ungefähr 450 000 Mark. Nur so übern Daumen gepeilt, ich habe keinen Taschenrechner dabei ... Könnte auch mehr sein, das kommt auf den Dollarkurs an und auf den Zinssatz. Bei so einem Riesenkapital könnte man mit der Bank reden, eine höhere Rendite rausholen. Mit einem Teil des Kapitals könnte man an die Börse gehen, ich hätte ein paar Tips für Aktien. Ach so, nein, verdammt, daraus wird ja nun nichts. Ach ja, wir müßten die Beträge in Euro umrechnen.

Hab immer noch die Mark im Kopf, die Umstellung macht mir zu schaffen. Entschuldigen Sie, ich rede dummes Zeug, bei solchen Summen wird einem ganz drieselig da oben.«

»Hören Sie auf«, flüsterte Siegfried.

Kolk winkte den Kellner heran und bat um Nachschub. Besorgt blickte der junge Mann auf den kalkbleichen Stammgast. Er eilte davon und kam mit der örtlichen Medizin zurück.

Mit einer langsamen, mechanischen Bewegung schüttete Siegfried den Wodka ins Bier. Er trank es aus und blickte angewidert ins Glas. Er murmelte, daß er es einfach nicht glauben könne ... unmöglich ... so was gibt's nicht ... Er besitze viel Phantasie, aber sie stoße hier an Grenzen ...

Kolks Müdigkeit war verflogen. »Es würde mir« – er sagte es sinnierend –»genauso ergehen.«

Aus dem Schriftsteller brach plötzlich lautstark der Zorn:

»Ein Roman ist ein Roman! Da gelten andere Gesetze! Sollte ich schreiben, daß es keine Prostitution in unserer Republik gab? Das wär todlangweilig, kein Schwanz würde so ein Schlafmittel kaufen! Ich erfinde, was die Leute lesen wollen. Kennen Sie mein Buch? Nein? Möchten Sie einen Einblick gewinnen?«

»Absolut.«

»Ich schreibe zum Beispiel, daß Außenhändler Schalck heimlich Drogen importierte. Schalck und Politbüromitglied Schabo schnupfen gemeinsam mit Gorbatschow Koks im Armeepuff. Sie reden über die Zukunft der Deutschen Demokratischen Republik. Mein Romanheld Benno Kuhltzsch ist auch dabei, dazu ein paar nackte Weiber für den Kräuteraufguß. Im Rausch schickt das Sextett den Benno zum Test an die Berliner Grenze. Dort läßt er die Hose runter. Als die Posten seine zwei Penisse sehen, heben sie ohne Visum den Schlagbaum, weil sie meinen, daß Anomalien im Westen besser aufgehoben seien. Es sind aber noch mehr Leute da, die rüberwollen, sie alle behaupten, sie hätten einen doppelten. Die Posten sind verblüfft. So kommt die Maueröffnung friedlich zustande. Herr von Kolk, nun zeigen Sie mir mal einen Autor, dem so was einfällt!«

Kolk schob das Kinn vor und antwortete mit einem Hochachtungsschluck.

Literatur lebe von Überhöhung, Zuspitzung! rief Siegfried. »Aber das Leben übertreibt noch mehr! Präsident Clinton und die Praktikantin ...! Das klingt wie schlecht erfunden – aber es ist wahrhaftig passiert! Es geschieht immer wieder! Ich räume ein, es gibt Grenzen. Wer möchte sich den Minister Eichel mit einer indischen Informatik-Studentin unterm Schreibtisch vorstellen. Nein, für meine Erfindungen muß ich mich nicht entschuldigen! Schon Goethe wußte, daß Dichtung höher steht als banale Realität. Oder halten Sie den ›Faust‹ für ein Dokumentardrama?«

Einige Gäste schauten zu dem aufgeregten Mann, der begonnen hatte, das Ende der Sätze mit Faustschlägen auf den Tisch zu markieren. Der junge Kellner segelte vorbei, raunend, die nächste John-Milton-Night finde erst in zwei Wochen statt. Siegfried blaffte, er solle die Kurve kratzen, und schimpfte weiter: »Der alte Etappenfurz! War nie im Krieg und wollte mich verprügeln! Ich könnte ihn umbringen! Warum will er mir mein Erbe entziehen? Weil ich den Sozialismus dichterisch aufarbeite? Das System ist tot, ich schlachte den Kadaver aus, so bringt er noch Nutzen. In den Mittelpunkt stelle ich die bewaffneten Organe, sie waren das Rückgrat. Kein Roman ohne Stasi, unsere Gegenwartsliteratur beruht darauf. Durch das MfS fand der deutsche Roman wieder Anschluß an die Weltliteratur. Da mußte ich einsteigen, ich hatte keine Wahl! Wer zu spät kommt, den ... und so weiter! Auch die Autoren von drüben, ich meine die westdeutschen, stürzen sich drauf, obwohl sie keine Ahnung haben. Die Lackaffen sollen ihre eigenen Geheimdienste verbraten, die haben genug Dreck am Stecken. Mielke ist unser! Den Goldesel melken wir selber!«

Wieder schlug er mit der Faust auf den Tisch. Wie die Zitzen eines Euters umklammerte Kolk die schwappenden Gläser. »Ich produziere, was sich am besten verkauft! Das hat der Onkel in Amerika auch gemacht, wir sind beide Geschäftsleute. Er darf mich nicht enterben, das ist sittenwidrig! Wenn ich das Vermögen nicht kriege, an wen fällt es dann? An den Staat? Heiliges Kanonenrohr, wer kann so tief sinken, die Regierung zu beschenken!«

Darauf ließ sich anstoßen. Kolk schluckte den Gin und merkte, daß er das Abendbrot vergessen hatte. Der Leib mußte mit flüssiger Nahrung vorlieb nehmen. Er blickte ins Glas und sagte einfühlsam: »Ja, die Milliönchen sind im Eimer, tut mir ehrlich leid für. Sie müssen jetzt stark sein. Das schöne Geld, fünfundfünfzig ... nein, ich mag es nicht wiederholen. Ich hätte es Ihnen gegönnt. Bitte, Herr Siemund, nehmen Sie sich zusammen, das Leben geht weiter, es muß.«

Tapfer versuchte Siegfried zu lächeln. Den Augen entwichen Tränen, tropften links in das Bierglas und rechts, gelenkt durch die schiefe Nase, in den Wodka. Der Romancier wischte übers Gesicht und knirschte:

»Das morsche Ekelpaket. Ich hasse den Kommiß. Egal ob Wehrpflicht oder Berufsarmee – alles hirnverbrannt. Da kann ich nur wiederholen, was Herbert Marcuse, der große Philosoph, mal geschrieben hat – Worte, die man nie vergißt: ›Eine nackte Frau, die ihre Schamhaare entblößt, ist nicht obszön; obszön ist ein General in vollem Wichs‹.«

Den Spruch kenne er, rief Kolk, seit dem Wehrdienst sei das sein Lieblingszitat! Dabei behielt er die Tür im Auge, wo er den Eintritt von Naddel und Verona erhoffte.

Siegfried gewann seine Haltung zurück. Grimmig erklärte er, das Leben sei ein Schlachtfeld, mit Krieg in wechselnden Formen. »Schriftsteller fechten an vorderster Front, so war es zu allen Zeiten. ›Kunst ist Waffe‹ – das haben wir an der Erweiterten Oberschule gelernt. Jawohl, ich bin so frei zu erklären: Es war nicht alles schief, was bei Margot H. vermittelt wurde. Ich bin ein Kind der Republik, dazu stehe ich. Schade, daß mein Onkel das nicht hört, er würde aufhorchen. Ich kämpfe weiter – aber ich schaffe es nicht allein. Ich brauche Unterstützung. Herr von Kolk, verdammt noch mal, Sie sind Ostler wie ich. Ich nehme an, wir waren beide ... im Jugendverband?«

Als wäre er das Oberhaupt der Freien Deutschen Jugend, nickte Kolk souverän. Hier hockten zwei Kerle beisammen, durch Provenienz verbunden und Promille. Daraus entsprang männliches Verständnis, eine Solidarität, die Kolk beflügelte. Vielleicht stammten Naddel und Verona auch aus dem Osten, in dieser Nacht gehörten sie alle zusammen.

Vorgebeugt, mit gedämpfter Stimme kam Siegfried in zwingender Syntax zur Sache. »Kollege Kolk, sehen Sie nicht zur Tür! Denken Sie nicht an die beiden Flocken, nicht jetzt! Hier steht Höheres auf dem Spiel. Danke. Zur Sache: Ich hatte den Eindruck, daß mein Onkel Sie schätzt, daß er Ihnen zugeneigt ist, über geschäftliche Beziehungen hinaus. Das kleine Einmaleins der Menschenkenntnis – ich erfasse so was sofort.«

Kolk straffte sich auf dem Stuhl, bescheiden winkte er ab. »Ich bin nur ein kleiner inoffizieller Mitarbeiter. Ich sollte Sie suchen – ich hab Sie gefunden, mehr nicht.«

»Kommen Sie, stellen Sie Ihr Licht nicht unter den Scheffel. Sie sind ihm sympathisch, er mag Sie. Mich nicht, er will mich nie mehr sehen. Sie dagegen haben Zugang, er würde Sie anhören. Deshalb bitte ich Sie, daß Sie mit dem General reden. Sagen Sie ihm ganz offen, daß ich Sie darum gebeten habe.«

»Sie könnten ihm einen Brief schreiben.«

»Ach, der würde im Papierkorb landen. Ich brauche einen klugen Menschen, der es versteht, Emotionen anzusprechen. Ein Ermittler als Vermittler. Sie sind ein Mann mit Gefühl – das haben auch die Weiber gleich erkannt. Grienen Sie nicht, Frauen sind uns darin überlegen. Kollege Kolk, ich bin ein Waisenkind, meine Eltern sind früh gestorben. Ja, ich weiß, daß der General es weiß – erinnern Sie ihn trotzdem daran. Ich habe mich gefreut, daß überraschend der Bruder meines Vaters auftaucht. Wir hatten keinen Kontakt, ich wußte gar nicht, daß er noch lebt. Urplötzlich habe ich einen Onkel, einen richtigen Verwandten, der mich als Kind sogar mal in den Arm genommen hat. Das gefällt mir, auch ohne Aussicht auf Erbschaft hätte ich mich gefreut. Das ist die reine Wahrheit, in Herzenssachen konstruiere ich nichts, das mache ich nur beruflich beim Schreiben.«

Das klang aufrichtig. Kolk schwieg, wartete ab. Der andere versicherte, daß er Kolks Bemühungen finanziell entgelten werde. Humorvoll setzte er hinzu:

»Ich schreibe auch Verse, fassen wir es in einen Reim: Erst werben, dann erben. Zeigt mein Onkel Einsicht, wäre ich in der Lage, die Vermittlung großzügig zu honorieren. Geld hätte ich ja dann reichlich. Auf mein Ehrenwort ist Verlaß. Wenn Sie wollen, gebe ich es Ihnen auch schriftlich.«

Er reichte dem Detektiv die Hand, sie wechselten einen Druck. Kolk sagte, er könne den Onkel aufsuchen, mit ihm reden. Aber er hege Zweifel an einem Erfolg der Fürbitte. Mission impossible, leider. Siegfried hielt dagegen, das wüßten sie erst dann, wenn er es ausprobiert habe.

»Sprechen Sie mit ihm, teilen Sie ihm unsere Unterhaltung in allen Einzelheiten mit. Vielleicht braucht es mehrere Gespräche, kochen Sie ihn weich. Sagen Sie ihm, daß meine Frau Gwendolyn bald aus New York herkommt. Wir denken an ein Kind – besser zwei, ein Pärchen. Wenn er mich enterbt, trifft es auch meine Frau, Bürgerin des Landes, dem er sein Vermögen verdankt. Ja, ein starkes Argument, bitte behalten Sie es im Kopf. Und gehen Sie ihm mit Fragen auf die Nerven. Will er unsere Kinder, seine Großneffen, in eine unsichere Zukunft stoßen? Bücher sind heutzutage eine verderbliche Ware. Schreiben heißt schwanken, der Erfindergeist ist flüchtig – ich kann nicht sagen, ob mir morgen noch was einfällt. Und wer weiß, ob es dann noch Sozialhilfe gibt in Deutschland. Gehen Sie auch auf die internationale Lage ein, daran ist er von früher aus der Zeitungsschau gewöhnt. Vor meiner Familie liegt die düstere Perspektive des entfesselten Turbokapitals. Rufen Sie Manchester! und Neoliberalismus! – da schreckt jeder Altlinke aus dem Nachmittagsschlaf. Dazu noch: Globalisierung! – und der Genosse ist zu allem fähig. Kommen Sie – aber behutsam! – auf sein Lebensalter zu sprechen. Falls er in ein Seniorenheim übersiedeln muß, würde ich ihn mit Frau und Kindern besuchen. Oder er wohnt bei uns, wir kümmern uns um ihn, egal auf welcher Pflegestufe. Das hätte ich auch ohne Erbe gemacht, das muß er mir glauben.«

Aber Kolk blieb skeptisch. »Der General ist ein Mann von Grundsätzen. Unsere Republik war sein Leben. Mit Ihrem Buch haben Sie quasi auf seine Biografie gepinkelt, das kann er Ihnen nun mal nicht verzeihen.«

Den Einwand schien der andere erwartet zu haben. Er ballte die Faust und erklärte mit Nachdruck:

»Meine Familie ist auch seine Familie. Wenn er sie benachteiligt, wäre das Sippenhaft. Erst die Familie, dann das System – so lautet das höchste Gebot. Wo kämen wir sonst hin. ›Rot ist schön‹ ist auf dem Markt, ich kann die Schwarte nicht ungeschehen machen. Aber es gibt einen Ausweg ... ja, den gibt es: ... Ich könnte ein neues schreiben!«

Besorgt horchte Kolk auf. »Noch eins?«

»Das ist der Beruf, meine Berufung. Hören Sie zu. Vor kurzem hatte ich ein Schlüsselerlebnis. Hier im ›Paradise‹ war es, wir saßen mit einem Schauspieler zusammen. Er war populär in unserer Republik, mit Talent und Hingabe hat er sozialistische Persönlichkeiten verkörpert, fesche Genossen, sogar einen Piloten, die fliegende Leitfigur schlechthin. Nun aber sprach er von der DDR nur als *Tätterättä*. Immer wieder, hämisch, als wolle er dem Land, in dem er groß wurde, noch eins auswischen. Zur eigenen Rechtfertigung einen Stein ins Grab nachwerfen: Tätterättä. Keiner sonst benutzte den dümmlichen Ausdruck, nicht mal die ehemaligen Bürgerrechtler. Sie kannten ja die Rollen, die er früher gespielt hatte. Ein Grinsen wanderte um den Tisch, peinlich. Der Schauspieler merkte den Spott, die Verachtung zu spät. Verdutzt saß er da, reich geworden, fett geworden. Verlegen verstummte er, man hätte ihn in einer Tüte wegtragen können.

Da durchfuhr mich ein Blitz! Der schmerzhafte Schnitt einer Zäsur! Die gelähmte Vergangenheit erwacht, sie fordert Überprüfung! Differenzierung! Trennung der Spreu vom Weizen! Kollege Kolk, schauen Sie mal nach hinten! Der Wirt hat eine DDR-Ecke eingerichtet. An der Wand Plakate von früher, für Rotkäppchen-Sekt. Sprelacart-Tische, schwer aufzutreiben. Unsere Zigarettenmarken sind wieder im Sortiment. Freitags werden die alten Schlager gespielt. Merken Sie was? Und das noch: Neulich marschierten chinesische Sportler ins Lokal. Sie sehen die DDR-Ecke und sind wieder raus. Nachmittags kamen sie wieder, sie hatten dunkelblaue Trikots angezogen, von unserer früheren Nationalmannschaft, mit Emblem: Hammer, Zirkel, Ährenkranz. Der Trainer drückte dem Wirt die Hand und sagte: Togethel is togethel! – Kolk, kapieren Sie? Die neue Welle darf man nicht verschlafen, da heißt es reagieren! Wer zu spät kommt, den bestraft ... Ich glaube, das hatte ich schon zitiert.«

Der Erfahrung mit Aktien eingedenk, nickte Kolk gramvoll. Der Autor hob prüfend das Glas.

»Ich ging nach Hause und fing an, über die Konzeption für einen neuen Roman nachzudenken.«

Er leerte es bedächtig, wobei er über den Rand den Gesprächspartner erwartungsvoll fixierte. Und Kolk, geschmeichelt, erwachende Leseratte, kunstdurstig, ein Bibliophiler in spe, fragte hurtig, wie die Fabel laute, der Plot, die Story, kurzum: der Inhalt?

Der Blick des Schriftstellers wich ab, zoomte ins Weite. Indem er sprach, warfen seine Hände magische Zeichen in die Luft, Umrisse einer Romanfrucht zwischen Vorspiel, Zeugungsakt und erstem Schrei.

»Ostberlin, in den achtziger Jahren. Eine Gruppe von Jugendlichen. Ein paar Blauhemden. Das ist wichtig, da steigt der Onkel gleich ein. Er hatte das Hemd immer griffbereit, hat keinen Schwof im Jugendverband ausgelassen. So hat's mir mein Vater über seinen Bruder erzählt. Eine Liebesgeschichte. Ein Tanzlokal, einer der üblen, gemütlichen Schuppen, die es überall gab in unserer Republik. Auch die Mauer kommt ins

Bild, als exotischer Hintergrund. Es kracht mal – aber nur als Fehlzündung von einem Trabi, das bringt noch einen Lacher. Ein Volkspolizist, charakterlich facettenreich: mal parteistreng, mal onkelhaft hilfsbereit, mal doof.«

»Polizei!« rief Kolk, das löse bei ihm sofort Assoziationen aus. »Herr Kollege, darf ich mal fabulieren? Also: Der Vopo ist verheiratet, es stellt sich Nachwuchs ein. Man braucht einen Wickeltisch. Sie kaufen ein Mehrzweckmodell, das zusammengeschraubt werden muß. Ein Polizist unterm Tisch – sogar ohne Dialog ist das schon mal saukomisch. Dann klappt die Platte hoch, das Baby fliegt durch die Luft. Die Mutter fängt es auf und sagt was Passendes. So könnten wir der marxistischen Möbelindustrie noch eins reinwürgen.«

Siegfrieds Nasenspitze wanderte skeptisch von links nach rechts. Er schüttelte den Kopf und sagte:

»Vorsicht, langsam, mein Lieber. Haben Sie das multifunktionelle Möbelstück in meiner Wohnung gesehen? Ikea. Beim Aufbau hätte sich Verona fast enthauptet. Ich darf auch den Vopo nicht übertrieben dämlich zeichnen. Viele sind ja noch im Dienst. Naddels Vater war Oberleutnant bei der Volkspolizei, jetzt regelt er den Verkehr an der Oranienburger. Der ist sowieso sauer auf mich.«

Ganz Ohr, verlangte Kolk zu wissen, wie der Titel des neuen Romans laute. »Den habe ich noch nicht, leider.« Siegfried dampfte. »Ein zündender Titel ist Gold wert. ›Rot ist schön‹ war Spitze, das ging unter die Haut. So eine Idee kommt dir nicht jeden Tag. In meinem Kopf rattert die Suchmaschine. Ein schwacher Titel bremst den Absatz. Ich brauch'n Heuler, 'n richtigen Bretterknaller!«

Nun glühte auch Kolk in der Hitze der Nacht. Durchs Hirn rauschte des Gins schöpferische Brandung ... sie war ... war blau ... blau wie die Hemden des Jugendverbands. »Blau ist schön!« stieß er hervor. »Wie wär's damit?«

Siegfried stutzte. Er schien auf dem Stuhl zu schwanken. Aber es konnte auch Kolk selbst sein, oder sie taten es beide.

»Hmh ... ja ... klingt gut: Blau ist schön ... Hmmmh ... nein, läuft doch nicht. Entschuldigen Sie, Kolk, in Deutschland wird mächtig gesoffen, ein Autor trägt gesellschaftliche Verantwortung. Aber Sie bringen mich auf eine Spur. Am Hemdsärmel war das Emblem aufgenäht, die aufgehende Sonne. Die scheint überall, das assoziiert Lebenslust, Bräunung, Ferien. Mallorca, ich meine damals Rügen, Bulgarien, Sonnenstrand oder der Plattensee in Ungarn. Sonne ist populistisch, da stehn die Leute drauf.«

Sofort im Bilde, bot Kolk ›Ein Platz an der Sonne‹ an.

Siegfried wandte ein, das sei ein Film mit Elizabeth Taylor gewesen. »In die war ich mal verknallt. Titelklau geht nicht ... aber ginge das: Auf der Sonnenseite?«

Kolk überlegte. Er nahm einen großen Schluck und erklärte, das sei ein kommunistischer Erfolgsfilm mit dem Krüger gewesen.

»Mike Krüger?«

»Nein, Manfred Krüger. Aber wie klingt das hier: Der Sonne Glut?«

Auch der Einfall sei schon vergeben, meinte Siegfried. »Das war so ein überhitzter Jugendverbandsstreifen, von einem gewissen Marius«.

»Marius war'n römischer Feldherr, hat die Tötönen ... Teutonen besiegt. Ich war mal ... hick ... Lehrer früher«, fügte Kolk mit stolzem Schluckauf hinzu.

»Stimmt«, räusperte Siegfried, »der Film stammt von Marian, Edwin Majoran oder so ähnlich.«

Sie ermittelten weiter. Auch wenn er Einfälle verwarf, fand Siegfried für Kolks Bemühungen anerkennende Worte. Sogar von Kreativität war die Rede, in jedem Menschen stecke ein Künstler. Scheu senkte der Belobigte den Kopf und war ernstlich versucht, dem Autor das Erbe zu wünschen.

Sie tranken, und es schien, daß jeder Eichstrich eine neue Idee gebar. Gleichwohl blieben sie kritisch. ›Sonnensucher‹ war auch schon besetzt, zudem hatte Uran keinen guten Ruf mehr. Dagegen sprach auch der Umstand, daß Leute, die etwas suchen, es noch nicht gefunden haben.

Sie kamen voran, wenn auch nur im Aussondern des Ungeeigneten. Kolk begann zu begreifen, daß Schriftstellerei Schwerstarbeit sein kann. Der Titel ›Und immer wieder geht die Sonne auf‹ ähnelte einem Schlagertext, auch fehlte darin die Überraschung. ›Der Sonne entgegen‹ stand, wie Siegfried wußte, über einem monströsen Killerfilm. ›Nur die Sonne war Zeuge‹ war auch schon belegt, zudem konnte die Aussage boshaft gegen die Deutsche Demokratische Republik interpretiert werden. ›Sonnenboulevard‹ fiel durch den Rost, weil beide meinten, es führe die Leserschaft nach Paris in die Irre.

Sie grübelten und tranken. Plötzlich rief Kolk:»Ich hab's! ›Sonnenaufgang‹! Ein Film von Michelangelo! Alter Titel, längst vergessen. Den schnappen wir uns für den neuen Roman!«

»Mikkel ... angelo?« Siegfrieds Zunge stieß an, er runzelte die Stirn. Er habe den Film gesehen, beteuerte Kolk, garantiert ein Streifen aus Italien.

Aber Siegfried war auf der Hut. ›Sonnenaufgang‹ sei ein amerikanischer Film von Murnau. »Mein Bester, Sie verwechseln das mit ›Sonnenfinsternis‹, das war ein Film von Michelangelo Antonioni.«

Kolk strebte schon weiter voran. »Gesicht zur Sonne!« verkündete er knapp. Verdammt schmissig klang das. Stolz auf den Einfall, schwenkte er das Glas.

Siegfried seufzte. »Das fehlte uns noch. ›Gesicht zur Sonne‹ – so heißt übersetzt die alte Hymne der Franco-Diktatur in Spanien. Die ist dort in gewissen Kreisen noch lebendig. Kolk, sagen Sie mal, haben Sie einen in der Krone? Mein lieber Jugendfreund, wir müssen aufpassen, ich will nicht noch mal enterbt werden!«

Sie diskutierten dann eine Weile über ›Sonnengasse‹. Der Titel war vermutlich noch frei. Er kündete von anheimelnder Enge bei freiem Lichteinfall. Wegen der Nähe zur Sackgasse wurde er wieder verworfen.

Der Schriftsteller winkte den jungen Kellner herbei, bat ihn, noch eine Ladung Gin und Wodka auf den Tisch zu stellen. Siegfried sagte Hasso, Hasso sagte Siggi, der Kellner hieß Pommi. Es wurde unübersichtlich. Siggi gestand, daß ihn eine zweite offene Stelle plage.

»Neben dem zwiespältigen Vopo und den schwankenden Jugendlichen möchte ich einen Gutmenschen einbauen. Im ersten Roman habe ich das versäumt, dort agierten nur krumme Hunde. Ich muß an meine Leser hier im Osten denken, die sind an positive Helden gewöhnt, sie bräuchten wieder mal einen. Aber welche Figur das sein könnte – da zerbreche ich mir noch den Kopf.«

Spontan schlug Kolk einen Mediziner vor, einen volksverbundenen Chirurgen, ja, einen Orthopäden! Das Fach sei angenehm unpolitisch, laufen wolle jeder in jedem System, hochsteigen, weglaufen manchmal auch. Und Siegfried meinte – »Hej, Herr Nachbar, nicht übel!« – das sei zu erwägen. Und Kolk, heiß am Stoff, empfahl die Ausweitung der trächtigen Linie.

»Unsere Polikliniken wurden von Betonköpfen aus dem Westen zerschlagen. Um Privatpraxen aufzubauen, mußten sich tausende Ärzte hoch verschulden. Siggi, Sie müßten die Handlung in die Wende und danach verlegen. Da könnten wir die Jugendlichen und den Volkspolizisten einsetzen. Sie bilden eine Kampfgruppe, verteidigen die Poliklinik, in der ein paar Eltern von ihnen arbeiten. Die neue Polizei greift ein, es gibt Verletzte ... der brutale Anblick des Blutes bewegt das junge Liebespaar, ein Medizinstudium aufzunehmen ... ein paar Jugendfreunde schließen sich an, sie schwören, eine ... wie heißt das ... eine Gemeinschaftspraxis zu gründen und sich weiterhin mit *Freundschaft!* zu grüßen. Auf so was fährt der General ab!«

»Hmmmh«, sagte der Schriftsteller. Kolk drängte weiter: »Ein Wessi reißt sich die Klinik unter'n Nagel. Rückgabe vor Entschädigung, das Grundstück hat im 16. Jahrhundert einem Urahn gehört. Unrecht Gut gedeihet nicht, mit den alten Sprichwörtern ist nicht zu spaßen ... Fortsetzung folgt, der Wessi kriegt Krebs, auch den positiven Helden erwischt es, ein Autounfall kommt immer an. Auch sterbend sind sie noch verfeindet, jeder im Einzelzimmer. Eine kluge Schwester schiebt sie zusammen in ein Doppelzimmer. Eine bezaubernde Schwarze, die nicht spricht. Sie ist durch den Sprachtest gefallen, sie wird illegal beschäftigt, Kongotarif, fünf Mark die Stunde. Sie lebt im Kirchenasyl, vor dem Gotteshaus lauern die Bullen, die Schwester kommt durch einen unterirdischen Gang in die Klinik. Das ergibt eine kleine fiese Nebenhandlung gegen den Staat. Die Schwester macht alles mit den Augen, so setzt sie die Versöhnung in Gang. Einer stirbt, einer kommt durch. Welcher, ist eigentlich egal, sind ja beide Deutsche. Der Sterbende ... hicks ... 'tschuldigung, verkündet, wie er die Zukunft gestalten will, aber er kann es nicht mehr. Der andere wird es machen müssen ... als ... gewissermaßen als Auftrag. Es wird kein Geld vererbt, sondern Humanität, zukünftige. Aber er sagt nicht, wie er es umsetzen will. In der Kunst ist es wie in der Politik: Das Wichtigste bleibt immer offen. Ich könnte mir vorstellen, daß dazu Musik von Jimi Hendrix durchs Zimmer rauscht.«

»Wieso? Wir hören nichts. Das ist kein Film, wir sind ... hicks ... innem Roman!«

»Siggi, is Ihre Sache, wie Sie das ... Sie sinner Autor. Die Patienten könnten über die Git...Gitarrentechnik von Jimi reden ... der Tod naht ... un die beiden quatschn über elektronische Verfremdung ... da war Hendrix 'n As. Der Leser liest un inner Phantasie hört er Musik ... Siggi, Sie machn das, dis kerbt ein, is'n Ding, fttt!«

Der andere schnaufte skeptisch; schnell kam Kolk zum Abschluß:

»fttt ... Die schwatte Schwester zieht das weiße Laken übern Toten. Der andere lebt ... fttt, schläft ... Zwei-bett-bett-zim-zim-mer ...« Mühsam brachte Kolk das Wort hervor und mußte ausruhen. Dann, in Siegfrieds gespannte Miene, Kolk konzentriert verträumt: »... Ins Fenster ... 'n So-Sonnenstrahl ... dünn, schwach ... Hoffnung nur angedeu... fttt ... verstehste? Mann, da müßte sich doch ein Tit ... Tit ...«

Klar durchsichtig perlten die Worte durch Kolks Hirn, aber die Zunge artikulierte sie in einer fremden Sprache. Hochdeutsch war es nicht. Verwundert lauschte Kolk dem neuen Idiom. Erstaunt vernahm er, daß Siggi in gleichem Irrealis antwortete. Es war ein singuläres Erlebnis, in langhin schwebenden Perioden genossen sie es. Im Chatroom einer hochprozentigen Zweisamkeit kommunizierten sie schwindelfrei, verstanden sie einander sogar dann, wenn sie gleichzeitig redeten.

Obwohl die Sonne nicht scheine, so Kolk, sei die Nacht die schönste des späten Frühlings. Eine Steigerung, so Siggi, könne immer eintreten. Zeitlupenhaft fragte Kolk, was ... was er damit meine. Siegfried versuchte den Zeigefinger zu heben. Dabei sah er zur Tür, durch die Naddel und Verona ins ›Paradise‹ rauschten.

Beide wollten aufstehen. Es war zu spät. Das letzte, was Kolk erfaßte, war an Veronas gepierctem Nabel der kleine silberne Pegasus. Sein Kopf fiel vornüber und stieß mit dem sinkenden Haupt des Schriftstellers zusammen. Mit einem hohlen Laut sackten sie auf den Tisch und gaben in einer gemeinsamen Pfütze den Geist auf.

9

Die Glocke der nahen Kirche läutete zur Mittagsstunde. Kolk erwachte. Beim dritten Anlauf gelang es ihm, sich hochzustemmen. Er verschnaufte, stieg aus dem Bett. Abgestützt an der Wand, machte er sich auf den Weg zur Dusche.

Der Wasserguß klatschte auf den Kopf, rauschte durch das Gedächtnis. Was war in der Nacht geschehen? Er versuchte, das Bildmaterial im Kopf zu belichten. Manches blieb dunkel. Konnte es wirklich sein, daß ihn zwei Frauen entkleidet und flachgelegt hatten ... oder war es nur trunkene Männerphantasie? Er wies den Gedanken von sich, daß beide auf ihm gesessen hatten. Nacheinander? Doch nicht etwa gleichzeitig? Nein, auch der herrschenden Verderbnis waren Grenzen gezogen. Vorsichtshalber brach er die Rückschau ab, ein Detektiv muß nicht alles ermitteln.

Während er sich abtrocknete, rief Emma aus ihrer Wohnung an. Sie wollte zu ihm nach oben ins Büro kommen. Mit dem Hinweis, er müsse einen wichtigen Bericht beenden, verschob Kolk die Besprechung auf später. Er stellte das Telefon ab, nahm eine Flasche Mineralwasser und ein trockenes Brötchen zu sich und sank wieder ins Bett.

Um die restlichen Schadstoffe auszuschwitzen, suchte er am frühen Abend die Boxhalle auf. Schnaufend und stolpernd bewältigte er die obligatorischen zehn Minuten Seilspringen.

Danach trieb ihn der Alterspräsident des Comeback-Boxklubs zur Sprossenwand.

Mit ausgestreckten Armen hing er an der oberen Strebe; die Füße durften den Boden nicht berühren. Der Trainer stand drei Meter entfernt und warf ihm den Medizinball an den Bauch. Die Übung stärkte die Muskeldecke, half eine Panzerung gegen Körpertreffer zu bilden. Der Präsident, wie viele Hochgestellte zur Tücke neigend, wechselte die Intervalle, täuschte Würfe nur an, die er dann überfallschnell ausführte. Der hängende Partner durfte sich nicht überrumpeln lassen. Flog das Geschoß heran, mußte er flugs ... hechchch! ... ausatmen und die Magendecke wölben, so daß die Kugel abprallte.

Kommissar Schmidt betrat die Halle. Zum Training hatte er sich schon umgekleidet. Er entdeckte Kolk und kam zum Sprossengitter.

Der Präsident gab ihm den Medizinball und befahl, die Übung fortzusetzen. »Eisenhart! Klatsche unseren Möchtegern-Klitschko so lange an die Wand, bis es hier nicht mehr nach Schnaps stinkt!«

Schmidt holte Schwung und wuchtete das Geschoß über die Distanz gegen den Sportfreund. Von Iron Kolks Stahlbauch fiel es zu Boden.

»Härter!« rief Kolk. Der Kommissar hob den Ball auf und fragte: »Kennst du einen gewissen Siemund? Otto Siemund?«

»Wieso?«

»Gehört er zu deinen Kunden? Was weißt du über ihn?«

Lässig erklärte Kolk von der Sprosse herab, er sei nicht verpflichtet, Auskünfte über Klienten zu erteilen. »Als Polizeibediensteter sollte dir das bekannt sein. Bitte halte dich an die Gesetze. Und jetzt möchte ich weiter trainieren. Jedermann an jedem Ort, in der Woche einmal Sport. Weißt du, von wem die

Losung stammt? Ich sage es lieber nicht. Los, beweg dich, fauler Bulle, schmeiß den Ball!«

Der Kommissar wog die Kugel in der Hand. »Ich glaube, dieser Herr Siemund hätte nichts dagegen, daß du mich informierst.«

»Woher willst du das wissen, hast du ihn gefragt?«

»Das ging nicht mehr. Tote geben keine Auskunft.«

Das schwere Lederei rammte in Kolks Magen. Er hatte vergessen auszuatmen, die Bauchmuskeln zu spannen. Von der Sprossenwand fallend, krümmte er sich, rang nach Luft. Schmidt packte seine Hand, zog ihn vom Parkett hoch. Kolk ächzte, sein Magen rebellierte. Der Kommissar wich zurück und bat: »Reiß dich zusammen, das hier ist eine Westhalle. Ein Ossi säuft, aber er übergibt sich nicht ... Geht's wieder? Armer Hasso, leichenblaß der Kleine. Ich glaube, eine Erholung täte dir gut. Hast du Lust, den Toten zu identifizieren?«

Im Gebäude der Gerichtsmedizin gelangten sie über eine Treppe in die Katakomben. Die Gänge glänzten, es roch klinisch sauber. Kolk war zum ersten Mal in der Pathologie, er überlegte, wie viele Leichen hinter den Türen lagerten. Schmidt kannte den Weg, er schritt voran, für ihn war es Routine. Kolk tat es ihm gleich, professionell nickte er Leuten vom Personal zu, als wäre er der mit dem längsten Skalpell.

Der lange Raum, den sie betraten, lag in brutaler Helligkeit. Aus dem Hintergrund kam eine Ärztin mit müden Augen, die Blickkontakt vermied. Nachdem sie ein paar Worte mit dem Kommissar gewechselt hatte, wandte sie sich zu dem Tisch mit dem abgedeckten Körper und schlug das Tuch zurück.

Der General war unrasiert. Die Haare standen auch aus der Nase. Sie lieben das Leben, wachsen noch eine Weile weiter.

Die Miene friedlich, entspannt. Der General i.R., nun war er wirklich im Ruhestand. Hingestreckt lag er, Ex-Militär, Ex-Millionär, exlebendig, mausetot.

»Ja, das ist er«, sagte Kolk. »Otto Siemund, mein Klient.« Sein Gindunst war ihm peinlich, obwohl der General ihn nicht riechen konnte. Er drehte den Kopf und sagte nach einer Pause: »So ein elender Mist.« Die Ärztin sah ihn kurz an. Er war froh, daß sie nicht mit Essen befaßt war. In Filmen kauen abgebrühte Gerichtsärzte Brathähnchen oder beißen knirschend in Äpfel. Oder sie mampfen, während sie die Leiche aufdecken, Hamburger, aus denen Ketchup tropft. Die Älteren haben Stullen mit, die sie vor dem Wehrlosen auswickeln.

Kolk verhielt den Atem. In dem gekachelten Raum war es kühl und still. Eine keramische Kirche, es fehlte nur die Orgelmusik. An der Längsseite waren drei Reihen kleiner Stahltüren angeordnet, wie Gepäckfächer. Nein, keine Kirche – ein Postamt war es, das allerletzte. Ein Schildchen an die Zehe gehängt – und ab in die Ewigkeit, an den unbekannten Empfänger, von dem keiner weiß, ob es ihn überhaupt gibt.

»So ein Mist«, wiederholte Kolk hilflos, und der Kommissar nahm ihn an der Schulter und dirigierte ihn zur Tür.

Vor dem Gebäude schaute Kolk benommen um sich, er wollte in die falsche Richtung laufen. Schmidt hakte ihn unter, führte ihn zum richtigen Auto.

Schon auf dem Weg zur Gerichtsmedizin hatte Kolk berichtet, was er über Otto Siemund wußte. Auf Schmidts Fragen hin ergänzte er einige Details, erwähnte auch Siemunds Hinweis auf eine Schnüffelei im Hotelzimmer.

Sie erreichten die Polizeidirektion und fuhren in den Innenhof. Sie stiegen aus und gingen zur Kantine.

Abends saßen nur wenige Beamte an den Tischen.

Schmidt entschied sich für Bier, Kolk wollte es auch. Von der Ausgabe kam der Kommissar mit nur einem Bier zurück, für den Begleiter brachte er Tee. Als Kolk protestierte, schlug er das Jackett zurück und zeigte seine Dienstwaffe. Trübsinnig blickte Kolk in die Tasse, während Schmidt noch einmal die polizeilichen Feststellungen aus der letzten Nacht durchging.

Ein Taxi rollt durch die Schönhauser Allee, vorbei an der Sparkasse Ecke Wichertstraße. Die Fahrerin bemerkt einen älteren Mann, er sitzt auf einem Stuhl im beleuchteten Eingang der Filiale. Er ist allein. Er raucht Pfeife, trinkt aus einer Flasche. Daneben steht eine ganze Batterie davon und ein Kofferradio. Es gibt viele skurrile Figuren in der Stadt, vielleicht ist es nur ein schlafloser Penner.

Eine Stunde später, schon weit nach Mitternacht, fährt das Taxi wieder über die Kreuzung. Der Stuhl ist leer. Ein paar Schritte entfernt, liegt eine Gestalt an der Hauswand. Die Frau hält an, geht zurück. »Ein mütterlicher Typ«, sagte Schmidt, »ihr Sohn ist gerade auf Entzug."

Otto Siemund war von vorn erschossen worden. Zwei Kugeln ins Herz, eine hätte genügt. Die Taschen des Opfers waren leer, bis auf eine Hotelkarte und ein Notizbuch, das auch die Adresse von Kolks Detektei enthielt. Von den befragten Anwohnern hatte keiner Schüsse gehört. Das Labor würde klären, ob ein Schalldämpfer benutzt worden war.

Raubmord, es sah danach aus. Kolk sagte, daß Siemund gern reichlich Bargeld bei sich getragen habe. »Ganze Bündel Hundertmarkscheine, noch mit Banderole, auch Fünfhunderter und Tausender. Siemund hat mit dem Geld um sich geworfen, in den teuersten Restaurants. Mein Vater hat geschimpft über die Großtuerei.«

Auch Schmidt vermutete einen Raubüberfall. Sie gehören zum Alltag der Großstadt. Häufig sind alte Leute die Opfer. Sie lieben Bargeld, als besäße es eine vitalisierende, lebensverlängernde Wirkung. Sogar Siemund, ausgestattet mit goldenen Kreditkarten, fingerte gern mit Cash herum. Eine der vielen Hyänen, die Berlin durchstreiften, hatte den generösen alten Herrn beobachtet. Vielleicht war es eine Bande. Auf größere Geldbeträge hoffend, hatten sie das Hotelzimmer durchstöbert. Später unternahmen sie den nächtlichen Überfall. Der knorrige Kämpe setzte sich zur Wehr – so wurde aus Raub ein Tötungsdelikt. Berlin war nachts ein gefährlicher Ort.

Die Theorie klang logisch. Aber der Vorfall im U-Bahnhof Alexanderplatz paßte schlecht hinein. Falls es kein Unfall war, sondern ein Mordversuch, brach die Theorie vom Raubüberfall zusammen. Wer jemanden ausplündern will, stößt ihn nicht auf die Gleise. Oder hatte der Vorfall am Bahnsteig gar nichts zu tun mit dem Mord in der Schönhauser Allee?

Schmidt kam auf den Neffen zurück, von dem Kolk erzählt hatte.

»Über diesen Siegfried Siemund möchte ich mehr erfahren. Ist er der einzige Erbe? Aha. Aber erben konnte er ja erst nach dem Tod des Onkels. Die beiden hatten sich verkracht, waren zerstritten? Hm ... Na klar, Onkelchen war sauer, es gab nichts mehr zu erben. Um wieviel Geld geht es hier eigentlich?«

Kolk nannte den Betrag. Schmidt verschluckte sich am Bier. Er hustete und schimpfte:

»Das sagst du mir erst jetzt! Da haben wir das Motiv! Fünfundfünfzig Millionen Dollar! Dafür lege ich dich sofort um! Ich mach's schon für die Hälfte! Bei solchen Summen killt jeder jeden. Nein, mein Lieber, das war kein gewöhnlicher Raubmord, es ging nicht um ein Bündel Scheine in der Brieftasche. Eine riesige Hinterlassenschaft steht auf dem Spiel! Trink deinen Tee, wir gehen es noch mal durch, also:

Der vorgetäuschte Unfall in der U-Bahn schlägt fehl. Damit scheitert der Versuch, ohne Verdacht auf kurzem Weg an das Vermögen zu kommen. Überraschend spitzt sich die Lage zu. Siemund gerät mit dem Neffen aneinander und bricht mit ihm. Wenn der alte Herr ein entsprechendes Testament aufsetzt, ist das Erbe futsch. Alarmstufe Rot, es mußte sofort gehandelt werden! Mord, getarnt als ordinärer Straßenraub. Gib mir die Adresse des Neffen, ich nehme ihn in die Mangel.«

Gegen die neue Theorie erhob Kolk Einspruch.

»Zur Tatzeit saß ich mit Siegfried Siemund im Lokal. Wir konnten kaum stehen, geschweige schießen. Er hätte den Fernsehturm auf zwei Meter verfehlt. Nein, Euer Ehren, Sie sind auf dem Holzweg.«

Den Einwand wischte der Komissar vom Tisch.

»Ich behaupte nicht, daß er es selbst erledigt hat. Für ein paar tausend Mark kannst du Spezialisten aus Rußland oder Albanien kommen lassen. Killertourismus. Sie reisen mit Besuchervisum ein und verschwinden gleich wieder. Das erschwert unsere Ermittlungen. Und was deinen neuen Saufkumpel betrifft – ich tippe mal, daß er dich als Alibi in die Kneipe eingeladen hat. Und das Superhirn vom Prenzlauer Berg hat es nicht gemerkt. Statt Spürnase nur Schnapsnase, haha. Trink endlich deinen Pfefferminz-Absacker, ich hab ihn bezahlt.«

Mürrisch griff Kolk zur Tasse. Ein solches Getränk hatte er zuletzt bei Erkältungen in der Kindheit zu sich genommen. Noch weniger als der Trank schmeckte ihm Schmidts Verdacht. »Nein, du liegst schief. Siegfried Siemund ist ein Schlitzohr, ein kleiner Nutznießer der Wende. Er schreibt gängige Schwindelgeschichten, ein Opportunist wie andere auch. Ansonsten ist er okay, beileibe kein Gewaltmensch. Schürzenjäger, kein Menschenjäger. Irgendwie mag ich ihn, er ist nett, ein normaler Bürger.«

Schmidt blähte die Backen zu einer Grimasse. »Wer ist schon normal. Du würdest dich wundern, wie viele normale Bürger Verbrechen begehen. Ein Vermögen von Millionen Dollar – da platzt der zivile Lack weg. Viel Geld, viel Mord – so lautet meine Erfahrung aus zwanzig Berufsjahren.«

Aber Kolk beharrte auf seinem Menschenbild. »Siegfried Siemund ist Künstler, ein Schriftsteller. Wenn er mordet, dann auf dem Papier, nicht bewaffnet auf der Straße.«

Der Kommissar versicherte, er habe nichts gegen *Buchmacher*. »Heutzutage gibt's ja nur noch Krimis. Meine Frau schmökert das Zeug. Dann will sie mit mir drüber reden – ›auswerten‹ nennt sie's! Reibt mir unter die Nase, daß in der Regel der Detektiv recht behält. Der schlaue Schnüffler schnappt den Täter, reicht ihn an die beschränkten Bullen weiter. Mit ein paar flotten Sprüchen, die Brigitte anstreicht und mir nach dem Abendbrot vorliest. Dazu ein Gläschen Wein, prost Mahlzeit. Einen Schriftsteller wegen Mord dranzukriegen wäre die Krönung meiner Laufbahn, auch ein Höhepunkt in meiner Ehe.«

Kolk wandte sich ab, er ließ den Kopf hängen. Der General sagte: Ich habe keine Feinde. Siemund hielt sich nicht für gefährdet. Auch Kolk hatte sich geirrt. Die Bedrohung spürend, hatte er sich die Witterung ausreden lassen. Er fühlte sich mitschuldig. Er hätte auf den General aufpassen müssen, rund um die Uhr. Das war unmöglich, es hätte nicht funktioniert. Er hätte die Polizei informieren müssen. Siemund hatte es abgelehnt. So ein elender Mist. Er sah das Gesicht des Toten. Auch wenn er die Augen schloß, hatte er es vor sich. Er wußte, daß ihn der Anblick lange heimsuchen würde ...

»Der General und ich waren kein Paar ... hab seine Honorare geschätzt, nicht ihn. Er hat in beiden Systemen bequem gelebt ... Grober Klotz, neureicher Angeber ... am Ende nur ein alter Mann, der'n bißchen menschliche Wärme finden wollte. Vielleicht hätte er noch ein paar gute Jahre gehabt. Der Neffe sollte das Vermögen kriegen. Vielleicht hätte das noch geklappt, trotz der dummen Schwarte ... Siemund wollte die junge Frau kennenlernen, er wollte mit kleinen Kindern spielen – das übliche Getue alter Leute. Ich glaube, er ist auch gekommen, um in der Heimat zu sterben. Aber nicht auf die Art.«

Kolk pausierte. Er putzte die Nase und sagte: »War als junger Bursche mächtig hinter den Mädchen her. Hat mir mein Vater erzählt. Hansdampf in Jugendklubs, Siemund hat keinen Schwof ausgelassen, mit und ohne Blauhemd. Mädchen umarmen und die Welt verbessern, das gehört zusammen – so'n Zeug soll er geredet haben. Meinen Papa hat er hier zu ein paar Verrücktheiten verleitet – das schafft sonst niemand. Naja, am liebsten spielen Gleichaltrige zusammen, das gilt auch für Rentner. Nun muß ich meinem Vater beibringen, daß Siemund ... Verdammt, das ist nicht gut für sein Herz «

Er trank einen Schluck Tee, spuckte ihn wieder in die Tasse. Schmidt erklärte, sogar für ihn sei es immer wieder prekär, vor Menschen zu stehen, denen von Menschen das Leben genommen wurde. Neben der Routine bleibe ein unerklärlicher Rest. Kolk sagte, ihm sei an der Bahre in der Gerichtsmedizin danach gewesen, ein paar passende Worte zu sprechen. »Mein Vater meinte, Siemund war durch Amerika religiös angehaucht. Vielleicht würde ihm ein Gebet gefallen. Ich weiß keins.«

»Warte mal«, sagte Schmidt, »da kann ich aushelfen.« Nach kurzem Überlegen räumte er ein, er könne nur ein Kindergebet anbieten. »Das mußte ich vor dem Schlafengehen aufsagen, irgendwas mit Herrn Jesus ... Ob ich das noch komplett zusammenkriege ...«

»Laß mal, streng dich nicht an, ist nicht so wichtig.« Kolk schüttelte den Kopf. »Der alte Knacker, er war mir unsympathisch, ich hätte ihm fast mal eine gelangt ... Naja, er war ziemlich direkt, aber aufrichtig, sowas wie 'ne ehrliche Haut – alter Ausdruck, sagt heute keiner mehr ... hm, komisch ... paarmal hab ich ihn gemocht, wollte ihm auf die Schulter klopfen, was Nettes sagen ... Ich glaub, er hat drauf gewartet, hat mich mal angeguckt, als wär ich sein Sohn ... naja, vielleicht auch nicht ... ist auch zu spät ...«

»Moment, ich hab's!« rief Schmidt. »Dein Vater meint, Siemund war ein Genießer? Wein, Weib und Gesang? Der General will bestimmt nicht, daß du die Ohren hängen läßt. Komm, Kleiner, bringen wir ihm ein Ständchen!«

Mürrisch sagte Kolk, daß er auf alberne Sprüche verzichten könne. Schmidt versicherte, er meine es aufrichtig. »Ich würde nie einen Toten verspotten, das müßtest du wissen. Vergiß es, war nur so eine Idee.«

Mißtrauisch sah Kolk ihn an, er grübelte. Leise, flüsternd fing er an zu singen: »Bau auf, bau auf, bau auf, bau auf, Freie Deutsche Jugend bau auf! Für eine bessere Zukunft richten wir die Heimat auf!‹ ...«

Nach erster Verblüffung übernahm Schmidt mit rascher Auffassungsgabe Text und Melodie und sang die Strophe im zweiten Durchgang mit. Er meinte, sie laute ähnlich wie ein Gebet. Bei ihm klang es holprig, unverinnerlicht, sie mußten noch daran arbeiten, sie wiederholten es.

Ein Beamter mit grauem Knebelbart ging vorbei, ein Kollege aus dem Ostteil der Stadt, Glückspilz, der in den mittleren

Dienst übernommen worden war. Verdutzt blieb er stehen, lauschte dem vertrauten Liedgut. Als Schmidt ihn zum Mitsingen aufforderte – »Los, Schröder, ist doch ein guter Text!« – verließ er eilig die Kantine.

Der Kommissar grinste. Kolk nahm Schmidts Bierglas und trank es leer. Schmidt holte zwei neue. Er setzte sich wieder und sagte nachdenklich: »Mal ernsthaft: Warum bist du so sicher, daß der Neffe als Täter auszuschließen ist?«

»Psychologie.« Kolk sprach es herablassend langsam, wie für einen Unbedarften. »Siegfried Siemund ist ein Schlawiner, aber er ist auch ein Ostmensch, wie ich. Uns liegt das Herz näher, die Seele, das Gemüt. Euch Kapitalisten die Brieftasche.« Schmidt hob das Glas. »Falls ich den Herrn Autor als Auftraggeber überführe, sperre ich euch beide in eine Zelle. Ihn wegen Anstiftung zum Mord, dich für dein beschränktes Gemüt, wegen sträflicher Gutgläubigkeit. Dann könnt ihr im Kollektiv über westliche Siegerjustiz lamentieren.«

Kolk nickte. »Und das Vermögen des Generals fällt an den Staat. Uns zu beklauen habt ihr ja Übung.«

»Wir beklauen euch und werden trotzdem ärmer. Das mußt du mir erläutern«, erwiderte Schmidt.

Und Kolk: »Ihr Wessis seht in allen Ossis ehemalige Gefängnisinsassen. Ihr seid nur unsicher, ob wir rechtmäßig oder als Opfer hinter Gittern waren. Ihr Armleuchter.«

Und Schmidt: »Ich liebe dich.«

»Ach ja? Was würdest du sagen, wenn ich das deiner Frau erzähle?«

»Sie liebt dich ja auch. Was glaubst du wohl, wie mir dabei zumute ist ...«

Auf dem Niveau quasselten sie noch eine Weile in der leeren Polizeikantine. Der Kommissar war bemüht, den anderen aus der Trübnis zu locken. Kolk spielte mit. Dem Abgrund des Tages kehrten sie den Rücken zu, blödelten beim Bier. Ist ja auch egal, wir wissen, was los ist um uns rum. Kolks Stimmung hellte sich auf. Ein Glück, dachte er still, daß es Schmidt gibt. Mein Wessi könnte fast ein Ossi sein.

Tags darauf fuhr Kolk von einem Klienten im Stadtteil Lichtenberg zum Büro zurück. Er nahm den Weg über den Friedrichshain. Am Wohnhaus hielt er an. Er mußte den Vater über den Tod von Otto Siemund unterrichten. Ihm war flau zumute, er grübelte, wie er die Hiobsbotschaft dem Alten schonend beibringen könne.

Er beschloß, die Sache kurz und knapp zu erledigen. Trauer war eine andere Sphäre. Jetzt kam es darauf an, den Täter und, falls es ihn gab, auch den Auftraggeber zu fassen. Kolk wollte bei jener Beobachtung nachhaken, die der Vater erwähnt hatte. Ein Mann mit einer Kamera war den beiden alten Herren auf der Straße nachgegangen, dabei bestrebt, nicht aufzufallen. So war es dem Professor erschienen. Ein flüchtiger Eindruck nur, der den begleitenden General zu belustigten Sticheleien animiert hatte. Der Professor kam nicht mehr darauf zu sprechen.

Nun erst, nach dem Mord, begann Kolk über die vage Beobachtung nachzudenken. War Siemund verfolgt worden? Der Vater hatte die Person gesehen. Er konnte Anhaltspunkte liefern, vielleicht ließen sie sich verwerten.

Obwohl Kolk einen Schlüssel besaß, klingelte er an der Wohnungstür. Auch interfamiliär schätzte der Herr Professor einen distinguierten Umgang. Nach dem zweiten Läuten schloß er auf und inspizierte die Wohnung. Das Bett im Schlafzimmer war unbenutzt.

Im Arbeitszimmer schaute er auf dem Fernsehgerät nach, ob der Alte eine Nachricht hinterlassen hatte. Üblicherweise legte er sie auf den uralten sowjetischen Apparat, den Kolk längst auf den Müll bringen wollte. Das Gerät trug den schwerelosen Namen *Raduga*, Regenbogen. Gewichtig wie ein Kachelofen, hatte es in den aktiven 70er Jahren nicht nur Bilder in ungewöhnlichen Farben ausgestrahlt, sondern auch Wärme, die im Winter als zusätzliche Zimmerheizung diente. Der Professor meinte, der doppelte Zweck habe in der Absicht der frühökologischen Erfinder gelegen. Der Sohn mochte Vaters parteilich gefärbtem Humor auch bei Wiederholungen nicht folgen.

Auf dem Trumm lag keine Mitteilung.

Kolk ging hinaus und klingelte bei der Nachbarin. Auf seine Frage erklärte Frau Bärenburg, sie wisse nicht, wo sich der Herr Professor aufhalte. Kolk wetterte über den Alten, der es versäumte, eine Adresse zu hinterlassen.

Die alte Dame beruhigte ihn. »Keine Bange, Hasso, Ihr Vater verschwindet schnell mal, ganz sicher übernachtet er bei Freunden. Machen Sie sich keine Sorgen um Fritz ... um den Herrn Professor. Wie heißt es so schön: Unkraut vergeht nicht.«

Unzufrieden trat Kolk den Rückzug an. Zuweilen rutschte der Bärenburg Vaters Vorname heraus. ›Unkraut‹ klang auch recht vertraulich. Seit Jahrzehnten lebte der Professor unbeweibt. Auch die Nachbarin war schon lange solo. Dermaleinst mußte die Apothekerwitwe eine schöne Frau gewesen sein, in höherem Sinn war sie es noch immer. Gab es Situationen, in denen beide das Sie vergessen, einander geduzt hatten, nachhaltig, sogar ungezügelt? Kolk rief die Phantasie zur Ordnung, er war kein Dichter wie Siggi Siemund.

Er fuhr zurück ins Büro. Der Anrufspeicher blinkte. Schmidts Stimme tönte aufgebracht. Er war erst am Nachmittag dazu gekommen, die Wohnung des Neffen Siegfried Siemund aufzusuchen.

»Stell dir vor, der Vogel war schon ausgeflogen, angeblich nach New York. Ich traf nur zwei junge Frauen an, die aufräumten. Das sind zwei Typen! Sie sagten, Siggi wolle nachforschen, ob in Amerika ein Testament vorliege. Ich habe auch deinen Namen erwähnt. Beide sagten übereinstimmend aus, daß sie dich kennen. Es klang harmlos, viel zu harmlos! Was hat sich da abgespielt? Du Schwein, darüber möchte ich alles wissen, jede Einzelheit! Aber zuerst ist dieser Siggi dran. Ich nehme Kontakt mit den Kollegen in New York auf. Falls der Herr Schriftsteller flüchtig ist, jage ich ihm einen internationalen Haftbefehl hinterher.«

Emma kam ins Büro. Sie machte Kaffee, danach arbeiteten sie bis zum Abend Papiere durch. Emma gab einen Überblick der finanziellen Lage. Durch die Honorare des Generals stand die Detektei für eine Weile auf solidem Grund.

Sie besprachen die Anschaffung eines neuen Autos. Über die Marke ging der Geschmack auseinander. Sie einigten sich auf eine Obergrenze für den Preis; die Auswahl des Modells blieb Emma überlassen.

Nachdem sie das Büro verlassen hatte, setzte er sich an den Schreibtisch und ergänzte den Bericht für den Klienten in Lichtenberg. Die Gedanken glitten ab. Immer wieder stieg ein hilfloser Zorn auf. Wer hatte den alten Herrn umgebracht – und aus welchem Grund? Siegfried Siemund schied als Täter oder Anstifter aus – davon war Kolk weiterhin überzeugt. Der Schriftsteller war bestimmt nicht auf der Flucht; er wollte sich in den Staaten um das Erbe kümmern. Das war begreiflich, jeder Verwandte würde so handeln. Vielleicht hatte der Kommissar inzwischen schon telefonisch mit dem Neffen oder seiner amerikanischen Ehefrau gesprochen. Kolk vermutete, daß er es spätestens morgen beim Training in der Sporthalle von Schmidt erfahren würde.

Die Klingel riß ihn aus der Grübelei. Er schaute auf die Uhr. Emma besaß einen Schlüssel. Falls sie noch etwas erfragen wollte, hätte sie wohl aus ihrer Wohnung unten angerufen.

Er ging über den Flur zur Tür und öffnete. Vor ihm stand ein Mann im eleganten dunkelblauen Zweireiher. Ungefähr Ende dreißig, schlank, sogar dünn, dabei drahtig wirkend. Mit entschuldigender Geste deutete er eine Verbeugung an und sagte: »Hallo, Grüß Gott, Guten Abend! Mein Name ist Doktor Schock. Ich störe Sie spät am Abend, bitte verzeihen Sie mir. Die Angelegenheit ist wirklich sehr dringend, ich möchte Ihre Dienste in Anspruch nehmen. Ich habe die Ehre mit Herrn von Kolk, dem Inhaber der Detektei? Man hat Sie mir wärmstens empfohlen. Könnten Sie ein paar Minuten für mich erübrigen?«

Ein Doktor, ach schau her. Leute, die bei der Vorstellung gleich ihr Titelchen auftischten, aktivierten Kolks Grinsefältchen. Er nahm sie auf den Arm, indem er sich als Graf Kolk präsentierte. Freilich entfielen Scherze bei einem Besucher, der als Klient antrat. Der Kunde ist König, auch wenn es sich um einen Trottel handelt.

Freundlich floskelnd bat Kolk den Herrn ins Büro und bot den Besuchersessel an. Der Mann blieb noch stehen, er blickte auf Kolks Hals und stutzte. »Was ist denn das, was haben Sie da? Ich bin Arzt, darf ich nachschauen?«

Er trat seitlich neben den Hausherrn und berührte den Hals.

Heiß, Blitz! Blut flammt auf, zerspriiiitzt! Kopf platzt! Der zweite Stromstoß trifft den Nacken. Muskeln reißen, Knochen knicken, Augen kochen über. Schreischreischrei verendet im Schlund, Körper sackt zu Boden ... zappelt, zuckt ... zittert nur noch ... liegt still.

Irgendwann erglimmt ein Notlicht im Hirn. Er spürt, daß an ihm gezerrt wird, gefummelt, manipuliert. Am Leib, am Hals, an den Händen. Durch das Nackenfleisch zieht ein Schmerz, der ruckend verebbt. Die Augen öffnen sich zu Schlitzen, davor tanzen schwarze Streifen, die grau werden und heller.

Er will aufstehen, ist gehemmt, mit den Füßen stimmt was nicht. Arme umfangen ihn, helfen ihm hoch, halten ihn fest. Wie von weither murmelt eine Stimme, tönt angenehm, beruhigend. Finger arbeiten an seinem Nacken. Der Hals ist beengt, wie eingeschnürt. Kolk will danach greifen, die Hände gehorchen nicht ... sind festgewachsen am Rücken. Verschwommen sieht Kolk ein Gesicht, Lippen bewegen sich, entlassen Worte: »Stehen Sie auf. Keine Bange, ich stütze Sie. Langsam, ja, so ist es gut. Ich gebe Sie gleich frei – können Sie stehen? Wenn Sie noch nicht sprechen können, nicken Sie einfach. Sehr schön. Wir warten noch. – Ist es besser? In Ordnung, okay. Achtung, ich lasse jetzt los. Verkrampfen Sie nicht, stehen Sie ruhig. Bleiben Sie aufrecht, Sie dürfen nicht fallen!«

Der Rat war überflüssig. Daß sein Hals in einer Schlinge saß, merkte Kolk daran, daß er weniger Luft bekam, als er gewöhnlich zu sich nahm. Am Hals und im Nacken brannten die elektrisch gebissenen Wunden. Die Hände waren auf dem Rücken verschnürt, auch in die Fußgelenke schnitten Fesseln. Er stand in der Mitte des Bürozimmers. Die Schnur um den Hals führte vom Nacken am Hinterkopf straff nach oben; sie mußte am Lampenhaken des Deckenbalkens befestigt worden sein.

Der dünne Mann war aus Kolks Blickfeld verschwunden. Wieder spürte er Finger, die am Nacken hantierten. Der Mann tauchte wieder auf, verschob den Besuchersessel und nahm vor dem stehend Gefesselten Platz.

»Kompliment, Herr von Kolk, Sie sind gut in Form. Den meisten macht die elektrische Lähmung länger zu schaffen. Sie ist aber schonender als ein Schlag auf den Kopf. Bitte vermeiden Sie jede Bewegung, sonst zieht sich die Schlinge zusammen. Versuchen Sie keinen Angriff auf mich, Sie würden fallen, sich strangulieren. Ich benutze Telefonkabel, weich und doch fest. Ich habe mich als Dr. Schock vorgestellt – ich heiße nicht so und bin kein Arzt, ein bescheidener Scherz, den Sie bitte entschuldigen wollen. Merken Sie, daß jedes Handgelenk einzeln gefesselt ist? Erst dann schnüre ich die Verbindung. An den Füßen genauso. Das hält garantiert. Ich ärgere mich immer über Filme, in denen Gefangenen Hände und Füße einfach so zusammengewurstelt werden. Damit sie sich dann leichter befreien können. Wir sind Profis, keine Kinder beim Indianerspiel.«

»Was wollen Sie?« Aus dem verschnürten Hals drang Kolks Stimme fremd, abgeflacht. Der Besucher nickte anerkennend.

»Keine Beschimpfung, kein Gejammer. Im richtigen Moment die richtige Frage, das gefällt mir. Bitte sehr, in gebotener Kürze: Mein Partner durchsucht soeben die Wohnung Ihres Vaters. Wir möchten wissen, ob es ein Testament des Herrn Otto Siemund gibt oder nicht. Seit er in Berlin ist, beobachten wir ihn. Wir haben auch einige Gespräche mitgehört. Er wollte den Neffen prüfen, ehe er ihn zum Erben bestimmt. Darum glauben wir, daß es vorher noch kein Testament gab. Im Hotelzimmer war jedenfalls nichts zu finden, auch nicht auf dem Notebook. Wir haben Herrn Siemund lückenlos observiert, er hat keine Anwaltskanzlei aufgesucht, keinen Notar. Er hat ein paar Bekannte getroffen, alte Offiziere, ansonsten war er nur mit Ihrem Vater zusammen. Falls Siemund einen Letzten Willen verfaßt hat, könnte das Schriftstück bei dem Professor liegen, Ihrem Herrn Vater: der alte Freund als Vertrauensperson, als Zeuge. Ist Ihnen darüber etwas bekannt?«

Kolk schüttelte den Kopf, die Schlinge zog an. »Nein«, sagte er heiser. Der Besucher reagierte skeptisch.

»Soso. Die Sache ist so: Uns liegt sehr daran, daß der Neffe den Onkel beerbt. Der Unfall an der U-Bahn war leider ein Fehlschlag. Ich hatte den alten Herrn gestoßen. Ihre eigene Schuld, Herr von Kolk, daß Sie eingegriffen haben und auf die Schienen gefallen sind. Das wollte ich nicht. Später besuchte der Onkel den Neffen und bekam das unselige Buch in die Hände. Wir hatten eine Wanze in der Wohnung, wir hörten den Streit. Sie kennen das Resultat, er wollte ihn vom Erbe ausschließen. Jetzt hieß es schnell handeln – wir entschlossen uns zum finalen Rettungsschuß, nachts auf der Straße, in der Schönhauser Allee. Ich bin kein Freund von Schußwaffen – leider ist man manchmal gezwungen, sie anzuwenden. Well, lassen wir das mal beiseite. Die Frage lautet: Hat Siemund in der kurzen Zeit zwischen den beiden Aktionen ein Testament verfaßt? Wir haben das Hotelzimmer ein zweites Mal inspiziert – nichts. Und jetzt ist die Wohnung Ihres Vaters an der Reihe. Mein Partner will auch Ihre Wohnung durchsuchen – was ich für überflüssig halte. Ich bitte Sie dringend, mir zu sagen, ob Ihr Vater oder Herr Siemund irgendwas über ein Testament geäußert hat?«

»Damit kommen Sie nicht durch.«

Kolk brachte die wenigen Worte mühsam hervor. Wir haben eine fähige Kriminalpolizei, wollte er hinzufügen, dann können Sie Ihr eigenes Testament machen. Aber er sagte es nicht, er brauchte die Luft zum Atmen.

Der dünne Mann wand sich im Sessel, seine Miene wurde bedrückt.

»Ich hasse Langstreckenflüge, mir reichen schon die Touren quer durch Amerika. In letzter Zeit mußte ich öfter die Ozeane überqueren, auch so eine Folge der Globalisierung. Ich verabscheue die See, manchmal stürzen Maschinen ab. Haben Sie schon mal von Passagieren gehört, die mit Schwimmwesten gerettet worden sind? Ja, da haben Sie's, der übliche Schwindel. Aber was soll man machen, wir werden nach Leistung bezahlt, mit Erfolgsbonus. Ist wohl in Ihrem Job genauso. Wir Freiberufler müssen uns ranhalten. Für jeden Arztbesuch muß ich berappen, und über die Altersvorsorge könnten wir zwei uns lange austauschen.«

Mit einem Kabel um den Hals kommt der Sinn fürs Absurde abhanden. Aber Kolk sah, daß dem Mann das Scherzen fernlag. Er meinte, was er sagte. Erneut bog er sich wie unter Leibesdruck und lamentierte:

»Besonders unangenehm ist es von New York über den Atlantik, nach Europa, gegen die Uhr, gegen den Lauf der Sonne, Richtung Osten. Na, von dort kam noch nie Gutes. Ich schlafe schlecht, der Biorhythmus gerät durcheinander. Verstehen Sie, der Luftdruck im Flugzeug ist niedriger als auf der Erde, deshalb dehnen sich im Körper die Gase aus. Darmwinde in der First Comfort Class, die Stewardessen tun so, als ob sie nichts merken, aber sie kommen nicht mehr so oft. Langstrecke soll ja auch aufs Gehirn gehn, das fehlte grade noch. Und die Verdauung gerät aus dem Tritt. Seit der Landung in Berlin war ich nicht auf dem Klo. Halt, einmal, aber ohne Resultat. Nehmen Sie mir die Offenheit nicht übel, wir sind ja unter Männern. Mit den Speisen in Berlin komme ich auch nicht klar. Kennen Sie koschere Salami? Ich bin kein Jude, ich stamme aus Schwaben, vielleicht hört man es noch. Die Salami habe ich mir in den Staaten angewöhnt, die gibt's nur bei ›Katz Delicatessen‹, phantastisch gewürzt. Ich lebe davon, mein Magen ist daran gewöhnt. Ich habe vergessen, welche mitzunehmen. Hier in Berlin konnte ich mich nicht darum kümmern, ich mußte ja den alten Herren nachlaufen. Vielleicht sollte ich mal in dem Kaufhaus des Westens nachfragen, Kahdeewee, dort gibt's angeblich alles.«

Er fing an, den Bauch zu massieren, redete verdrossen:

»Bitte sehen Sie mich nicht so böse an. Töten ist ein normaler Beruf, in aller Welt werden Millionen Soldaten dafür ausgebildet. Auch ich bin Soldat, angestellt bei einem speziellen Zweig der Privatwirtschaft. Das heißt aber nicht, daß ich von meiner Arbeit begeistert bin. Kennen Sie die amerikanische Verfassung? Da wird das Recht auf Glück zugesichert. Wahrscheinlich steht das in allen Verfassungen. Das ist was für Typen, die ihr Schäfchen schon im trockenen haben. Aber wie kommen wir einfachen Leute zum Glück? Durch ehrliche Arbeit? Oho. Wissen Sie, ich war früher bei einer Unternehmensberatung angestellt. Ich ließ mich als gewöhnlicher Mitarbeiter in eine Firma aufnehmen. Ich stahl mich in das Vertrauen von Angestellten, und wenn ich die Schwachstellen gefunden hatte, schlug ich dem Boss Entlassungen vor. Da gab's einen Fall in einer großen Firma für Süßwaren. Einer von den Gefeuerten lud mich ein. Sympathischer Mann, Rheinländer, schon an die fünfzig. Wir hatten oft miteinander geschwatzt, sogar mal ein Bier getrunken. Er hatte Depressionen, logisch. Er würde arbeitslos bleiben. Das Haus noch nicht abgezahlt, die Familie würde es verlieren. Aber sie würden nicht verhungern. Ich redete ihm gut zu. Deutschland ist reich, Hoffnung bleibt immer, Kopf hoch, packen wir's an. Auf dem Tisch stand eine Schale mit Pralinen, Schogetten, Rumkugeln, gratis aus der Firma. Er nahm davon, füllte den Mund. Er schluckte es nicht runter, die Backen waren voll wie bei einem Hamster. Ich lächle, ich bin froh, weil ich denke, er macht zum Schluß einen Spaß. Da dreht er sich um, wendet mir den Rücken zu. Die Waffe habe ich gar nicht gesehen, auch nicht, wie er sie in den Mund ... Es kracht, mir fliegt was ins Gesicht ... Schokolade, Blut ... Hirn ... Ja, so war das. – Manchmal wache ich früh auf, weil ich merke, daß meine Hand das Gesicht abwischt. Sie wischt und wischt, aber da ist natürlich gar nichts. Es ist nur ein Reflex, die Hand macht es selbständig «

Er verstummte, stierte an Kolk vorbei, als sähe er noch den Kopf, der sich aufgetan und an ihm ergossen hatte.

Verrückt, dachte Kolk, der Kerl ist irre! Sein Verstand fieberte, er suchte nach einem Ausweg. Es lag auf der Hand, daß sein Tod beschlossene Sache war. Das Gespräch mit deinem Mörder ist dein letztes. Er mußte ihn ablenken, Zeit gewinnen, Aufschub, darauf kam es an.

»Sie haben einen Mann abgeknallt«, preßte er hervor, »feige über den Haufen geschossen. Ein alter Herr, unbewaffnet, wacklig auf den Beinen. Eine echte Heldentat.«

Der Besucher rieb noch immer den Magen, er zuckte die Achseln.

»Bleiben wir sachlich, ich bitte Sie. Ja, er war alt, geringe Restlaufzeit. Ich meine das nicht zynisch. Vielleicht wäre er an einer schmerzhaften Krankheit gestorben. Oder an einer widerlichen Sache am Enddarm oder mit der Prostata, aus meiner Sicht das gefährlichste Organ überhaupt. Nein, ich bleibe dabei: Schuß und Schluß – das ist das beste Ende für uns alle.

Herr von Kolk, unter uns gesagt, ich bin eigentlich ein geselliger Mensch. Ich plaudere gern, *open-minded*, wie die Amerikaner sagen. Leider muß ich Sorge tragen, daß mich der Gesprächspartner danach nicht an die Polizei verrät. Irrwitzig, nicht wahr, aber es liegt in der Natur meiner beruflichen Tätigkeit. Ich möchte Ihnen eine persönliche Frage stellen: Warum hängen Sie am Leben? Was mich angeht, ist es so: Drei Mahlzeiten pro Tag, ein Orgasmus die Woche, wenn's hoch kommt zwei. Und bei der Arbeit läuft in dem Punkt gar nichts, observieren schlägt mir auf die Potenz, es fehlt auch die Muße. Wie ist das bei Ihnen als Detektiv? Und wenn ich manchmal gezwungen bin, jemand ins Jenseits ... Glauben Sie mir, dann verfliegt jede Lust auf Sex, man ist schließlich ein Mensch mit normalen Empfindungen. Und die Frauen sind ein Kapitel für sich. Angeblich sind sie das bessere Geschlecht, naja ... Ich war verheiratet – möchten Sie die Gründe unserer Trennung hören? Herr von Kolk, interessiert es Sie, was ich erzähle? Sonst höre ich auf?«

»Ja, doch«, preßte Kolk heraus. Das war nicht gelogen; solange der Mann redete, blieb Kolk am Leben. Der Besucher nickte zufrieden.

»Bitte, wenn Sie darauf bestehen.« Er stand auf, lockerte ein wenig die Schnur um Kolks Hals. »Besser so? Gut. Wir sprachen über meine Frau. Sie wollte Kinder durch künstliche Befruchtung. Ich sollte in eine Petrischale masturbieren, o je. In der Klinik wurde ich in eine Kammer geschickt, wo ich ein Video einschalten konnte. Hardcore. Ich mag das nicht. Ich bin anständig erzogen worden, meine Eltern waren beide Lehrer. Aber ich mußte ja. Mit dem Ergebnis war der Doktor nicht zufrieden. Er wollte mit einer Nadel in meine Hoden stechen, ›junges Material‹ rausholen, Vorläuferzellen. Der Arzt wußte nicht, wen er vor sich hatte. Nein, besten Dank. Meine Frau hatte dann auch die Nase voll, von dem Gestocher auf dem gynäkologischen Stuhl. Ich rauchte damals noch. Sie hat mich schließlich verlassen, weil ich fortfuhr, in ihre Hydrotöpfe zu aschen. Sie hieß Daisy, Gänseblümchen. Keine Sorge, sie lebt noch, der Arzt auch. Ja, im Lauf der Zeit wird alles öde. Und kommen Sie mir nicht mit dem Fernsehen! Endlose Wiederholungen, auch neue Filme sind alt: vorn eine Pistole, hinten ein Geldkoffer, dazwischen dumme Gesichter, Detektive oder Polizisten. Pardon, das geht nicht gegen Sie. Ich bin auf Tierfilme ausgewichen, inzwischen ist jeder Schakal ein Wiedergänger. Ich weiß Bescheid über die Unfruchtbarkeit der Seeigel, ich weiß alles über Muränen und Haie, sie sind wie wir. Auch wenn Sie es vielleicht bezweifeln – ich lese ganz gern, ich greife zur Lektüre, das bringt die Reisetätigkeit mit sich, Flüge, die langen Bahnfahrten. Nicht bloß Zeitschriften, auch Bücher, ich habe sogar in dem Buch von dem Neffen Siegfried Siemund geblättert. Holy shit! Gerade weil ich in den Staaten lebe, liebe ich meine Muttersprache. Manchmal schaue ich in alte Bücher, noch aus der Schulzeit. Kennen Sie Heinrich Heine? Mein Lehrer ließ mich gerne Verse aufsagen, so mit Gefühl: ›Und als ich die deutsche Sprache vernahm, da spürt ich ein heimliches Klopfen, die Augen begannen zu tropfen ...‹ Ja, so geht's mir, wenn ich heute beruflich in die Heimat komme. Das Sudeldeutsch von diesem Siegfried Siemund ist eine Beleidigung. Unter uns gesagt, Herr von Kolk, ich hätte lieber den Neffen umgelegt als den alten Herrn, den Onkel. Aber ich bin abhängig beschäftigt, ich muß tun, was mir aufgetragen wird.«

»Wer hat Sie geschickt?« Stückweise würgte Kolk die Worte heraus. Auch wenn er mit der Wahrheit nichts mehr anfangen konnte – er wollte erfahren, wer hinter dem Mord stand.

Das Zirpen eines Telefons verhinderte die Auskunft. Der dünne Mann zog es aus der Tasche, meldete sich nur mit »Ja?« Er hörte zu, schaltete gleich wieder ab.

»Bisher hat mein Partner in der Wohnung des Professors nichts gefunden. Er sucht weiter. Ein Hinweis von Ihnen wäre wirklich nützlich. Herr von Kolk, Ihr Vater ist schon recht klapprig – ich hoffe, daß Sie ein guter Sohn sind, ihn im Auge behalten. Sie müßten wissen, wo er sich aufhält und wann er zurückkommt? Würden Sie es mir bitte sagen?«

Aus engem Schlund krächzte Kolk, daß er davon keine Kenntnis habe. »Falls ich es wüßte, würde ich es Ihnen nicht verraten.«

Gelassen winkte der Dünne ab. »Das ist nur eine Frage der Zeit. Glauben Sie mir, es gibt angenehmere Todesarten als langsam ersticken. Ich möchte es Ihnen nicht zumuten, bitte tun Sie mir das nicht an. Ich möchte Sie nicht quälen, es liegt ganz bei Ihnen, wie wir ...«

Er drückte die Hände auf den Unterleib, unversehens überkam ihn ein hoffender Ausdruck. »Ich glaube, es tut sich was! Endlich! Sie erlauben, daß ich Ihr Bad benutze?«

Rasch stand er auf. Er lockerte die Krawatte, öffnete das Jackett, ging eilends hinaus.

Kolk stöhnte. Verflucht sei die Renovierung des Bades, der Einbau der Toilette! Gäbe es den alten Holzverschlag noch, hätte der Dünne eine halbe Treppe tiefer steigen müssen. Vielleicht hätte der Zeitgewinn geholfen, die Fesseln loszuwerden. Er spannte die Arme auf dem Rücken, zerrte an den Handfesseln. Aber schon die geringe Bewegung des Oberkörpers zog die Würgeschlinge enger. Wie ein Schwein im Schlachthof hing er am Haken; die Tiere dort waren wenigstens schon tot.

Der Atem pfiff, Schweiß troff von der Stirn, lief salzig in die Augen. Traf auf Tränen der Wut, die hervorschossen. Der Vater war tödlich gefährdet! Kehrte er ahnungslos in seine Wohnung zurück, war er einem Killer ausgeliefert.

Kolk zitterte, wollte schreien, um Hilfe brüllen, nur ein Krächzen quoll hervor. Da, was war das? Ein Geräusch, das letzte bißchen Atem hielt er an, lauschte, lauschte ... Der ganze Körper wurde Ohr, bis hinab in die Fußsohlen. Das Geräusch kam von unten, aus der Wohnung unter dem Büro. Rhythmisches Stampfen von Füßen, fernes Pulsieren fremdartiger Musik ... Emma! Herrgott, Emma!

Ja, nur sie konnte es sein! Am Sonntag stand ein Auftritt bevor, geselliger Abend mit hohen Beamten des Verteidigungsministeriums auf einem Spreedampfer. Sie übte wieder folkloristische Tänze ein. Kolk hatte darüber gewitzelt, weil er sich vorstellte, wie der linkische Amtsinhaber in einen Reigen indianischen Überschwangs gezogen wird. Der Häuptling der Stahlhelme bei einem Friedenstanz – die Narretei kannte keine Grenzen. Aber darauf kam es jetzt nicht an. Emma tanzte, nur wenige Meter unter ihm trommelten ihre Schuhe zu ihm herauf.

Vorsichtig bewegte er die Füße. Zwischen den verschnürten Gelenken beließ das Verbindungskabel einen geringen Spielraum. Sonst hätte er kaum stehen können. Er konnte den Fuß heben, um fünfzehn, zwanzig Zentimeter. Mit dem Schuh ein Klopfzeichen für Emma. Die Chance war minimal; in ihrer eigenen Geräuschkulisse würde sie das Signal überhören. Oder er würde, für Sekunden auf einem Fuß balancierend, ins Wanken geraten, fallen, sich erdrosseln ...

Er wartete. Es war still in der Wohnung, zu still. Der Mann im Bad durfte das Klopfzeichen nicht hören. Kolk lauerte auf den Wasserfall der Spülung. Ein Killer auf dem Klo. Vor ein paar Tagen hatte Kolk ein Sixpack Toilettenpapier gekauft, Marke Happy End. Es war vom Gepäckträger des Fahrrads gefallen. Mit Schrecken fühlte er Lachkrämpfe aufsteigen ... Die Schultern zuckten, das Kabel schnitt in den Hals ... in Todesangst trieb er die Heiterkeit zurück. Nicht lachen, nicht fallen! schrie er sich lautlos zu, nur nicht stürzen! Der Körper gehorchte, blieb aufrecht. Er hechelte, für die nächsten Minuten mußte es genügen.

Die Spülung rauschte. Kolk hob den rechten Fuß, stieß die Ferse auf den Boden, dreimal. Wiederholte das Aufstampfen, drängend hintereinander. Mit Emma war kein Notruf vereinbart. Aber drei Klopfzeichen konnten nur das eine bedeuten: SOS! Sein Blut toste, die Spülung brandete. Das Gehör war nicht imstande, herauszufiltern, ob der Rhythmus im Zimmer darunter unterbrochen wurde. Das Wassergeräusch aus dem Bad lief schwächer. Aber der Mann kam noch nicht zurück. Sekunden rasten dahin ... dehnten sich ... schrumpften ... die Zeit drehte durch. Wieder brauste der Sturzbach des Wasserkastens, und Kolk stieß verzweifelt den Hacken auf den Fußboden. Seine Hoffnung schwand. In dem mürben Altbau rumorten immer mal Töne und blieben unbeachtet. Er keuchte, schwarze Nebel wischten über die Augen, wie Vorboten einer nahenden Ohnmacht.

Ein Lufthauch streifte sein Gesicht. Er blickte zur Tür, sah das Raubtier, das auf ihn zusprang. Im Schreck zuckte er zurück, da umschlang ihn das Jaguarmensch, hielt ihn fest, wisperte: »Jetzt hab ich Sie, Chef!«

Vor ihm grinste die Katzenfratze, aufgeschminkte Maske mit geklebten Tasthaaren, blutigen Lefzen. Das Trikot gefleckt wie das Fell der Bestie. »Wo?« zischte sie. »Bad!« röchelte Kolk.

Lautlos glitt sie zur Tür ... Kolk ahnte, daß sie nackt war unter dem Trikot, und ihn überlief ein Zorn gegen den Mannestrieb, der nicht einmal in Todesgefahr verstummt.

Die Spülung rauschte noch einmal, dann klappte die Tür. Der dünne Mann kam ins Büro zurück. Er trug das Jackett über dem Arm. Er hängte es über den Stuhl und sagte aufgeräumt:

»Ach, herrlich. Nun, Herr von Kolk, ist Ihnen etwas über ein gewisses Dokument eingefallen? Oder darüber, wann Ihr Vater in seine Wohnung zurückkommt? Noch einmal: bitte ersparen Sie es mir, Ihre Luftzufuhr weiter zu reduzie ...«

Das Verb blieb unvollendet. Aus der Nische wuchs das Tier. In Händen hielt Emma die schweren Tap-Dance-Schuhe, die sie vor dem Betreten der Wohnung ausgezogen hatte. Von hinten trat sie heran, schmetterte die stahlbewehrten Pranken an des Mannes Schläfen ... Er drehte ab. Taumelte . Und wieder der eiserne Preßschlag, ponckck! Und nochmal. Er sackte zu Boden, blieb liegen. Blut rieselte aus der Kopfschwarte.

Emma sprang wieder zu Kolk, zerrte an der Schlinge, die sich nicht lockern wollte. Sie fauchte. Ihre Fingernägel zerkratzten seinen Hals.

»Schere!« japste er mit letzter Luft. Vom Schreibtisch schnappte sie die Papierschere. Die Schneide quetschte das Kabel, erst beim nächsten Versuch zertrennte die Klinge den Galgenstrick zur Decke.

Abgewürgt rutschte Kolk zu Boden. Noch saß der Hals in der Schlinge. Emma bückte sich, säbelte an den Handfesseln. Sie kehrte dem dünnen Mann den Rücken zu ... Ein Täuscher, Trickser, zäh, professionell trainiert. Zum Glück noch benommen ... einen Tick zu langsam, weil die Waffe, die er aus dem Jackett am Stuhl hervorzerrte, unhandlich lang ragte mit dem Zylinder des Schalldämpfers.

»Achtung!« röchelte Kolk. Emma fuhr herum, ließ sich fallen, lag auf Kolk, er roch ihren Schweiß, Lefzenhaare stachen seinen Hals. Der Schuß ratschte ins Aktenregal, vom zweiten zerplatzte die Scheibe des Bücherschranks.

Die Raubkatze wippte hoch, der Fußtritt traf die Pistole. Sie flog weg, rutschte unter den Schreibtisch. Flink war der Mann auf den Beinen, verblüfft musterte er das kostümierte Mädchen. »Was ist das denn?« stieß er hervor. »Ein Clown, bist du bescheuert? Das ist kein Spaß hier. Tut mir leid, Mädchen, das war dein letzter Fasching.«

Und er lächelte mit der tausendjährigen Dominanz des Mannes über die Frau.

Kolk lag am Boden. Zwar war das Kabel zur Decke zerschnitten, aber die Fesseln an Hand und Fuß hielten ihn noch ... Er sah, daß auch der Jaguar grinste. Emmas Abneigung gegen Männer war bekannt. Sie war nicht lesbisch, jedenfalls nicht oft, es war verzwickter. Sie mochte Männer, wünschte nur, daß sie menschlicher wären, Frauen ähnlicher.

Bis dahin blieb sie wachsam. Ihre Tasthaare erzittern. Entsetzt sah, hörte Kolk, daß sie anfing zu schnurren. Sie freute sich auf das, was kam. Kung-Fu, Karate, Jiu-Jitsu – Kolk verwechselte es immer. Sie war Trägerin des Schwarzen Gürtels. Womöglich besaß der Mann auch einen oder zwei – Jesusmaria, was dann?

Er griff an, schlug zu, schnell, kraftvoll ... bewegte sich geschmeidig, elegant sogar. Unter anderen Umständen hätte Kolk ihm Lob gezollt. Boxt mit Köpfchen, präzise, sein Problem war, daß er das Wunschziel verfehlte.

Emma wich aus, parierte Fauststöße mit den Unterarmen, lenkte sie ab mit den Händen. Schwielenbesetzt. Kolk kannte ihren Händedruck, bei dem sie ihn manchmal länger als üblich festhielt und die Kraft des blauen Jugendbunds, dem sie früher angehörte, in die Umfassung legte. Die Härte bekam der Mann jetzt zu spüren, an Hals und Schulter schlugen die fraulichen Pranken ein, Kanthölzer, sie trieben ihn schmerzhaft zurück.

Steigerung war möglich. Ein Boxer kämpfte nur mit den Fäusten. Aber das Bein, pflegte Emma zu sagen, ist die bessere Hand. Länger, schwerer, stärker als der Arm. Ein trainiertes, muskelbewehrtes Bein ist wie Keule und Kampfhund, ein Ding zum Fürchten. Sie konnte damit umgehen ... Tritte hämmerten – wummms! – in den Magen, an die Nieren. Mit wilder Schnellkraft drosch die Waffe zu und zu. Das Weibchen schnurrte – rrrrrch! – mit offenem Rachen, hoch zuckte der krallige Fuß, erreichte die Mannsnase, im Biß der Zehennägel fing sie an zu bluten ...

Der Dünne war nicht dumm, ihm ging auf, was ihm blühen konnte bei dem Ballett. Er kochte, gekränkt war er, als Sportsmann, als Machomann, überhaupt als Mann, auch als Angestellter, der seine Arbeit ordentlich erledigen mochte. Mit wilden Schwingern stürmte er voran – du Dreckstück! – prallte zurück an einem Wirbel beinharter Hiebe und Tritte. Den Schreibtisch wollte er erreichen, auf dem sein Elektroschocker lag, unter dem Möbel die Schußwaffe. Verzweifelt ergriff er einen Stuhl, schleuderte ihn gegen die junge Frau. Mit der Handkante rasierte sie Stuhlbeine ab, sie fielen, prallten an Kolks Kopf ...

Sie mauzte nicht mehr, das Spiel ging zu Ende. Die Hand stieg auf, gespreizte Finger zielten auf die Mannsfresse. Sie griff ins Trikot, zog etwas hervor: eine Hülse, auslaufend in eine dünne Klinge. Sie steckte das blitzende Ding auf einen Finger der rechten Hand. Sie führte es nachts mit sich, wenn sie ausging, oder bei einem riskanten beruflichen Einsatz. Sie brauchte keine Pistole. Mein kleiner Beschützer, pflegte sie vor Kolk zu scherzen, wenn sie den greulichen Stahl am Schreibtisch polierte. Er könne in Bäuche pieksen, erläuterte sie, und ginge es ums Ganze – der oder ich! – wäre die Augenhöhle das Ziel, der Fingerdolch reiche gut ins Gehirn, bei Männern also: ins Leere.

Es war soweit. Das Raubtier zog sich zum Abschluß zusammen. Und der Mörder begriff, daß er kein normales Geschöpf vor sich hatte, keins von den Hausfrauchen, die sich im Kampfsportstudio für teures Geld Illusionen über Selbstverteidigung andrehen ließen. Eine Amazone harrte seiner, Kriegerin, dürftiger Busen, schlanke Muskeln, Augen wie eine Doppelflinte unter der Stirn aus Haß. Dem Wesen fehlte des Weibes wichtigste Eigenschaft: Furcht vor dem Mann. Seine Arme waren taub, in Magen, Leber, Nieren das reißende Echo der Prankenschläge. Er starrte in die farbige Fratze, was ging hier vor? ... Er konnte es noch nicht fassen! Er, der schon manchem das Ende brachte – nun blickte er dem eigenen Tod ins Gesicht. Das war neu und verstörte ihn. Er war nicht feige, er wußte, irgendwann erwischte es ihn. Aber doch nicht durch die Hand einer Frau, das wäre ja das Letzte!

Von Schläfe und Nase tropfte Blut. Er wischte es weg, machte einen Schritt zurück, als wollte er verschnaufen, Kraftreserven aufbieten für einen neuen Vorstoß. Jäh drehte er sich um, stürzte zur Tür, lief hinaus.

Emma setzte nach, Kolk schrie:»Nein, erst ich!«

Sie sprang zu ihm. Beide weiteten die Schlinge, endlich gelang es, sie über den Kopf zu streifen. Emma kniete nieder, hastig zertrennte sie mit der Schere die Fesseln an Händen und Füßen. Kolk stand auf, atmete tief, schlenkerte die Gelenke.

Gemeinsam stürmten sie zur Tür, die Treppe hinab, aus dem Haus in die Nacht.

Der dünne Mann lief ins Gebüsch am Humannplatz. Das Frühlingsgezweig bot schüttere Deckung. Er rannte weiter hinein in den nächtlichen Park. Über das Mäuerchen am Spielplatz setzte er hinweg, umlief das Klettergerüst, ragend als schwarzes Schafott. Er eilte am Schild ›Betreten auf eigene Gefahr‹ vorbei. Die kleine Bronzefigur eines Bären am Pfad übersah er und strauchelte. Er raffte sich auf, überquerte die Stahlheimer Straße. Er rannte an der ›Kita Prenzlzwerge‹ entlang, bog ab und drehte hinein in die Wichertstraße.

Warf der Flüchtende einen Blick über die Schulter, konnte er hinten die Verfolger ausmachen, den trampelnden Detektiv und das verfratzte Messerweib, lautlos heranfliegend. Der ultimative Alptraum. Hechelnd verwünschte er das helle Hemd, das er trug. Panisch irrte der Blick an Mauern entlang. Wohin verschwinden? In New York gab es dunkle Ecken, finsteren Durchschlupf an Häuserschluchten. Hier aber stand Haus an Haus in voller Straßenbeleuchtung. Trotzdem schätzte er die Chancen positiv ein. Amerikaner denken positiv, deutsche Zuwanderer noch mehr. Germans to the front! Er war, bis auf ein paar Prellungen, Rißwunden, unverletzt, in good shape. Kein Übergewicht. Seit der Scheidung trank er weniger, er war Nichtraucher, mit weiter Lunge, die ihn durch Boxübungen und Best-of-five-Matches im Tennis trug.

So let's look forward! Die zwei hinter ihm besaßen Klasse, das mußte er einräumen. Sie hätten in die Agentur gepaßt. Leider stehen Spitzenkräfte häufig auf der falschen Seite. Aber er war besser als die beiden. Behielt er die Übersicht, würde er abtauchen. Es kam darauf an, die physischen Reserven besonnen einzuteilen.

Ein gutes Stück dahinter kamen ähnliche Überlegungen in Gang. Ungestüm waren Kolk und Emma losgepreschst; im Sprint wollten sie den Mann auf kurzer Strecke fassen. Schon nach hundert Metern rangen sie nach Luft. Von Seitenstichen befallen, wurde Kolk langsamer, trabte nur noch. Was sie aufgeholt hatten, verloren sie wieder.

Auch Emma erlahmte. Flink wie eine Antilope, hätte sie den Mann spurtend erreichen müssen. Sie lief ohne Schuhe und zuckte bei Steinchen und Kanten, auf die sie, ›Au! Mist!‹, trat. Sie biß die Zähne zusammen, rief: »Schneller, Chef, schneller!«

Kolk keuchte. Der Kerl sei stark, stieß er hervor, sie könnten ihn nicht einholen ... zu schnell ... zu schnell!

»Wildhunde«, zischte Emma, »Wildhunde, langsamer als Gazellen ... aber schnappen sie! Zäh ... rennen sie zu Tode! Wir sind Wildhunde, Chef, Sie das Alpha-Tier! Sie müssen dran glauben!«

»Kchch, nee«, schnaufte Kolk. »Wir sind ein Rudel«, ächzte Emma, »ein Rudel ist stärker als ein Single!« Sie jaulte auf, weil sie auf einen Stein trat.

Mühsam fingerte Kolk im Lauf das Handy aus der Jacke. Mit dem Zeigefinger versuchte er die Tasten zu treffen. Es ging daneben. Er schob das Gerät in die Hosentasche, zog das Sakko aus, ließ es fallen. Auch das verklebte Hemd riß er vom Leib.

Auf dem Bürgersteig standen die Tische einer Pizzeria. Im Kerzenschein hockten Gäste beim Wein und genossen den Schmelz der vorsommerlichen Nacht. Durch Getrappel wurden sie aufmerksam. Ein Mann mit weißem Hemd und blutigem Kopf rannte vorbei. Zwei Personen, die ihn verfolgten: ein halbnackter Kerl mit Brustfell und Boxervisage und ein Mädchen mit bemaltem Gesicht, geflecktem Trikot, barfuß.

Verblüfft glotzten Hiesige wie Touristen und waren angenehm gegruselt. Krass war das, geil, es sah aus, als könne es bös enden. Vielleicht hatte der erste Mann das Mädchen bestohlen, nein, besser: vergewaltigt! Der zweite war dazugekommen, die Rache nahm ihren Lauf. Einige Gäste juchzten anfeuernd, klatschten den Darstellern Beifall. Berlin ist eine Reise wert! Gewalt ist das beste Entertainment, bloody story, schaun mer mal, ob morgen was Totes in der Zeitung steht.

Weit vor Kolk federte der dünne Mann gleichmäßig dahin. Der Abstand wuchs an.

Kolks Beine wurden wattig. Die Fesseln hatten das Blut abgeschnürt, das hing ihm nach. Vor den Augen tanzten die Straßenlampen, er wankte. »... kann nich mehr ... Wildhund! ...bin kein Alfa, nur'n Trabant ...«

Emma packte seine Hand, zerrte ihn mit. »Weiter!« japste sie, »weiter! Chef, wir kriegen ihn!«

Schon lief der dünne Mann die Schivelbeiner Straße hinunter. Emma und Kolk überquerten noch die Schönhauser Allee. Ein Taxi bremste, hupte hysterisch.

Aus dem Augenwinkel erhaschte Kolk das Licht der Sparkasse, den Eingang zum früheren Café Nord. Ach, die beiden Alten hatten nachts beschwipst ihren Spaß gehabt. Dann hatte der General allein auf dem Stuhl gesessen. Bestimmt hatte er von den jungen Jahren geträumt, den Mädchen, den Freunden. Hatte vor sich hin gebrabbelt, wie alte Leute oft tun. Hatte den Mann nicht beachtet, der heranspazierte. Das Blei bohrt in die Brust. Das Geld hatte ihm kein Glück gebracht. Und die mörderische Affäre ging weiter, in der Wohnung an Friedrichshain wartete der zweite Mann auf den Vater ...

Kolk schrie auf, aaahhh! kreischte in einem Ausbruch von Angst. Eine Faust rammte in den Rücken, der Stoß einer Wut, der ihn vorwärts knüppelte, hintrieb ihn in einen langen Spurt. Er spürte die Beine nicht mehr, sie gehorchten fremdem Kommando. Durch nackte Haut brauste die Luft ... auf abschüssiger Fahrbahn hetzte er dahin, entfesseltes Tier, Menschvieh mit spuckeschäumendem Maul ...

Siebzig Meter, vierzig ... zwanzig ... fünf ... Vollkommen unerwartet hielt der Flüchtling an, stand schwankend, keuchte, ging in die Knie ... Kolk prallte auf, fiel über ihn hinweg aufs Pflaster. Über beide Männer stürzte Emma, rutschte gegen den Bordstein. Kolk rollte zurück, kam seitlich über den Liegenden. Hatte den blutigen Hals vor sich, stieß die Zähne darauf ... heiß quoll Lust auf ... beißen ... würgen ... ins zuckende Fleisch dringen bis das Zappeln des Opfers erstirbt. (Er tat es nicht. Aber die Kerben der Zähne am Hals konnte man sehen. Er dachte später ungern daran.)

Schon war Emma neben ihm, rang nach Luft. Ihr Fußtritt traf den Mann in die Flanke. Sie setzte sich auf die Bordsteinkante. An den Beinen hing der Stoff des Trikots in Fetzen. Sie riß davon ab, wischte über die zerschrammten Fußsohlen.

Kolk stand auf, er stellte ein Bein auf den Rücken des liegenden Mannes, befahl: »Liegen Sie still! Keine Bewegung, ich breche Ihr Rückgrat!« Der Mann röchelte, er bekomme keine Luft. »Genießen Sie es«, sagte Kolk.

Er zog das Telefon hervor und wählte Schmidts Nummer. Frau Schmidts Stimme klang so schlaftrunken wie danach die Stimme ihres Mannes. Kolk brauchte nur wenige Worte. Der Kommissar rief: »Ich alarmiere Kollegen am Friedrichshain! Die stürmen die Wohnung deines Vaters, mach dir keine Sorgen. Du bleibst, wo du bist, bin gleich da!«

Der dünne Mann, liegend, drehte den Kopf. Blut umhüllte ihn wie die rote Kapuze das Haupt des Scharfrichters. Nur die

Augen leuchteten hell. Er blickte den Jäger an und sagte: »Hier wartet die Zelle auf mich, in Amerika die Giftspritze oder der elektrische Stuhl. Ich will nicht ins Fernsehen. Machen Sie Schluß, Sie tun mir einen Gefallen damit.«

Kolk zuckte die Achseln, die Antwort erübrigte sich. Von der Bordkante her schlug Emma vor: »Chef, darf ich das erledigen? Wir behaupten, es war Notwehr. Die Polizei würde sich freuen, der Staatsanwalt, der Richter, das deutsche Volk, die Vereinigten Staaten und sogar ...«

»Reden Sie keinen Unsinn«, mahnte Kolk, »wir haben eine Justiz.«

Frech entgegnete Emma, das Volk müsse Justiz üben. »Killer sollten gekillt werden. Dann gäbe es weniger davon.« Sie betrachtete ihre Hand, hob zu lästern an, weil ihr Fingerdolch beim Sturz abgebrochen war.

Kolk warf dem Mann ein Taschentuch zu. Er solle sich das Gesicht abwischen. »Wer hat Sie engagiert? Sie haben von einer Agentur gesprochen – was soll das bedeuten? Los, reden Sie, die Kripo wird's sowieso rausfinden!«

Der Gefangene drehte den Kopf zur Seite. Er ignorierte das Taschentuch, trocknendes Blut versiegelte sein Gesicht. Emma erklärte sich bereit, ihm einen Finger zu brechen. »Nach der Methode von Schwarzenegger, in dem Film ›Red Heat‹. So bringt man jeden Häftling zum Reden. Bitte, Chef, darf ich ihn wenigstens noch mal treten?«

Oben an der Schönhauser Allee heulte das Signal eines Funkwagens. Eine kreisende Blauleuchte bog in die Wichertstraße ein und schwebte erlösend heran.

10

Die Dame hielt die Brillengläser fest auf Kolk gerichtet. Sie unterrichtete den Mieter über eine Beschwerde. Ein Hausbewohner, der anonym bleiben wollte, hatte gemeldet, daß auf dem Balkon von Kolks Wohnung aufgehängte Wäsche zu beobachten sei. Kraft der verbindlichen Hausordnung sei das verboten. Man könne Wäsche dort trocknen, aber sie dürfe von außen nicht zu sehen sein. »Wir sind hier nicht in Neapel.«

Am Fenster summte eine Fliege, prallte gegen die Schreibe. Die Angestellte sprach zum Merken langsam. Früher, ehe sie Dame wurde, war sie Genossin, Mitarbeiterin der volkseigenen kommunalen Wohnungswirtschaft. Damals kollegial, freundlich. Mietschuldnern gegenüber gern auch mal laut, Diktatur im Samthandschuh. (Die Schuldner zahlten trotzdem nicht.) Nun war sie eine Verweserin privaten Besitztums, sie sprach gedämpft, ihre Höflichkeit besaß den Feinschliff echter Macht. Sie hatte ein regelmäßiges Gesicht, starke Lippen. Am Satzende legte sie Hand an den blassen Dutt, lüpfte ihn sacht.

Artig folgte Kolk der Vorhaltung. Emmas Wohnung hatte keinen Balkon. Ihr Bad war winzig, und sie war zu bequem, den Trockenboden unterm Dach zu erklimmen. Sie hängte ihre Wäsche auf Kolks Ausbuchtung. Er billigte es, weil so ohne Trauschein eine familiäre Aura entstand. Hatte er weiblichen Besuch, war es vorgekommen, daß die Gute früh der fremden Reizwäsche auf dem Balkon gewahr wurde. In der Regel verkürzte die Entdeckung den Abschied.

Während die Verwaltungsdame dozierte, stellte sich Kolk vor, was sie unter dem schwarzen Kostüm trug. Sie fixierte ihn. Vielleicht verrieten ihn seine Augen, züchtig senkte er den Blick. »Ordnung muß sein, es wurde ja auch Zeit,« sagte sie beziehungsvoll und strich warnend den Rock glatt.

Aus der Geschäftsstelle kommend, stieg Kolk aufs Rad. Er fuhr zur Kaufhalle (jetzt Supermarkt, ich weiß!) und angelte Gemüse aus der Kühltruhe. Die Steaks waren Emmas Aufgabe. Sie wollten auf dem Balkon grillen – war das erlaubt? Sie würden sich den Brutzelduft reinziehen, was trinken und runter auf die Straße schauen, auf den neuen, funkelnagelschicken Volvo, der vor der Haustür stand.

Von der Halle aus radelte Kolk durch die Dunckerstraße.

»He, Kolk!« rief jemand, »warten Sie!«

Am Fenster im ›Paradise Lost‹ saßen Siegfried Siemund und Verona. Auf dem Tisch stand ein aufgeklapptes Notebook.

»Hallo!« rief Kolk und stoppte. Der Schriftsteller kam aus der Tür des Lokals, sie tauschten ein kameradschaftliches Händeschütteln. Siegfried fing an, von seinem Aufenthalt in New York zu erzählen. »Ich mußte die Scheidung einleiten, ist ja nur noch Formsache. Gwendolyn sitzt in Haft, sie wird dem FBI als Kronzeugin dienen. Hat auf der ganzen Linie ausgepackt, sensationell! 'ne geheime Agentur, I.A.D., Inherit And Die, Erben und Sterben. Die nannten sich wirklich so! Die haben unverheiratete Leute ermittelt, denen durch Erbschaft große Vermögen winkten. An sie wurden Partner für eine Ehe herangeführt, die schöne Gwendolyn an mich. Hält man das für möglich! Kolk, ich sag Ihnen, die Ganoven werden immer dreister!«

Das konnte Kolk nur bestätigen. Kommissar Schmidt hatte ihm Einzelheiten über das amerikanische Syndikat mitgeteilt, das, auf Erbfälle spezialisiert, weltweit operierte. Schmidt war mürrisch gestimmt, weil seine Theorie vom mordenden Schriftsteller keine Bestätigung gefunden hatte. Kolk war nicht darauf herumgeritten, er hatte es noch vor.

Lebhaft setzte Siegfried den Bericht fort: »Das System ist groß aufgezogen. Kommt eine Heirat zustande, läßt man eine angemessene Frist verstreichen. Dann wird ein ›Unfall‹ arrangiert. Das Erbe des Mannes fällt an die Frau. Oder das Vermögen der Frau an den Mann, je nachdem. Die Agentur kassiert die Hälfte. Für mich war ein sportlicher Unfalltod geplant. Wir hatten in Las Vegas mit Fallschirmsprung geheiratet, ich springe auch hier gern, sonntags in der Taiga in Brandenburg. Gwendolyn sollte meine Ausrüstung präparieren. Mord durch die eigene Ehehälfte! Ich bin immer noch seelisch down, Gwenny war meine große Liebe.«

»Ich hoffe, Sie werden darüber hinwegkommen.« Kolks Blick wanderte zu Verona. Sie zeigte ihre strahlenden Zähne und machte ein Handzeichen, das über eine Begrüßung hinauswies.

»Jetzt hören Sie zu!« rief Siegfried und ballte die Faust. »Ich schreibe ein Buch darüber! Bin schon dran! Verona tippt für mich. Sie bringt Ideen ein, ich laß ihr auch freie Hand bei der Rechtschreibung.«

Verwundert fragte Kolk, was aus dem Vorhaben geworden sei, das sie in der schöpferischen Nacht im ›Paradise‹ besprochen hatten. »Siegfried, Sie erinnern sich: der Roman über die Sonnenseite der Deutschen Demokratischen Republik?«

Souverän umzirkelte Siegfried einen Punkt in der Luft.

»Das Projekt ist verschoben, kommt später dran. Zuerst muß ich die neue Story umsetzen, meine geplante Ermordung. Natürlich kommt die DDR mit rein, bietet sich ja an. Ich bestücke die Agentur ›Erben und Sterben‹ mit einer Gang von Stasi-Offizieren, die sich nach Amerika abgesetzt haben. Das flutscht, das wird ein Bestseller! Da ist sogar ein Filmvertrag drin.«

Was gab es da zu bedenken. Wie schon einmal fing Kolk spontan Feuer. »Mann, Siggi, das hat was! Dichtung geht vor Wahrheit, das alte Prinzip von Goethe. Allerdings ... hm, wenn ich ... naja ...«

»Haben Sie Einwände? Los, reden Sie, ich lege Wert auf Ihre Meinung!« Als wolle er den anderen schonen, zögerte Kolk. Er gab sich einen Ruck; in literarischen Diskussionen ist rückhaltlose Ehrlichkeit gefordert.

»Siggi, ich will offen sprechen. Staatssicherheit und Volksarmee haben Sie schon in Ihrem letzten Buch künstlerisch verwertet. Wiederholungen könnten den Leser ermüden. Warum nicht neue Tätergruppen? Leute vom Außenhandel, Monteure, Juristen, Ärzte, Journalisten? Oder Sportler, ja, Sportler! Täve Schur und Jens Weißflog als Killer! Nicht persönlich, die leben ja noch, nein, mehr so als Typen, die jeder erkennt. An der Spitze der Gang ein Mitglied des Politbüros. Mit SED-Geldern als Startkapital baut er die Agentur der Erbenmörder auf. Man hat zwar kein verstecktes Parteivermögen gefunden, aber im Roman wäre das locker zu machen. Eigentlich ist so eine Enthüllung längst fällig. Oder liege ich falsch?«

Scharf blickte der Autor den Detektiv an. »Bumms«, murmelte er nachdenklich, »da ist was dran. Ich bin für gute Einfälle offen. Hab auch schon erwogen, eine Blockflöte in die Handlung einzubauen. Da gibt's so manches Lümpchen, das sich auf einen Abgeordnetensitz gerettet hat und uns schlimmer verklapst als vorher. Ja, ich glaub, die Gattung Wendehals wurde bisher literarisch vernachlässigt.«

Das klinge bestechend, meinte Kolk. »Augenblick, ich muß überlegen ... Vielleicht so: Die Flöte hat eine Freundin. Sie betrügt ihn, geht in Amerika mit dem Politbüro ins Bett. Sex gehört sowieso mit rein. Um sich zu rächen und auch weil sein Gewissen erwacht, verrät der Betrogene die Agentur an das FBI. Die Seilschaft ›Erben und Sterben‹ fliegt auf. Die Blockflöte wird Kronzeuge und legt im Gerichtssaal ein Geständnis ab. Vom Wendehals zum steifen Hals, das sagt der Politbüromann zynisch. Durchs Fenster kracht ein Schuß – der Kronzeuge bricht zusammen. Im Gerichtssaal! Ist ja wohl klar, auf wessen Konto das geht. Der Kronzeuge stirbt in den Armen der Staatsanwältin. Da könnte man vorher eine zarte Beziehung ... Siggi, Sie verstehn? Das wäre ein tragisches Happy End und ...«

»Hoppla, langsam!« unterbrach ihn der andere lächelnd. »Ein paar Sachen möchte ich mir noch selber ausdenken. Schreiben muß ich es schließlich allein. Lassen wir mal das Buch beiseite. Hören Sie zu, Kumpel, jetzt kommt das Allerbeste!«

Siegfried strahlte. Er griff zur Lenkstange des Fahrrads und untermalte die Ankündigung mit übermütigem Geklingel.

»Von New York aus habe ich mit dem früheren Butler von Onkel Otto telefoniert. Die beiden hatten offenbar ein kollegiales Verhältnis. Der Mann ist absolut sicher, daß in Louisiana kein Testament vorliegt. Mein Onkel hatte ihm erzählt, daß er es hier in Berlin aufsetzen wollte. Vorher wollte er sich vergewissern, ob ich ein würdiger Erbe bin. Darum hat er Sie als Detektiv engagiert. Dann hat ihm mein Roman ›Rot ist schön‹ mißfallen. Es gab einen Krach, er wollte mich enterben. Aber er konnte seinen Letzten Willen nicht mehr zu Papier bringen, er wurde erschossen. Ein schrecklicher Mord – als nächstes

Opfer stand ich auf der Liste. Ich hab einfach Glück gehabt. Das Vermögen fällt an den einzigen gesetzlichen Erben, das heißt an« – noch einmal betätigte der Dichter die Fahrradklingel – »an mich! Gloria Victoria, an MICH! Hab schon in New Orleans einen Anwalt beauftragt, er wendet sich an das Nachlaßgericht und ...«

Nur mit Mühe gelang es Kolk, den sprudelnden Autor zu unterbrechen.

»Halt, Pause, bitte, Siggi! Ich merke, Sie kennen ein paar Einzelheiten noch nicht. Mein Vater hat sie mir mitgeteilt. Hören Sie zu. Ja, es stimmt, die Mitarbeiter der kriminellen Agentur hatten Ihren Onkel hier observiert. Es stimmt, er hat in Berlin keinen Notar aufgesucht. Der Notar hat ihn aufgesucht Eine Frau, eine Anwältin, sie ist in das Mietshaus gekommen, in dem mein Vater wohnt. Der observierende Agent konnte ja nicht wissen, daß Siemund sich telefonisch an eine Kanzlei gewandt hatte. Der General hat ein Testament verfaßt, vor der Notarin, im Beisein und mit Zeugenschaft meines Vaters. Von ihm weiß ich Bescheid. Die Urne wird hier in Berlin bestattet. Da ist aber nur die Hälfte der Asche drin, etwas über zwei Kilo, da sind auch Sargnägel dabei. Die andre Hälfte soll in den Mississippi gestreut ... naja, so will er's nun mal. Das soll Washington machen, George, der Butler. Für ihn ist ein beträchtliches Legat ausgesetzt, er muß auch die Hunde übernehmen. Tja, und was Sie betrifft, Siggi ... Es tut mir aufrichtig leid, ich hasse es, schlechte Nachrichten zu überbringen ... Verdammt, was soll's, Sie werden's ja sowieso erfahren. Der General hat Sie nicht vergessen, Sie werden im Testament erwähnt. Mein Vater sagt, daß der Onkel Ihnen kein Geld hinterlassen hat, nur ein Bett, darin soll mal ein Präsident geschlafen haben. Immerhin eine Antiquität, mit Schmucktafel, einem Bibelspruch. Mein Vater sagt, das wird mit Luftfracht an Sie geschickt ... Na, ist wohl momentan nicht so ... Gott ja, was soll ich weiter ... tja, hm ...«

Hüstelnd verstummte Kolk. Ihm war danach, die Fahrradklingel zu betätigen. Er unterließ es, weil er sah, daß die Nase in dem erblassendem Gesicht des Enterbten sinkend zur Seite wanderte. Das halte er für ausgeschlossen, sagte Siegfried und trat einen Schritt vom Rad zurück. Mitfühlend hob Kolk die Schultern.

»Siggi, ich kann mir denken, wie Ihnen zumute ... nun schon wieder ... Das Testament ist bereits eröffnet worden, in Anwesenheit meines Vaters und eines Vertreters der Staatsanwaltschaft. Sie waren verreist. Wenden Sie sich an die Anwaltskanzlei Thomms und Markos in Pankow, Neumannstraße. Dort wird man Sie unterrichten.«

»Und wer soll das Vermögen erben?« Als läge eine Schlinge um den Hals, würgte der Dichter die Frage hervor.

Bedrückt senkte Kolk den Kopf, er zögerte. Erst als der andere die Frage schärfer wiederholte, sagte er leise: »Mein Dad. Professor Dr. Fritz von Kolk, mein alter Herr ... Ist mir peinlich ... ehrlich, Mann, ich hätte es Ihnen gegönnt.«

»Sie scherzen«, flüsterte Siegfried. Kolk wiederholte, er solle die Kanzlei aufsuchen. Er straffte sich im Sattel, wollte losfahren. Der andere packte die Lenkstange, hielt sie fest. »Das Vermögen fällt an Ihren Vater? Soll das heißen, nach seinem Tod kriegen SIE alles? Sie kassieren meine Kohle? SIE? Nein, damit kommt ihr nicht durch, da spiele ich nicht mit!«

Mit tiefem Ernst entgegnete Kolk, er wünsche seinem Vater ein langes Leben. »Siggi, bitte lassen Sie mein Rad los. Entschuldigen Sie mich jetzt. Ich habe Feinfrost im Netz, er taut sonst auf.«

Er nahm Schwung und strebte davon. Siegfried rief ihm nach, er werde »den Schandvertrag anfechten!« Es klang nach Versailles und den Folgen.

Kolk legte den höheren Gang ein und bog um die Ecke. Trotz seiner Schadenfreude konnte er nicht froh werden. Der General hatte verfügt, daß das Millionenkapital in eine Stiftung fließen sollte, eine Institution zur Durchsetzung bundesweiter Volksbegehren. Dem Professor hatte er erzählt, daß ihm das Schweizer Modell vorschwebe, auch das Beispiel von Kalifornien. Dort können Politiker, die ihr Amt grob mißbrauchen, zwischen den Wahlen durch Plebiszit davongejagt werden.

Im Testament war festgelegt, daß das Vermögen beim Hinscheiden des Erblassers treuhänderisch an Professor Kolk übergehen solle; ihm oblag sodann der Aufbau der Stiftung. Er würde an die Spitze des Vorstands treten, der aus gleichgesinnten Vips zu bilden war.

Seit Kolk das Testament aus Vaters Darlegung kannte, wurmte ihn der Modus der Geldanlage. Er vermutete, daß der General seinem Freund eine anständige Summe zur persönlichen Nutzung angeboten hatte. Kolk kannte den Alten. Er lehnte private Zuwendungen ab, weil er das Wohl des Volkes, nicht des Sohnes, im Auge hatte. Keinen Dollar, nicht mal einen Euro würde er für sein Kind abzweigen! Siegfried war zweimal enterbt worden, das war hart. Aber auch Kolk fühlte sich enteignet, gewissermaßen. Sozis waren unverbesserlich, immer wieder vergriffen sie sich am Eigentum anderer; der Professor war die lebende Verkörperung der Regel.

Gleich würde er auf dem Balkon erscheinen. Auf Sohnes Kosten würde er Steaks verzehren und teuren Wein schlürfen. Auf die Idee, ein paar Flaschen mitzubringen, kam der Herr Stiftungspräsident natürlich nicht. Es war kein Geiz; der große

Weltveränderer dachte einfach nicht an die tausend kleinen Dinge.

Während Emmas Hemd und Höschen am Gestell wehten, würde sein Blick wohlgefällig über die Person wandern. Ihr würde er mit Handkuß ein Bukett reichen, teure Blumen, die sowieso verwelken. Einmal mehr würde er schildern, wie entzückend Hasso als Kleinkind gewesen sei. Vielleicht seien Mädchen süßer, am besten seien Brüderchen und Schwesterchen gemeinsam.

Emma würde aufreizend lächeln, er war ja nicht ihr Vater. Referendum, Stiftung für Volksentscheid! Was denn noch! Wer braucht sowas? Auf dem Rad strampelnd, stieß Kolk einen langen Fluch aus. Das schöne Geld! Verwendet, verschwendet, um das Land zu entwaffnen und in eine leuchtende pazifistische Zukunft zu führen. Und was machen wir, wenn der Feind kommt? Die Russen, die Mullahs, die Aliens! Vielleicht alle auf einmal! Nein, die Auswirkung von Volksbegehren kannte Kolk schon jetzt: Vaters Blutdruck würde steigen, dem Sohn würde es auf den Magen schlagen.

Ein schwarzer Hund flitzte über die Straße. Kolk bremste ab, geriet ins Schlingern. Er rief ein Schimpfwort, der Köter drehte sich nicht mal um. Ein gern wiederholtes Wort des Vaters lautete: Eltern müssen so alt werden, daß sie ihren Kindern zur Last fallen. – Wahr und wahrhaftig, das hatte der Alte erreicht. Erbittert trat Kolk in die Pedale. Obwohl ihn niemand behinderte, betätigte er wütend die Klingel. Aus dem Netz tropfte es. Auch das noch.

Band 1 der Krimi-Trilogie über den Privatdetektiv Hasso von Kolk: Zu beziehen im Buchhandel oder im Verlag